KB245148

중국의 한겨레

한국인, 조선족

중국의 한겨레

한국인, 조선족

우영란 지음

한국학술정보㈜

머리말

    본 연구에서 말하는 한겨레 사회는 한국인과 재중국 조선족으로 구성된 사회로서 한국인은 한국에서 말하는 재외국민으로 한국국적을 가지고 중국에 거주하고 있는 한국인을 지칭하며 이들은 일시 및 장기 체류자이다. 조선족은 한국에서 말하는 외국국적동포 2세와 3세로 중국 56개 민족중의 하나인 조선족을 가리키며 주로 개혁개방이후, 특히 중한수교이후 관내로 진출한 조선족을 지칭하는데 중국의 조선족은 개념상의 문제와 더불어 정체성문제까지 야기하고 있는 상황이다. 한겨레 중 전 세계 150여 개국에 흩어져 살고 있는 재외동포는 총 6,076,783명으로 추산되며 이는 한국 인구의 10%를 훨씬 넘는 규모이다.[1]

    현재 재외동포는 인구규모는 물론, 급속한 세계화의 물결 속에서 한민족의 장래와 긴밀히 연결되어 있는 중요한 집단으로 부상하고 있다. 이제 한국도 자국 내의 국민뿐만 아니라 재외동포가 중요한 역할을 하며 이들의 힘을 빌려야 할 시대가 다가왔다. 특히 국토면적이 작은 한국에 있어서 재외 한겨레 사회의 형성과 발

---

1) 외교통상부, 해외 동포 현황, 2003. 7.

전 및 이들의 역할은 금후 한국의 발전에 결정적인 영향을 미치게 될 것이다.

1992년 중한수교를 계기로 형성된 재중국 한겨레 사회는 동북, 산둥, 광둥, 상하이 및 화동 지역, 수도권을 중심으로 이루어졌고 현재 270여만 명[2]에 가까우며 남북한을 제외한 세계 한겨레의 최대 거주지가 미국에서 중국으로 바뀌어 재외 한겨레 사회중 제1위를 차지하고 있다.

그 가운데서 제1의 한겨레 사회는 중국의 조선족을 중심으로 형성된 동북지역이고 산둥 지역이 제2의 한겨레 사회로, 1992년 이후 형성된 한겨레 사회로는 제1의 위치를 차지하고 있다. 현재 베이징, 톈진 지역이 제3위로 바싹 뒤따라오고 있으며 그 다음으로 상하이 및 화동, 광둥 지역 순으로 되고 있다. 동북의 한겨레 사회가 조선족을 중심으로 중한수교 이전에 형성된 것과는 달리 동북을 제외한 한겨레사회는 1992년 중한수교 이후 형성된 것으로서 한국의 대중국 진출과 양국의 정치, 경제, 문화교류로 인해 연해 개방 도시 및 대도시를 중심으로 중국의 조선족 및 한국인으로 구성된 집단이 바로 중국 관내(關內의) 한겨레사회이다. 그 분포를 살펴보면 중국의 산둥지역, 동남연해지역, 및 베이징 톈진 지역이

---

2) 2008년 현재 중국에 거주하는 한국인은 80만 명으로 추산되며 조선족은 190여만 명에 달한다. 하지만 재중국 조선족가운데서 한국 등 외국에 진출한 이들이 60만 명에 달해 (2008년 9월 현재 한국에 진출한 중국 조선족은 38만 명, 국제결혼과 귀화 인구는 8만 명으로 재한 중국조선족은 실제 46만 명을 초과하며 일본과 미국 및 기타 나라에 진출한 조선족은 15만 명에 달함)실제 중국에 거주하는 조선족은 현재 130만 명으로 재중국 조선족과 한국인으로 이루어진 한겨레사회는 도합 210만 명 정도에 달하는 것으로 추산된다.(김범송, 「개혁개방 후 인구이동에 따른 조선족 정체성의 변화」, 『개혁개방 30주년 조선족의 변화와 발전』, 제13회 중국조선족발전 學術研討會 논문집, 93쪽 재인용.

주요한 집거지역(集居地域)으로 되었고 현재 동남연해, 남부지역으로의 진출이 늘고 있으며 서북, 서남지역 등 중국 전역에 진출하고 있는 상황이다. 이들은 이미 중국 연해지역의 경제발전이나 한국의 경제발전에 있어서 홀시할 수 없는 군체로 한국과 중국의 중시를 받고 있다.

물론 동북지역에서도 한국 재외국민의 투자가 이루지면서 한국인의 수가 증가하고 있고 한국인과 조선족간의 상호협력관계가 이루어지고 있지만 중한수교이후 형성된 산둥 등 지역의 한겨레 사회와는 다른 양상을 띠고 있기에 본 연구는 중국 동북의 조선족집거지역을 제외한 관내(關內지)역 60만 명의 조선족 및 한국인사회를 고찰대상으로 한다.

중국의 조선족사회는 중국국적을 보유한 조선족으로 이루어졌다. 조선족은 중국 55개 소수민족중의 하나로 19세기 중기부터 일제시기에 이르기까지 현재의 헤이룽장, 지린, 랴우닝 등 동북3성으로 이주한 중국국적 조선족의 2세 혹은 3세이며 한국인은 중한수교이후 한국의 대중국 투자 및 무역, 그리고 경제, 문화교류와 함께 중국에 이주해 장기 혹은 단기로 거주하고 있는 한국 국적의 재외국민이다. 같은 민족이면서도 서로 다른 국적을 가진 이들 군체는 상호협조 및 공존관계를 형성하고 있기는 하지만 서로 다른 사회체제에서 살아 왔고 전후 냉전체제로 인해 거의 반세기라는 긴 시간을 상호 격리되어 있어 미국 등 나라의 한겨레사회와는 다른 양상을 보이고 있다.

재중 관내지역 한겨레 사회의 형성과정을 살펴보면 1980년대 말 중국의 개혁개방이 본격적으로 이루어지면서 조선족이 중국 전역에 진출하여 김치장사 및 소규모의 요식업에 종사한 것이 그 시작으로 되었고 한국에 앞서 일본의 대중국 투자에 힘입어 일본어를 장악한 조선족의 광둥 성 심천 등 지역에 대한 진출도 그 시작으로 된다. 1990년을 전후해 한국기업들이 중국 홍콩이나 일본을 통해 다롄 등 연해지역에 정착하기 시작하고 1992년 중한수교 이후 한국 업체들이 진출하면서 관내지역 한국기업체가 증가되었고 한국기업에 취직하거나 한국 관련 직종에 종사하는 조선족들이 연해지역으로 대거 이동하면서 한국인과 조선족이 하나로 어우러지는 한겨레 사회가 본격적으로 형성되었다. 현재 한국의 대중국 투자 1위 지역인 산둥지역의 한겨레 기업체 수는 1만 여 개에 달하며 베이징, 톈진 등 수도권, 화동지역에도 몇 천 개의 한국 및 조선족 업체들이 있는 것으로 추산되고 있다. 대부분의 조선족기업인들은 한국회사의 관리계층으로부터 성장해 오늘날에 이르렀으며 한국기업의 진출이 없었다면 관내지역 조선족사회는 운운할 수도 없다고 할 수 있다.

　중한 수교이후 양국의 무역규모가 확대되면서 2004년 중국의 3위 수입상대국이었던 한국이 2005년에는 중국 타이완을 제치고 일본에 이어 중국의 2위 수입 상대국으로 부상하였다. 이와 함께 무역업에 종사하는 한국인과 조선족이 한겨레 사회에서 차지하는 비중도 늘고 서비스업체도 날로 늘고 있는데 음식점, 노래방, 식품가게, 숙박업소 등이 주류를 이루고 있다.

　한겨레 기업체의 설립, 무역업의 확대, 서비스업체의 증가 등 경제적인 진출로 인해 한겨레사회의 규모가 커지면서 현지 정착에 필요한 교육, 문화 인프라도 구축되고 있는데 특히 산둥지역의 한겨레 사회가 대표적이며 앞으로 다른 지역의 한겨레 사회도 마찬가지일 것으로 전망된다.

요컨대, 1992년 중한수교이후 한국의 대 중국 진출과 함께 산둥지역, 수도권, 화동지역 및 광둥 지역에서 새로 한겨레 사회가 형성되었는데 한국인 60~70만 명에, 조선족 60만 명 정도로 도합 120~130만 명에 달하며 날로 증가하고 있는 추세이다.[3] 이들은 한국의 대중국 진출, 나아가서는 한민족의 생존공간의 확대, 및 한국의 환태평양경제권의 형성에 있어서 중요한 역할을 하고 있는 군체로 되고 있다.

재중국 한겨레사회에 대한 연구는 우선 중한 양국 연구자들의 중국 조선족에 대한 연구로부터 살펴볼 수 있다. 우선 일제시기 만주 및 중국 본토가 한민족 독립운동의 기지로 되었던 역사로 인해 독립운동에 대한 관심으로부터 만주 및 중국 내지의 한인 독립운동에 대한 연구가 이루어졌으며 만주 한인지역의 토지제도, 및 한인들의 생활상에 대한 관심도 고조되어 역사분야에서 '재외한인'으로서의 조선족에 대한 연구도 이루어졌다.

또한 중한수교 직후 중화인민공화국 수립 후 중국공민이 된 192만 명에 달하는 조선족에 대한 연구도 중한 양국의 학자들에 의해 이루어졌는데 상술한 연구는 주로 옌볜조선족자치주 및 동북 3성 집거지역 조선족의 정치, 경제, 사회, 및 문화 상황에 대한 연구였다.[4]

---

3) 한겨레 사회의 인구는 정확한 통계수치를 얻기 어려운 상황이다. 2008년 현재 중국에 체류하고 있는 한국인은 80만 명으로 추산되고 있으며 동북지역에 거주하고 있는 한국인들을 제외하면 대략 60~70만 명으로 추산할 수 있다.

4) 김병호, 『중국의 민족문제와 조선족』, 서울 學古房, 1993.
한상복, 권태환, 『중국 옌볜의 조선족』, 서울대학출판부, 1993.
李光奎, 『在中韓人』, 一潮閣, 1994.

1990년대 말부터 조선족의 대도시 및 연해지역으로의 진출이 본격화되면서 관내 조선족의 인구가 급격히 증가되고 이로 인한 동북 조선족집거구역의 해체문제와 함께 관내지역 조선족사회에 대한 관심이 고조되고 있으며 현재 활발한 연구가 이루어지고 있다.

다음으로 한겨레사회의 주요 구성원의 활동이 경제실체의 운영 및 무역활동으로 이루어졌기에 중한무역관계 및 한국의 대중국 투자에 대한 연구가 한겨레 사회 경제연구에서 중요한 부분으로 되고 있다. 이 분야에 대한 연구는 현재 가장 활발하게 이루어진 부분으로 주요하게 중한 양국의 경제학자들에 의해 이루어졌다.

상술한 연구 상황을 살펴보면 초기 한겨레 사회에 대한 연구는 한겨레 사회의 주요구성원인 조선족의 역사 및 현 상황에 대한 연구가 주축을 이루었고 주로 동북 3성을 중심으로 한 지역에 거주하는 조선족에 관련되는 연구였다. 1990년대 말부터 중한수교이후 동북집거지역 조선족의 연해 진출로 이루어진 관내지역 조선족사회에 대한 관심이 고조되고 있으며 조선족의 관내진출로 인한 민족정체성, 및 조선족집거구의 해체 등 문제에 대해 많은 민족, 사회, 역사학 등 분야 연구자들의 연구5)가 활발하게 이루어지고 있

金寅永, 金旺植 共著,『중국조선족의 政治社會化過程과 同化的 國民統合의 方向』, 集文堂, 1996.

5) 황유복,「조선족, 조선족문화 그리고 정체성」,『문학과 예술』, 2005. 2.
  김호웅,「접목의 원리와 조선족공동체의 진로」,『중일한문화산책』, 헤이룽장민족출판사, 2005.
  정판룡,「조선족과 조선족문화의 성격문제」,『전판룡문집』(2), 옌벤인민출판사, 1997.
  김종국,『세기 교체기이 중국조선족』, 옌벤인민출판사, 2001년.
  김강일 주필, 허명철 부주필,『중국조선족 사회의 문화우세와 발전전략』, 옌벤인민출판사, 2001.
  潘龍海, 黃有福 主編,『跨入二十一世紀的中國朝鮮族』, 2001.
  국제교류학회 아시아분과 편,「조선족공동체 연구」, 옌벤교육출판사, 2001.
  박민자 주필『옌벤조선족 현 상태 분석 및 전망연구』, 옌벤대학출판사, 2000.

는 가운데 2008년 4월에 '중국조선민족사학회'가 발족되어 조선족 사회에 대한 연구는 새로운 전기를 맞이하고 있다. 또한 2008년 현재 중국에 거주하는 한국인은 80여만 명에 이르는 것으로 추산되고 있으며 이들의 경제적 진출로 인해 중한무역 및 한국기업체에 대한 연구가 활발하게 이루어지고 있다.

상술한 연구는 인구이동 및 경제적 상황에 대한 연구가 주를 이루고 중한 양국 간의 무역, 한국 기업체의 투자 상황 등 문제들에 관심이 집중되어 있으며 조선족사회에 대한 연구는 조선족의 정체성문제를 망라하여 사회, 경제, 문화, 교육 전반에 대한 연구가 진행되고 있다. 하지만 한국인 사회의 사회, 문화, 교육 등 분야에 대한 총체적인 연구는 현재 진행 중에 있어 한국 및 중국학자들의 연구가 기대되고 있다.

헤이룽장 신문사에서 진행한 "중국 한겨레사회 어디까지 왔나?"라는 특별기획은 재중 한겨레 사회에 대한 연구에서 중요한 전환점으로 되며 한겨레 사회에 대한 조사와 고찰을 통해 한겨레 사회의 기본적인 상황을 밝혔다. 하지만 한겨레 사회의 교육 등 분야에 대한 전반적인 고찰이 이루어지지 못했고 한국학연구자들의 과제로 되고 있다.

한국 기업체의 중국에서의 투자 상황이 여의치 못한 것도, 한국인과 조선족 간의 불협화음이 나타나는 등 여러 가지 문제점도 결국은 문화적인 갈등에서 기인하는 것이라고 볼 수 있다. 때문에 문화적인 시각에서 한겨레 사회를 고찰하는 것은 한국인과 조선족으로 구성된 중국 한겨레사회의 발전에 있어서 중대한 현실적 의의가 있다고 생각한다.

　이를 위해 본 연구는 중국 및 한국의 기존의 연구 성과를 참조하고 이미 진행된 산둥, 수도권, 화동, 광둥 지역 한겨레사회에 대한 조사 자료 및 연구 성과들에 대해 정리 및 분석 작업을 진행하며 중국 조선족에 대한 연구 성과 및 중한 양국의 경제 관계에 대한 경제학자들의 연구 성과들을 참조하려 한다.

　본 연구를 진행할 수 있었던 것은 한국 국제교류재단의 재정적 후원이 있었기 때문이다. 이 기회에 국제교류재단에 감사드린다.

contents

4. 한겨레의 백년대계—교육

1

한겨레— 한국인, 조선족사회

1.1 한국인, 조선족사회의 형성

중국 조선족사회의 형성은 19세기 중반을 그 시점으로 하고 있다. 조선북부지역의 자연재해로 인해 19세기 60년대부터 중국의 동북 3성으로 조선이민의 대규모의 이주가 시작되었고 1880년대부터 동북지역에 대한 청정부 봉금정책(封禁政策)의 폐지 및 조선이주민의 동북개척 합법화가 이루어지면서 동북전역에 대한 조선이민의 이주가 본격적으로 시작되었다. 1910년 한일합방 등 역사적인 과정을 거치면서 이주민의 수는 날로 증가하였고 이들 이주민은 중국의 동북지역을 거점으로 수전 개발 등을 통해 삶의 터전을 꾸려나갔으며 1949년 중화인민공화국이 수립되면서 당당하게 중국 56개 민족의 일원으로, 중화인민공화국의 공민이 되었다.

1978년 중국의 개혁개방 이전, 중국 조선족은 주요하게 동북 3성에 집중되어 있었으며 비교적 큰 집거구와 산재구역을 형성하고 있으면서 다수가 농업에 종사하였다. 1990년의 전국 제4차 인구보편조사에 의하면 중국 조선족인구 총수는 192만 597명으로 전국 56개 민족 중에서 제17위를 차지하였다. 그 중에서 지린, 헤이룽장, 랴우닝 동북 3성에 분포되어 있는 조선족은 186만 4,740명으로 중국 조선족 총인구의 98.1%를 차지하였고 지린 성에 118만 1,964명으로 63.4%, 헤이룽장 성에 45만 2,398명으로 24.3%, 랴우닝 성에 23만 378명으로 12.4%를 점하였다. 지린 성의 조선족은 옌볜 조선족 자치주에 집중되어 있어 82만 1,479만 명에 달했으며 지린 성 조선족인구의 69.5%를 차지하였다. 당시 동북 3성의 조선족은 주요하게 농촌에 집중되어 있는 농업민족이었고 소부분이 도시에 거주하고 있었다.

개혁개방이후, 특히 1980년대에 이르러 중국이 시장경제체제로 진입하면서 중국 전역에서 농촌인구가 도시로 이동하는 붐이 일면서 조선족의 인구이동이 시작되었고 이와 더불어 동북의 농촌 및 소도시 조선족의 내지와 및 연해지역으로의 이동, 도시로의 이동이 시작되었다. 1982~1990년 사이에 내몽골, 장수, 후난, 간수, 칭하이 성 등지의 도시 조선족인구가 현저히 늘어났으며 베이징과 산둥, 톈진, 상하이, 광저우 등 개방된 연해도시에서도 조선족의 인구이동이 더 뚜렷하게 나타났다.

즉 중국 동북지역에 집거해 있던 조선족의 관내진출은 1980년대 말 중국이 본격적인 시장경제 체제로 진입하게 되면서 이루어지기 시작하였고 이는 중국 시장경제의 활성화와 함께 전국적으로 인구이동이 이루어지게 된 대세와 갈라놓을 수 없다. 하지만 이 시기 대규모의 관내 진출은 이루어지지 못했고 한국보다 먼저 중국에 진출한 일본기업 등에 취직하고 김치장사를 하거나 소규모의 요식업에 종사한 경우가 다수를 차지하였다. 그 때부터 중국 전역 어디에 가나 김치 장사를 하는 조선족을 볼 수 있었고 김치를 맛볼 수 있을 정도로 조선족김치장사의 내지 진출은 활발하였다. 하지만 이 시기 관내 각지의 조선족은 이동성이 강했고 현지에 정착하지 못했으며 규모를 갖춘 안정적인 사회를 형성하지 못했다.

중국 개혁개방이후 이루어진 상술한 조선족의 인구이동은 중·한 수교를 전후로 이루어진 한국의 경제 진출과 함께 산둥, 베이징, 톈진, 상하이, 광저우 등지를 비롯하여 중국 전역에서 중국조선족과 한국인사회의 통합 형태로 나타난 새로운 한겨레 사회의 형성으로 발전하기 시작하였다.

1992년 중한수교이후 한겨레 사회가 본격적으로 형성되었는데 이는 우선 중한양국의 무역왕래가 이루어지면서 한국의 무역업체 및 무역업자들이 중국에 진출하면서 초기 중국에 와서 무역업에 종사한 이들이 중한 양국 경제교류의 개척자로 되었다.

중한수교이후 외자 기업에 대한 중국 정부의 우대정책과 중국의 저렴한 노동력자원으로 인해 한국기업체의 중국진출이 대폭 이루어지게 되고 이로 인해 가공업에 종사하는 기업인들이 중국에 와서 독자 및 합자기업 등을 설립하였다. 때문에 한겨레 사회의 형성은 중한 양국의 무역 및 한국의 대중국 투자로 인한 경제인들의 진출이 주요 요인으로 되었다.

한국 경제인들의 진출과 활약은 조선족들의 내지 진출을 유도하였다. 이는 우선 중국에 진출한 한국인의 절대다수가 중국어로 의사표현을 할 수 없는 상황에서 중국어와 한국어 2중 언어를 알고 중국의 실정에 대해 아는 사람을 필요로 하였고 중국의 조선족이 바로 그 적임자였기 때문이며 피를 나눈 동족이라는 동질감까지 있어 조선족은 한국 경제인들의 가장 이상적인 합작 상대로 인식

되었다.

중국의 조선족은 한반도 이주민의 2세, 3세로 중국에서는 소수민족으로 본 민족의 언어와 중국어를 배우면서 생활해 왔다. 개혁개방이전, 조선족은 주로 동북 3성, 즉 지린, 헤이룽장, 랴우닝 성에 집거해 살았고 조선족 집거지역에는 거의 조선족 초, 중, 고등학교가 있었기에 본 민족의 언어를 배울 수 있었으며 중국어도 하나의 교과목으로 설정되어 있었다. 때문에 산재지역을 제외한 다수지역에서는 거의 본 민족 언어교육을 받을 수 있었고 조선족은 조선어와 중국어 두 가지 언어를 동시에 장악할 수 있었다.

중한수교 이후, 중한 양국의 무역 및 한국의 대중국 투자와 더불어 조선족의 관내진출이 본격적으로 시작되었고 이는 시장경제로 인한 전국적인 인구이동에 편승해 이루어졌던 시기와는 달랐다. 즉 이전과는 달리 중한 2중 언어 및 한민족이라는 우세를 이용한 진출이었고 이때부터 조선족의 관내진출은 한국의 대중국 진출과 직접적인 관계를 가지게 되었다.

요컨대 개혁개방 20여 년 간 중국 조선족의 거주분포에는 뚜렷한 변화가 나타나 조선족이 원래 거주지였던 동북3성 농촌지역에서 벗어나 점차 경제개발지역인 연해 도시 및 대도시로 이동하였고 현재도 여전히 진행 중에 있다. 중한 수교이후 수십만을 헤아리는 한국인들의 대중국진출로 인해 관내지역 조선족인구는 날로 증가되어 조선족과 한국인이 연해지역과 대도시를 중심으로 새로운 지역 사회를 만들어가는 특이한 양상을 만들어 가고 있다. 새롭게 형성된 중국 한겨레사회는 칭다오, 웨이하이, 옌타이 등을 중심으로 한 산둥지역, 베이징, 톈진 등 지역을 포함한 수도권, 장수,

저장, 상하이를 포함한 동남연해지역, 심천, 광저우 등을 포함한 광둥 지역으로 이루어지고 있으며 현재 서부지역을 포함하여 중국 전역으로 확대되고 있다.

중한수교이전에 한국인이 가장 많이 집중되어 있는 나라는 줄곧 미국이었지만 1992년 중한수교 이후 갈수록 많은 한국인들이 중국에 와서 사업하고 생활하면서 중국에 있는 한국인의 수가 날로 늘고 있어 중국이 미국을 제치고 제1위를 차지하고 있다.

현재 중국에서 장기 혹은 단기 체류하는 한국인에 대한 통계는 정확한 수치를 내오기 어려운 상황이다. 베이징 상공회의소의 조사에 의하면 재중국 한국인이 1997년 10만 명을 돌파한 뒤 2000년에 20만, 2005년 50만을 넘어섰고 매년 10만 명이상 증가한다고 하였다. 하지만 2005년 한국정부의 관련부서와 중국 현지 한국인회의 집계에 따르면 2005년 현재 중국에서 생활하는 한국인은 약 40만 명, 그 중 베이징에 약 10만 명, 산둥 칭다오에 7만 명, 상하이에 5만 명, 선양 3만 명, 랴오닝 성 다롄과 산둥 성 웨이하이, 옌타이 등지에 각각 5,000~1만여 명에 이르는 것으로 나타났고 헤이룽장 신문이 2005년 진행한 조사에서는 재중국 한국인을 30만 명으로 추산하고 있어 통계수치에서 차이를 보이고 있다.

베이징상공회의소의 추정에 따르면 2006년 한국인의 장단기 중국 거주자는 동북 12만 명 (17.1%), 베이징 12만 명(17.1%), 톈진 5만 명(7.1%), 산둥 성 16만 명(22.8%), 상하이 10만 명(14.3%), 광둥 성 8만 명(11.4%), 중서부 및 기타 7만 명(10.0%) 등 한국인이 1만 명을 넘는 도시만 중국에 14곳이나 되는 것으로 나타났다. 중국 진출 초기 한국인사회는 동북3성과 산둥 성을 중심으로 발전해

왔으나 현재 신장(新疆)에서까지 한국인사회가 형성되고 있다. 한국인은 중국의 30여개 성, 직할시, 자치구에 거주하고 있어 중국 전역에 확대되어 있으며 중국에 거주하고 있는 외국인 중 그 수가 가장 많다. 2007년 중국 거주 한국인은 70여만 명[6], 2008년 현재 80만 명으로 추산되고 있으며 2010년대에는 100만 명 시대를 맞이할 것으로 전망하고 있다. 이와 더불어 조선족도 기하급수적으로 증가되어 관내 거주 조선족이 60만 명을 기록하고 있다.

현재 중국의 주요도시는 물론, 중국 전역에서 한국인들이 증가함에 따라 한국기업인 혹은 학생들이 집중된 지역에는 코리아타운이 형성되고 있으며 그 가운데서 베이징의 왕징(望京) 등이 대표적이다. 2005년, LG 경제연구소가 발표한 「한국경제의 중국 의존도」라는 보고서에 의하면 2004년 말 기준 한국의 2250만 취업인구 중 약 150만 명이 대중국 업무에 종사하고 있으며 이들의 가족까지 합치면 300~400만 명이 중국에 의지해 생활하고 있는 것으로 나타났다. 중한 간의 경제무역교류가 날로 밀접해지면서 민간교류 또한 증가하고 있으며 수교 초창기 중국을 방문 한국인은 매년 몇만 명 수준이었지만 2005년에 이미 340만 명으로 늘어나 하루 1만 명으로 집계되었다. 이러한 교류는 중국어 인재에 대한 폭발적인 수요로 이어져 중국어가 한국 학생들의 인기 외국어 과목으로 떠올랐고 중국어 과외학원이 날로 늘어나 중국어수준고시에 참가하는 외국인중 한국인이 60%를 넘기고 있다.[7]

요컨대 중한수교이후 한국의 대중국 경제 진출과 더불어 형성된

---

6) 상하이 저널, 2007. 5. 19.
7) 週刊 黑龍江新聞 2005. 12. 18~24 .

중국의 한겨레 사회는 상호 보완하면서 삶의 공동체를 이루어가고 있다. 한겨레 사회의 발전은 한국의 대중국 진출, 및 한겨레 생활공간의 확대 등 면에서 적극적인 역할을 하고 있지만 조선족과 한국인 간의 불협화음을 노출하기도 하고 있다.

○산둥

산둥지역 한겨레사회의 형성에서 조선족의 진출은 한국인보다 일찍 이루어졌다. 1978년 이전에 칭다오에는 이미 138명[8]의 조선족이 거주하고 있었는데 이들은 주로 대학교 졸업 후 과학기술분야에 배치되어 온 지식인, 고위급 퇴역군인, 항일간부 및 그 가족이었다.[9] 칭다오의 1988년 조선족인구는 여전히 100여명으로 집계되어 10년간 조선족인구의 증가가 거의 없는 것으로 나타났다. 옌타이는 칭다오에 비해 조선족 인구가 더 적어 1985년에 3가구뿐이었고[10] 1980년대 후반에도 10여 가구 30~40명에 불과하였다. 이들은 군부대 복무 또는 대학졸업배치 등에 의해 이곳에 정착한 이들로 80년대 초반까지는 본인의 선택과는 무관하게 국가의 배치의 의해 정착한 조선족들이다.

80년대 중반에 들어서면서 산둥지역에 정착한 조선족 중에는 칭다오대학교, 옌타이대학교[11] 등 고등학교들이 개설되면서 인재에 대한 수요량이 늘고 이로 인해 대우가 좋고 기후 등 생활여건도

---

8) 李哲, 「島城唱響阿里郞」, 中國民族報, 2007년 7월 20일.

9) 산둥 성 칭다오에 가장 일찍 온 조선족은 해양지질연구소 전임 所長, 고위급 군관이었다.

10) 옌타이에 가장 일찍 온 조선족은 1961년 12월 대학을 졸업하고 옌타이 시 外事辦公室에 배치되어 온 고급공무원이다.

11) 옌타이대학교는 1984년에 설립되었다.

좋은 등 요인들로 산둥 연해지역의 대학을 선택한 고학력 계층이 포함되어 있었다.[12] 80년대 말까지도 칭다오 등 산둥지역에 조선족기업은 거의 없었고 이는 이 시기 단순한 경제활동을 위한 조선족의 진출은 거의 이루어지지 않았음을 보여준다.

1990년 웨이하이~인천 간의 위동페리 항로가 개통되면서 한국으로의 친지방문, 사업 등으로 인해 웨이하이를 찾는 조선족이 늘면서 조선족들이 웨이하이, 칭다오, 옌타이 등지에 몰려오기 시작하였고 일부 조선족들은 한국친척방문을 마치고 귀향하자마자 삶의 터전을 기후와 자연조건이 좋고 한국과의 교통도 편리한 산둥지역으로 옮기게 되었다.

인문자연환경 및 교통 등 요인들로 인해 한국의 경제인들은 중한수교이전부터 산둥 성에 관심을 돌리기 시작했고 한국기업체의 대 산둥 성 진출은 한국투자기업 1호인 토프톤전기회사가 1989년 칭다오 시 청양구 선가채촌에 자리 잡으면서 물꼬가 트기 시작하였다. 위동페리가 개통된 이후부터 산둥지역과 한국과의 교류가 활발해 졌고 산둥 성과의 무역관계 및 투자가 날로 확대되었다.

특히 1992년 중한수교이후부터는 한국무역업자들과 투자자들이 급속히 증가하였고 한국인의 진출이 본격적으로 시작되었으며 1994년 주칭다오 한국총영사관이 개관되는 등으로 인해 한국기업의 진출에 박차를 가했다. 하지만 90년대 중반까지 양적인 증가가 많이 이루어지지는 못했으며 소규모의 무역을 위한 단기 체류자가 다수를 차지했고 가족 단위로 정착하는 경우는 많지 않았으며 조선족의 수도 많지 않았다. 칭다오 시 민족 종교국(宗敎局에) 따르

---

12) 옌타이대학에는 1984년 옌타이대학교가 설립될 때 이주해온 조선족 2가구가 있다.

면 1996년까지만 해도 칭다오시의 조선족인구는 1000여명에 불과하였다. 하지만 90년대 말부터 한국기업들이 대거 진출하면서 한국인의 수가 급격한 증가를 보였으며 가족을 단위로 정착하는 비율도 높아지게 되었다.

이와 함께 정부와 국유기업에서 한국기업 유치를 목적으로 조선족 공무원이나 영업사원을 모집하는 것을 시작으로 한국기업에 취직하거나 한국인 관련 서비스산업에 종사하는 조선족들이 운집하면서 산둥 반도 한겨레 사회는 점차 규모가 커지게 되었다.

2005년 헤이룽장 신문의 조사에 따르면 산둥 성의 한겨레[13]는 30만 명으로 추산되어 중국한겨레 230만 명의 13%를 차지하였다. 그 가운데서 한국인 12만 명으로 중국진출 한국인 30만 명의 20%를 차지하였고 조선족은 18만 명으로 중국조선족의 약 19%를 차지한 것으로 통계되었고 산둥 한겨레 30만 명 중 한국인은 40%, 조선족은 60%로 집계되었다. 2005년 산둥의 한겨레 사회는 칭다오, 웨이하이, 옌타이 등 연해도시들에 집중되어 있었는데 특히 30만 명 중 칭다오에 20만 명으로 약 66.7%였으며 웨이하이에 4만 5천명으로 15%, 옌타이에 3만2천명으로 10.7% 거주하고 있었으며 일조, 유방, 지난, 허저(荷澤) 등지에 2만 명으로 6.7%, 기타 지역이 2천700명 0.9%를 차지하였다. 각 지역의 한겨레 거주상황을 한국인과 조선족을 나누어 살펴보면 칭다오에 조선족 12만 명, 한국인 약 8만 명이 거주하고 있고 웨이하이에는 조선족 3만 여 명, 한국인 1만 5천 여 명이 있고 옌타이에는 조선족 2만여 명 한국인 1만 2천여 명이 거주 해있는 것으로 집계되었다.

---

13) 週刊 黑龍江新聞 2005. 9.25~10.1, 성숙되는 중국 제2의 한겨레 사회, 산둥편.

즉 80년대 후반부터 조선족의 이주는 중한 양국의 수교 및 경제
교류가 주된 원인으로 되고 있다. 대학교 교사 및 공무원 등 계층
은 당지 호적을 가지고 있고 경제인도 당지에서 부동산을 소유하
고 있는 경우에는 호적을 취득할 수 있지만 다수는 당지의 호적을
가지지 못하고 있는 상황이다.

최근 조선족 중 퇴직간부들이 집을 사서 이주해 오는 경우, 한
국에 가서 돈을 번 후 집을 사거나 장사를 하기 위해 이주하는 경
우, 농촌에서 산둥지역에 진출하여 요식업에 종사하거나, 기업체를
개설하고, 대학에 취직하는 경우 등 여러 경로를 통해 산둥지역에
진출하는 조선족이 날로 늘고 있다. 2007년 말에 이르러 산둥 성
의 한겨레 사회는 40만 명으로 집계되고 있는 가운데 칭다오의 한
국인은 10만 명에 이르고 웨이하이, 옌타이시도 각각 3만 명과 2
만 명에 달하고 있는 것으로 추산되고 있다.

칭다오는 한국인과 조선족이 많이 거주해 있는 곳이다. 이들은
일정 지역에 집거해 있으며 칭다오 청양구는 한국기업이 가장 일
찍 진출한 지역인 동시에 현재 한국인과 조선족이 가장 많이 모여
살고 있는 곳이다. 통계에 따르면 청양구내에서 개업한 조선족, 한
국인 상가는 800여개이고 그중 90%이상이 음식점, 노래방, 식품가
게 등 서비스업종에 종사하고 있으며 청양구내에는 조선족 4만여
명과 한국인 1만 3천명이 살고 있다. 또한 칭다오 조선족 최대의
밀집지역인 이촌을 중심으로 이창구에는 조선족 3만여 명과 한국
인 1500명이 살고 있다. 현재 칭다오 시 호적을 가지고 있는 조선
족인구는 1만가구이며 칭다오 시에 아파트를 구입한 수는 대략 3
만 5천호에 달한다. 그 가운데서 청양구와 즉묵시[14) 사이에 자리

잡은 서원장(西苑庄)의 아파트단지에는 2008년 현재 조선족 가구가 6천호를 웃돌고 있는데 이는 이 지역 거주 전체 가구의 80%에 달해 조선족집거구역이라고 할 수 있다. 구성원을 살펴보면 대부분은 노동자(한국기업체), 그 다음으로 개체업자와 회사원, 고등교육 및 한국어교육 종사자, 무역회사 및 기업체 경영자들이며 이들 구성원의 부모 및 자녀들까지 포함하여 칭다오 조선족사회를 형성하고 있다.[15]

2008년 현재, 칭다오에만 조선족 20만 명, 한국인 12만 명이 거주하고 있는 것으로 집계되고 있어 한겨레 32만 명이 집거해 있는 최대 집거도시로 되었고 옌타이, 웨이하이 등지와 합치면 도합 40여만 명으로 추산되고 있다.

중국 최적의 안정된 도시로 선정된 옌타이 시는 총면적이 1.37만km^2, 인구는 645만 명으로 산둥 성의 제3대 경제도시이며 12개의 행정구역으로 나뉘어져 있다. 특히 외국투자기업을 위해 웨이하이 옌타이 경제기술 개발구, 옌타이 수출 가공부, APEC 공단 등 국가산업공단 3개, 성급 경제개발구 9개와 해산선의 흐름에 따라 북방연해산업 지역 등 공단을 설립하여 외국투자자들이 자유롭게 사업을 벌일 수 있도록 선택의 기회를 제공하였다. 옌타이 시에는 총 9개의 항구가 있어 세계 70 여개 국가와 지역에 취항하고 있으며 철도와 도로가 발달하여 교통이 편리하다.[16] 또한 기후가 좋고 토양이 비옥해 과일채소경작에 적합한 지역으로 중국 내에서 유명

---

14) 청도에서 고속버스로 한 시간 정도 떨어져 있는 위성도시이다.

15) 남용해, 「칭다오 조선족 집거지의 현황과 전망」, 『개혁개방 30주년 조선족의 변화와 발전』, 제13회 중국조선족발전 學術硏討會 논문집(2008년 10월), 8∼13쪽 재인용.

16) 「중국 옌타이(서울) 투자환경 및 중점산업 설명회」자료, 2005. 3, 4쪽.

하다.

중한수교 이후 한국과의 교류가 활발하게 이루어졌고 한국의 군산시, 원주시, 울산시 등 도시들과 우호협력 관계를 맺고 있다. 또한 한국인이 대량 진출하고 조선족도 이와 함께 진출하였는데 한국인과 조선족이 가장 많이 집중된 지역은 내산구의 석골촌과 황해성시화원 등으로 약 500여 가구가 모여 살고 있으며 옌타이 경제개발구에서 해변지역에 조선족과 한국인이 살고 있다. 2008년 4월 현재 옌타이에는 2~3만 명의 한국인, 4만 명의 조선족이 살고 있는 것으로 추정되고 있다.

웨이하이 시는 한국과의 교류가 시작되기 전에는 작은 어촌에 불과하였다. 하지만 1990년 웨이하이~인천 간의 위동페리 항로가 개통되면서 한국과의 경제교류가 개시되었고 급속한 경제적 발전을 이룩하게 되었다. 현재 웨이하이에는 한국인 3만 명 외에도 5만 명의 조선족이 거주하고 있는 것으로 추정되어 관내지역 한겨레 사회에서 한겨레 인구밀도가 가장 높은 도시로 되었다.

초기 산둥지역의 한국인 및 조선족 사회는 주로 개인을 단위로 한 무역업자들을 중심으로 이루어졌고 1990년대 중반 이후 점차 가공업을 중심으로 투자자들의 발길이 닿기 시작하면서 현재의 가정을 단위로 하는 사회구조가 형성되었다.

○베이징, 톈진

베이징, 톈진지역의 한겨레 진출은 다른 지역보다 일찍 이루어졌는데 베이징에는 50~60년대부터 중앙이나 현지정부 해당 부서 혹은 대학교 및 조선족 관련 단체들에 근무하는 조선족들이 자리를 잡은 것으로 시작되었고 개혁개방의 붐을 따라 동북 3성의 조선족들이 진출하기 시작하였다. 상술한 원인으로 인해 다른 지역에 비해 당지 호적을 가지고 있는 인구가 많은 것이 특징으로 되고 있다. 중한수교 이전인 1990년, 호적에 오른 베이징의 조선족 인구는 이미 5000명, 톈진의 조선족 인구는 1700명에 달했으며 허베이성의 조선족 인구는 200여명에 달해 합계 7000명이나 되어 현재 제1의 한겨레 사회로 되어 있는 산둥지역과는 다른 양상을 보이고 있다.

중한수교와 더불어 한국의 정부 기관이나 단체, 기업들이 대거 진출함에 따라 수도권 한겨레 사회의 인구는 기하급수적으로 늘어나게 되었다. 베이징의 조선족인구는 1990년에는 7천6백 명에 불과하였지만 2000년 인구 통계자료에 따르면 2만 369명으로 집계되었고 2001년에는 5만 명으로 늘어났다.

중한수교이후 한국인의 진출도 활발하게 이루어졌고 2005년에는 왕징신성(望京新城)에만도 6만 명의 한국인이 살고 있는 것으로 추산되었으며[17] 이와 더불어 조선족도 이곳으로 이주하여 2006년에 왕징 지역에 거주등록이 되어 있는 조선족만 해도 10만여 명이 된다고 한다.[18]

헤이룽장 일보사의 조사 자료에 따르면 2005년 수도권 한겨레 인구는 조선족 17만 명, 한국인 12.5만 명으로 추산되어 도합 29.5만 명이며 이는 중국 한겨레사회 230만 명의 12.8%를 차지한다.

---

17) 週刊 黑龍江新聞, 2005, 3, 20~26일, 3면.
18) 週刊 黑龍江新聞, 2006. 9. 24~30

또한 중국 진출 한국인 30만 명 중 수도권 한국인은 12.5만 명으로 41.7%를 차지하였으며 기타지역이 17만 5천명으로, 58.3%를 차지하고 있었다. 구체적으로 베이징 8만(64%), 톈진 4만(32%), 허베이 5천(4%) 순으로 나타났다.

2005년 중국 조선족 200만 명 중 수도권 조선족은 17만 명 (8.5%)이었고 베이징에 조선족 12만 명(호적인구는 2만여 명), 한국인 8만 명, 톈진에 조선족 4만 명(호적인구는 1만 2천명), 한국인 4만 명이 거주해 있었으며 허베이 성에 조선족 1만 명, 한국인 5천명이 거주해 있는 것으로 추산되었다.[19] 2005년 수도권 한겨레 29.5만 명 중, 한국인은 42.37%, 조선족은 57.63%이며 베이징 20만 명 (67.8%), 톈진 8만 명(27.1%), 허베이 성 1.5만 명 (5.1%)으로 나타났다. 2008년 현재 톈진의 조선족은 5~6만 명으로 증가되었다. 현재 수도권 한겨레는 30만 명을 초과하고 있으며 중국 제2의 한겨레 사회라고 일컫는 산둥지역의 한겨레 사회를 뒤따라오고 있다

주중 한국대사관, 한국관광공사, 농수산물유통공사, 중소기업진흥공단, 우리 은행 등 한국 기관들과 단체들이 이곳에 진출해 있으며 삼성 LG, 현대, SK를 비롯한 대 그룹들과 중국본부가 이곳에 진출해 본부경제가 특별히 발달한 편이다.

그리고 이곳에는 중국에서 처음으로 공식 인가한 조선족의 합법 단체인 톈진 조선족 연의회(聯誼會)를 비롯해 베이징 고려문화경제위원회 등 조선족 단체가 활약하고 있다.

---

19) 週刊 黑龍江新聞, 2005.10.16~22. 2005년 黑龍江新聞사 특별기획, 「중국 한겨레사회 어디까지 왔나? 수도편」.

○화둥

　한국인들이 화둥지역에 첫발을 들여놓은 시기는 1980년대 중반부터로 대기업들이 타이완이나 홍콩법인을 통해 중국 개혁개방의 상징이자 금융, 상업, 무역의 중심지인 상하이에 상륙하기 시작한 때부터였다. 조선족도 이와 때를 같이 해 대학 졸업 후 정부부서나 국영기업에 배치되어 상하이 지역에 발을 들여놓기 시작했다.

　1992년 중국 최초로 상하이~서울 직항로가 개설되었고 중한수교를 계기로 상하이를 비롯한 화둥지역을 찾거나 타 지역을 가기 위해 이곳을 경유하는 한국인들도 늘어나기 시작했다. 1992년 12월 코트라 중국본부, 1993년 5월 주 상하이 한국 총영사관이 잇따라 개관되었고 삼성, SK, LG, 등 대기업을 주도로 해 한국기업의 진출이 점차 확대되었다. 2001년을 전후해 이우, 쑤저우, 우시 등 상하이 주변지역에 의류, 서유, 신발, 액세서리 등 노동 밀집형 한국 중소기업들이 대거 진출하면서 무역, 식당, 가게, 민박 등 서비스업에 종사하는 동반 진출 조선족들도 늘어났다.

　상하이 등 화둥지역 한겨레사회에 대한 조사[20]에 의하면 2005년 현재 조선족 8만 5천명, 한국인 6만여 명이며 2007년 영사관의 통계자료에는 83,800명으로 집계되었다. 그 중 상하이에 조선족 6만 명, 한국인 4만 명으로 가장 많았고 그 다음으로 이우에 조선족 1만 명, 한국인 5천명, 쑤저우에 조선족 7천명, 한국인 4천명, 난징에 조선족 2천명, 한국인 2천여 명, 항저우에 조선족 2천명, 한국인 1천명, 우시에 조선족 2천명, 한국인 2천여 명, 닝버(寧波)

20) 週刊 黑龍江新聞 2005. 9.11~17, 2005년 黑龍江新聞사 특별기획 중국 한겨레사회 어디까지 왔나? 중국 한겨레 새로운 판도~상하이

에 조선족 1천여 명, 한국인 1천여 명으로 조선족과 한국인이 서로 어울리거나 독립적으로 자리를 잡았으며 화둥지역 한겨레 사회를 만들어가고 있다.

상하이의 한국인 사회는 한국기업체의 진출이 확대되면서 형성되기 시작하였고 매년마다 규모가 증가되고 있는데 2005년 한국 국적 상주주민은 4만5천명에 달하는 것으로 추산되었고 2007년 영사관의 통계자료에 따르면 53,500명으로 추산되었다. 그 중에는 삼성, 대우, 대한항공 등 한국 다국적 회사의 상하이 파견 주재원, 그리고 대량의 유학생, 음식업, 미용 등 서비스업에 종사하는 '개인사업자' 및 그들의 가족이 포함되어 있다. 한국기업체의 진출이 본격화되면서 상하이 한국 상회는 현재 278개 회원을 보유하고 있다.[21]

상하이의 한국인 사회는 한국기업체의 진출이 확대되면서 형성되기 시작하였고 매년마다 규모가 증가되고 있는데 2005년 한국 국적 상주주민은 4만5천명에 달하는 것으로 추산되었고 2007년 영사관의 통계자료에 따르면 53,500명으로 추산되었다. 그 중 삼성, 대우, 대한항공 등 한국 다국적 회사의 상하이 파견 주재원, 그리고 대량의 유학생, 음식업, 미용 등 서비스업에 종사하는 '개인사업자' 및 그들의 가족이 있다. 한국기업체의 진출이 본격화되면서 상하이 한국 상회는 현재 278개 회원을 보유하고 있다.[22]

이우는 중국 최대의 도매시장이며 한국무역상들이 제일 먼저 이우에 발을 들여놓은 것은 IMF위기로 한국경제가 파국상황으로 치달았던 지난 98년부터이고 2001년을 전후하여 본격적으로 시작되

---

21) 週刊 黑龍江新聞　2006.8.6∼8.12
22) 週刊 黑龍江新聞,　2006.8.6∼8.12

었다. 현재 이우에 상주하고 있는 한국인 중 사업에 종사하고 있는 한국인은 3000명이며 그 중 70%가 무역업에 종사하고 있다. 주 품목은 액세서리를 위주로 한 양말, 넥타이 등이며 현지에 공장을 차리고 있는 기업이 300여 개이고 매달 이우를 찾는 한국인은 6000여명에 달한다고 한다. 그 외 물류, 운송업체와 요식업, 오락, 숙박 등 서비스업에 종사하는 한국인도 100여 명 있다. 조선족의 진출도 활발해 인구 120만 명에 불과한 이우에 조선족 업소 500여개가 있다.

인구 556만 명인 저장 성 최대의 항구도시 닝버에는 2007년 현재 400여명의 한국인이 거주하고 있으며 제조, 무역, 서비스업 등 분야에 삼성중공업, LG화학, 태평양 물산 등 약 98개 한국 업체가 진출해 있다. 닝버 한국인들은 한글학교를 운영하고 있으며 동호회를 통해 친목을 도모하고 있다.[23]

○광둥

광둥 지역은 지리적으로 조선족의 집거지역과 멀리 떨어져 있기에 개혁개방이전에는 조선족이 거의 없었고 1987년까지도 10여명에 불과하였다.

다른 지역이 한국기업의 진출이 조선족 이주의 계기가 된 것과는 달리 조선족이 초기에 광둥 지역에 진출하게 된 계기는 심천이 개방되면서 진출하기 시작한 일본 기업이었다. 중국이 개혁개방을 하게 되면서 1978년부터 중, 고등학교에 외국어교육과정을 개설하

---

23) 週刊 黑龍江新聞, 2007.6.17~23, 11면.

기 시작하였는데 동북의 조선족은 거의 일본어를 배웠다. 광둥 지역에 일본어인재가 부족한 상황에서 일본어를 배운 조선족들은 일본어를 바탕으로 심천, 광저우, 동관, 혜주 등지에 진출한 일본 기업에 취직하여 통역 및 총무, 관리 업무를 맡았으며 점차 이곳에 자리 잡기 시작했다. 완구, 신발, 전자부품을 취급하는 중소 제조회사와 이에 따른 음식점, 노래방, 주점 등 서비스 업소가 늘어나 한겨레 사회가 형성되기 시작했다.

1995년부터 광저우~서울 직항로가 개설되면서 한국인의 광둥 진출이 이루어지기 시작했고 2001년 8월 주광저우 한국총영사관이 개관되면서 한국인의 진출이 활발해 졌으며 2002년부터 조선족과 한국인이 급격히 늘어나 다른 지역보다는 늦었지만 그 증가속도가 아주 빠르다. 통계에 따르면 재 광둥 한국인은 2001년 3,000명, 2002년 7,500명, 2003년 15,000명, 2004년에는 29,500명으로 증가 되었다.

2005년 광둥지역의 한겨레사회[24]는 조선족 6만 명, 한국인 3만 여명[25], 합계 9만 명으로 집계되었다. 중국 한겨레 사회 230만 명과 비교하면 광둥 한국인은 전체 중국진출 한국인 30만 명의 10% 이며 광둥의 조선족은 전체 중국조선족 200만 명의 3%를 차지한다. 광둥한겨레 중 한국인 33.3%, 조선족 66%이며 심천지역에 4.5만 명으로 50%, 광저우지역에 1.8만 명으로 20%, 동관지역 1.2만 명으로 13.3%, 광둥 성내 기타지역에 1.5만 명으로 16.6%로 분포

---

24) 週刊 黑龍江新聞 2005. 9.4~10,

25) 한국총영사관과 조선족연합회, 한국 상회 등을 통해 수집한 자료에 의하면 광둥지역의 한국인이 약 4만 명에 이르는 것으로 추산되었다.

되어 있다. 즉 1987년에 10여 명에 불과하던 한겨레 인구가 현재 10만 명에 육박한 것이다.[26]

이곳에 진출한 한국인은 북방지역에 진출한 영세업자나 서비스업종 위주의 한국인들과는 뚜렷하게 구분되며 대부분 무역회사 주재원, 무역업자, 대기업, 중소기업 투자 관리자로 사업과 생활이 기본적으로 안정되어 있다. 이 지역 조선족도 대부분 고학력자나 실력가들로 성공한 군체로서 이 지역 한국인과 조선족은 우호적이고 대등한 관계를 유지하고 있다.

심천을 중심으로 광둥전역에서 조선족인재에 대한 수요는 여전히 공급이 수요를 만족시키지 못하고 있는 실정이다. IT업종이나 광전자, 신소재 등 첨단기술 분야에는 조선족 고급 전문 인력이 부족하며 일반 기계, 전기, 화학, 식품, 유통 등 분야를 졸업한 조선족 대학생의 인기도 여전하다.

광저우 총영사관 관할지역인 푸젠 성, 광시 쫭족자치구, 하이난 성을 포함해 2001년 이미 한국인의 인구가 5000명에 달했고 2006년 현재 4만 명으로 늘었으며 조선족은 같은 기간 1만여 명에서 6만 명으로 급증한 것으로 추산되었다.[27]

하이난 성에는 관광업이 해마다 늘어 조선족이 운영하는 여행사가 급증하고 있는데 2006년 현재 약 30개로 추산되고 있으며 2005년 하이난 성을 찾은 한국관광객은 6만 명으로 집계되었다.

---

26) 2005년 현재 심천에 한국인 2만 5천명, 조선족 3만 명, 광저우에 조선족 1만 여명 한국인 1만 여명, 동관에 조선족 8천여 명, 한국인 4천여 명이라는 통계도 있다.

27) 週刊 黑龍江新聞 2006. 8.6～8.12

○기타 지역

중국의 서부개발정책과 더불어 한국기업이 서부지역에 진출하게 되면서 최근 서부지역 등 기타 지역에서도 한겨레 사회가 형성되고 있다.

쓰촨 성에 체류하고 있는 한국인은 2007년에 약 582명으로 집계되었는데 그 가운데서 유학생이 약 345명으로 나타났고 한국인 쓰촨 성 입국현황은 76,922명으로 나타났다. 한국 상회에 등록된 한국기업은 40여개에 달해 한국기업의 대쓰촨성 진출의 개시를 의미하였다.

쓰촨 성에서 충칭은 한국인이 가장 많이 진출한 도시이다. 한국보다 조금 면적이 작은 충칭(8만 2,400km²)은 인구 3,090만 명의 세계 최대도시이며 1997년 직할시로 승격되면서 인근 현들을 편입해 거대도시가 되었다. 한국기업이 진출하기 전에 조선족이 먼저 이곳에 정착하기 시작하였는데 조선족이 충칭에 발을 디디기 시작한 것은 5~60년대 중국의 남하(南下)정책에 따른 조선족의 진출이었고 초기 이곳에 온 조선족들은 불과 10여 가구 밖에 안 되었다. 90년대 중반부터 조선족 대학 졸업생들의 충칭 진출이 이어지다가 2000년도 중구 서부 개발 정책으로 인한 조선족 인구유동이 물꼬가 트면서 현재 조선족 자영업체수가 10여개로 주로 한식당, 여행사, 김치장사, 약 공장 등이 있다.

2000년 중국 서부개발정책에 따라 충칭을 찾는 한국 업체들이 점진적으로 늘고 있는데 한국 총영사관에 따르면 2005년 충칭 시 한국인 방문객수가 2만 4천 600명이고 충칭 시 장기체류자 수는

300명이며 2006년에는 400명으로, 2007년에는 약 450명으로 늘었고 한국인 기업체 수는 20개로 주로 제조업, 물류, 홈쇼핑, 여행사, 한식 업이 주류를 이루고 있으며 대표적 업체로는 GS홈쇼핑, 포항제철, 한진해운, 아시아나 항공, 효성물산, 고려 한식당, 컨설팅 서비스 등을 들 수 있는데 한국 업체의 충칭진출에서 가교역할을 담당하고 있다.[28] 특히 주청뚜 한국총영사관 설립과 코트라 청뚜 무역관의 개장 및 충칭~한국 아시아나 항로의 개통으로 인해 이곳을 찾는 한국인이 많아지고 있다. 이들 한국 업체들은 조선족들을 통한 현지화와 시장석권에 노력하고 있다.

상술한 상황으로 인해 최근 들어 충칭시의 한국기업체에 취직한 조선족이 늘고 있으며 이들이 한국 업체에서 중견층으로 활약하고 있다. 또한 양자강 삼협을 끼고 있는 충칭시의 장점을 활용하여 한국방문객들이 늘면서 조선족 가이드도 20여명으로 현재 여전히 늘고 있는 실정이다. 하지만 현재까지 충칭의 조선족 대부분이 대학생으로 조선족 총인구의 75%를 차지하고 있으며 자녀교육 혹은 자녀를 동반한 조선족가구의 입주가 주류를 이루고 있다.

산시 성의 한겨레 사회도 조선족의 진출로부터 시작되었다. 현재 산시 성의 소재지인 시안 시 현지에 호적이 있는 조선족만 해도 2000명가량 되는데 이곳의 초기 조선족 군체의 형성 역시 해방 후 제대군인, 삼선(三線) 지원 과학기술일군, 문화대혁명전후 시안에서 대학을 졸업하고 현지에서 취직한 노 세대, 신세대 지식인들이었다. 이곳에서는 이미 80년대 초부터 자체로 '시안 시 조선족 연의회(聯誼會)'라는 이름을 내걸고 해마다 2~3회씩 모임, 들놀이 등 단체

---

28) 週刊 黑龍江新聞　2006. 5.21~27

활동을 조직해왔고 '조선족체육운동대회'만 해도 이미 10차나 가졌다. 그런데다 최근 몇 년간 동북 3성으로부터 이곳에 와 관광업(10여개), 유흥업, 노무에 종사하거나 장사를 하는 조선족이 늘고 있다.

최근 한국과 산시 성의 교류도 날로 증가하고 있어 2005년 한국인 관광객은 6만여 명이나 되었고 한국인 1000여명, 조선족 3000여명이 거주하고 있는 것으로 추산되고 있으며 현재 계속 늘고 있다. 기업체 수는 2006년 한국 업체 50여개, 조선족업체 100여개로 주요 업종은 반도체, 제약, 의류, 음식업 등이다. 또한 시안 시에 있는 43개 대학교에서 수백 명에 달하는 조선족학생과 500~600명가량 되는 한국유학생들이 공부하고 있다.[29]

현재 한국의 삼성, 현대자동차, LG, SK, 한국고속버스 등 굴지의 기업들이 사무소를 설립했고 통신, 반도체, 제약, 의류, 음식업 등 다양한 업체들이 자리를 잡았거나 투자가 시작되고 있다. 2003년 1월 시안의 50여개 한국 업체가 뭉쳐 '시안 한국 상회'를 설립하고 자체활동은 물론 시안시 정부를 도와 중한교류에서의 중매역할도 해오고 있다.

이외 중국의 제일 남쪽에 있는 윈난에도 2006년 한국인 2500명, 조선족 800명이 살고 있어 한겨레는 중국의 거의 모든 지역에 분포되어 있다.[30] 한국기업체의 진출현황은 약 30여 업체로 나타나 있어 쓰촨 성보다는 적다.

구이저우 성에 체류하는 한국인은 약 25명으로 나타났고 유학생은 총 12명이며 한국인 구이정우 성 입국현황은 9,234명으로 나타났다.

---

29) 週刊 黑龍江新聞 2006. 4. 16~4. 22
30) 週刊 黑龍江新聞 2006. 3. 26~4. 1

1.2 한겨레 사회의 형성 원인, 특징

1) 형성원인, 지역적 특징

(1) 산둥지역

상술한 지역 한겨레사회의 형성과정을 살펴보면 우선 산둥지역이 한국과의 교류가 가장 일찍 이루어지면서 산둥지역에 대한 한국의 진출이 가장 일찍, 그리고 가장 활발하게 이루어졌다. 이는 우선 지리적인 요인이 크게 작용한 것으로 산둥지역은 한국과 가장 가까운 거리에 있기에 기후 등 자연조건이 한국과 비슷하고 인류가 서식하기 가장 좋은 지역이라는 것이 중요한 원인이 되었다. 한국의 대중국 진출이 이루어지기 전에 이곳에 온 조선족의 다수가 자연조건과 기후를 보고 이곳을 선택한 것이 이 점을 보여 주고 있다. 다른 지역에 비해 중국의 동북조선족집거지역과 상대적으로 가까운 위치에 있고 사계절이 분명하며 동북의 조선족에게 있어서 최적의 선택으로 되었던 것이다. 특히 산둥지역 한겨레사회의 주축을 이루고 있는 칭다오 시는 한국과 해상, 항공 등 교통이 편리하고 기후와 자연환경이 한국과 비슷하다는 점이 한국의 대칭다오 진출의 주요 요인으로 되었다.

지리적인 위치도 중요하지만 산둥지역의 발달된 교통시설도 중요한 요인으로 작용하였다. 우선 산둥 성 동부지역의 칭다오, 옌타이, 웨이하이 등 연해도시는 최적의 항만이기도 하기에 해상교통이 발달하였고 국내 및 한국과의 항공노선도 발달되어 있다. 해상여객노선은 주 17회로 칭다오~인천(3회), 칭다오~군산(3회), 웨이하이~인천(3회), 석도~인천(3회), 용안(영성)~평택(3회), 일조~평택(2회)이며 항공노선은 주 67회로 칭다오~인천(35회), 칭다오~대구(4회), 칭다오~부산(5회), 옌타이~인천(17회), 지난~인천(4회), 옌타이~대구(2회)이다. 이 외에 도로건설이 잘되어 있어 내지와의 교통도 사통 발달하여 내지의 노동력 및 자원들을 유입할 수 있는 여건이 마련되어 있다. 특히 한국의 대중국 진출이 가공업 중심으로 이루어진 상황에서 가공품의 역수출을 위해서도 교통은 아주 중요한 요소로 되었다.

다음으로 비슷한 역사문화배경도 중요한 요인으로 되었다. 산둥은 유교의 발원지이며 중국 전역에서 유교문화가 가장 많이 보존되어 있는 지역이다. 한반도 또한 일찍 중국으로부터 유교문화가 전래되었고 오랜 기간 한국의 사회전반에 깊이 침투되었다. 즉 유교문화의 발상지이며 유교문화가 뿌리 깊은 산둥에서 한국인과 조선족은 문화의 동질성으로 인해 다른 지역에 비해 상대적으로 서로의 교류와 융합을 촉진할 수 있었다. 산둥사람들은 유교사상을 기업의 문화기초로 삼고 있는 한국의 기업관리 모식을 쉽게 받아들이고 또 재빨리 적용하여 산둥 성 한국기업의 투자에 적극적인 영향을 줄 수 있었고 산둥 성은 한국인들이 가장 선호하는 지역으로 되었다.

또한 한국기업체의 진출이 제조업 및 가공무역을 중심으로 이루어졌다는 점도 산둥지역 한겨레사회 형성의 주요요인으로 되고 있다. 가공업은 대량의 염가 노동력을 필요로 하며 산둥은 가장 풍부한 노동력 시장과 자원 및 농산물시장을 가지고 있다. 산둥 성 통계국의 2005년 1% 인구샘플링 조사 데이터에 따르면 산둥 성은 총인구 9248만 명으로 중국에서 허난 성 다음으로 인구가 가장 많은 성이며 연평균 32만 명의 인구가 증가했고 도시인구가 총인구의 45%를 차지하기에 노동력을 제공할 수 있는 충분한 여건이 마련되어 있었다.

상술한 요인들로 인해 90년대 초부터 현재까지 중국 전역에서 한국인과 조선족의 대산둥 성 진출이 가장 많이, 가장 빠른 속도로 이루어졌고 중국에서 가장 규모가 큰 한겨레 사회가 형성되었다.

산둥 지역의 한겨레 사회는 다른 지역과는 다른 특징을 가지고 있다. 우선 한국인들의 진출상황을 살펴보면 중소기업이 다수를 차지하며 특히 영세업자들이 많다. 전체적으로 보아 대기업의 진출은 활발하지 못하며 다른 지역에 비해 고급인재의 진출이 적은 것도 특징으로 되고 있는데 조선족의 경우도 비슷하다. 즉 베이징, 상하이, 광둥 등 지역에 비해 전체적으로 고학력을 소지한 고급인재들보다 저학력의 노동력진출이 많다. 비록 대학교에 취직한 고학력자들의 수는 적지 않지만 전체 조선족인구에서 차지하는 비율을 따져보면 아주 낮은 수치이다.

(2) 베이징, 텐진 및 기타지역

　베이징, 텐진을 중심으로 한 한겨레 사회는 정치, 문화중심인 수도권의 인문환경 및 텐진의 교통여건 등 요인들로 인해 산둥 성 다음으로 제2의 한겨레사회로 되고 있다. 수도권에는 조선족 특히 엘리트층 문화인들의 진출이 다른 지역보다 일찍 이루어졌고 학위구조도 높은 것이 특징으로 되고 있다. 한국의 대중국 진출과는 관계없이 문화혁명이전부터 조선족이 가장 많이 진출해 있는 지역이기에 중한수교 이전에 이미 고학력층의 조선족사회가 형성되었고 중한수교 이후에는 한국 관련 경제, 문화 영역에 더 많은 고학력층 인재들이 모이게 되었다.

　중한수교이후 주중한국대사관 등 한국의 재중국 주요기관들이 베이징에 들어오게 되었고 이와 함께 문화인 및 기업체들의 진출도 활발해지게 되었다. 수도권의 특수한 여건으로 인해 현재 수도권 한겨레 사회는 산둥의 한겨레 사회를 따라잡고 있으며 초과할 것으로 보인다.

　화둥 및 광둥 지역 한겨레 사회는 상하이, 심천, 광저우 등 대도시를 중심으로 이루어졌고 현재 발전 속도가 아주 빠르다. 한국기업체의 진출은 대기업을 중심으로 이루어지고 있으며 조선족도 고학력의 엘리트층이 산둥지역보다 더 많은 것이 특징으로 되고 있다. 또한 산둥 지역에 진출했다가 다시 화둥, 광둥 지역으로 진출하는 경우도 있어 앞으로 산둥의 한국인 및 조선족들이 화둥, 광둥 지역으로 더 많이 이동해 갈 가능성도 보이고 있다.

　서부지역의 진출은 중국의 서부개발정책과 함께 최근 급속한 발전을 보이기는 하지만 아직 미미하다. 하지만 외국기업에 대한 중국정책의 조절 및 서부지역의 외국기업우대정책 등 요인들로 인해 앞으로 동부 연해 지역의 기업들이 서부로 이동할 추세를 보이고 있다. 이와 함께 한겨레 사회 전체의 구도도 바뀔 가능성이 있다. 특히 한국기업체에 대한 의존성이 높은 조선족 노동력이 한국기업체의 이동으로 인해 이동해야 할 가능성이 높으며 한국기업체와 직접적인 관련을 가진 업종에 종사하는 조선족기업들도 함께 이전해야 할 가능성이 있다.

요컨대 한국의 대중국 진출은 우선 동북지역으로부터 시작하여 베이징, 톈진, 산둥, 동남연해, 광둥, 서부 지역 순으로 되고 있으며 산둥에는 중소기업이, 베이징에는 문화관련 기관, 업체들을 중심으로, 동남연해, 광둥 지역에는 대기업의 진출이 다른 지역보다 많은 상황이다. 베이징, 상하이 등 대도시에는 유학생을 중심으로 문화인들의 진출도 다른 지역에 비해 활발하다.

조선족의 경우, 중한수교이전에 베이징, 톈진지역에 진출한 고학력층이 해당지역 조선족의 주류를 이루었고 일본의 경제 진출과 더불어 심천 등 광둥 지역에 대한 진출이 80년대 말부터 시작되어 한국의 대중국 진출보다 일찍 이루어졌다. 산둥의 칭다오, 옌타이 등 연해지역에는 대학, 군부대, 기업 등에 일부 조선족이 진출해 있었을 뿐이었는데 중한수교이후 한국이 대중국 진출로 인해 노동력에 대한 수요가 급증하면서 저학력 노동력의 진출이 활발해 지게 되었다. 동남연해지역은 산둥지역에 비해 한국기업체의 진출이 늦게 시작되었지만 속도가 빠르며 비교적 규모가 큰 기업체의 진출이 이루어지고 무역규모도 산둥 성에 비해 크고 증가속도가 빠른 것으로 나타나고 있다.

2) 조선족, 한국인사회의 특징

　동북3성의 조선족 집거지역을 제외한 새로운 조선족사회의 형성은 중국의 개혁개방이후, 조선족이 연해지역과 대도시로 진출한 것이 그 시작이다. "조선족의 연해 진출은 한국의 대중국투자를 끌어들였고 중한경제교류의 교량역할을 했으며 만약 조선족이 없고 조선족의 연해지역 진출이 없었다면 한국의 중국진출은 더뎌졌을 것이다. 때문에 이를 조선족의 제2차 기여라고 해도 과언이 아닐 것이다"[31]라는 말이 나올 정도로 한겨레 사회의 형성에서 조선족의 역할은 무시할 수 없다.

　관내지역에 대한 조선족의 진출과 한국 진출의 선후관계만을 따져본다면 물론 조선족의 진출이 먼저 이루어졌고 2중 언어를 장악한 조선족의 교량역할이 없었다면 한국의 대중국 진출은 더 많은 어려움을 겪었을 것이고 현재와 같은 급속한 발전을 이룩하지는 못했을 것이다. 하지만 조선족의 교량역할로 인해 한국의 대중국 진출이 이루어지면서 또 더 많은 조선족의 관내진출을 유도하게 되었으며 이로 인해 조선족의 인구이동이 대규모로 이루어지게 되었고 조선족은 한국인과 함께 관내지역 한겨레 사회의 주력이 되었다. 때문에 한겨레사회의 형성에서 조선족과 한국인은 상호 영향을 주었으며 상호 발전을 촉진하였다. 한국은 대중국 진출을 통해

---

31) 週刊 黑龍江新聞 2005. 12. 18～24 .

한국의 임가공분야에서 노동력 부족 등 문제들을 해결하였고 조선족은 이를 통해 삶의 터전을 넓히고 보다 많은 기회를 얻을 수 있게 되었고 경제적인 부를 창조할 수 있었다.

한겨레 사회는 조선족과 한국인사회로 분리되어 있으며 상호 협조 및 동반자 관계를 형성하여 서로 떨어질 수 없는 관계로 되고 있다. 하지만 경제적인 차이, 관념 및 가치관, 생활태도 등 문화적인 차이도 존재하고 있다. 비록 다수의 한국인들이 조선족에 대해 우호적인 감정을 가지고 있지만 한국인에게 있어서 조선족은 같은 동포이면서도 몇 십 년간 단절된 상태에서 사회주의국가에서 생활해온 경제적으로 어려운 처지에 있는 동포에 불과하다. 중국과의 교류에서 초기에는 언어적 장애로 인해 한국어와 중국어를 구사할 수 있는 조선족이 필요했지만 현재는 한국어를 구사할 수 있는 한족과의 교류를 선호하고 조선족을 배제하려는 경향도 나타나고 있어 조선족과 한국인으로 이루어진 한겨레 사회의 문화적인 소통과 교류는 가장 중요한 사안으로 되고 있다.

(1) 조선족사회의 특징

인적구성 조선족사회의 형성은 동북집거지역 인구의 관내지역으로의 이동을 통해 이루어졌다. 조선족의 인구이동은 호적을 원 거주지에 두고 원래의 거주지를 떠나 다른 지역으로 이동한 경우와 호적까지 이동하는 두 가지 경우가 있는데 전자가 다수를 차지하고 있고 주로 농촌에서 도시로, 도시에서 도시로의 이동이며 소도시에서 대도시로, 동북의 도시에서 연해 및 개방지역의 대도시로의 이동이다.

　우선 호적을 원 거주지에 둔 이동이 절대다수를 차지하고 이들 중 상당부분은 원래 집거구의 농촌에서 생활하던 조선족과 무직(無職)이었던 계층이 다수를 차지하고 있으며 이들은 연해지역 및 대도시에 진출한 후 한국기업 혹은 조선족 경영주의 업체에서 임시노동력, 혹은 한국인 가정의 가정부 등으로 일하고 있다. 이들 중 다수는 고졸이하의 저학력자들이며 특별한 기술이 없다. 이들은 가족단위가 아닌 경우가 많으며 다른 지역의 인건비가 높으면 수시로 이동할 수 있어 이동성이 강하고 안정적이지 못하다.

　다음으로 비록 대졸이상 고학력, 혹은 고졸이하 저학력이지만 자기의 업체를 가지고 있거나 한국 업체의 중견역할을 하고 있는 조선족은 이들은 당지에서 부동산을 소유하고 있으며 당지 호적을 가지고 있다. 이 계층의 조선족은 이미 일정한 정도의 안정성을 가지고 있으며 가족을 단위로 생활하고 있다.

　마지막으로 석사연구생이상의 고학력층으로 이들은 국내 혹은 한국에서 석사, 혹은 박사학위를 취득하였으며 주로 대학의 해당전공분야에서 교학 혹은 연구에 종사하고 있는데 특히 한국학 관련전공분야에 있는 조선족이 절반정도[32)]를 차지하고 있어 역시 한국의 경체진출과 직접적인 관련을 가지고 있다. 한국학 관련전공이 아닌 경우에도 한국에서 석, 박사 학위를 취득했거나 한국의 지원을 받고 연구에 종사하거나 한국 학자들과 공동연구를 하는 등 절대다수가 한국과 간접적인 관계를 가지고 있다. 이외 당지 행정기관에 근무하고 있는 고학력 조선족들도 일부 있는데 이들은 모두

---

32) 옌타이대학, 칭다오대학 등 대학의 한국어교육은 거의 조선족에 의해 이루어지고 있다.

당지 호적을 가지고 있고 비교적 안정적인 생활을 영위하고 있다. 이들은 당지에서 한국학의 우세 및 한국과의 관계를 최대한 이용하여 많은 업적을 이룩하고 있다.

문화적 특징 관내지역 조선족사회는 복잡한 문화적 양상을 나타내고 있다. 우선 이들은 그 다수가 원래 조선족 집거지역에 살면서 조선족이 주체가 되어 중국의 한족 및 한국인과는 다른 조선족의 사고방식, 처세방식, 가치관을 가지고 있었다. 이들 중 절대다수는 조선이주민의 2세, 혹은 3세로서 이주초기부터 아무런 경제토대가 없는 사람들 즉 사회최하층으로 사회를 형성하고 남녀 모두 생산 활동에 참가해왔다. 중국의 사회주의 혁명과 문화혁명을 거치면서 권위와 등급질서를 타파하고 상대적으로 평등한 관계를 유지하고 있다. 즉 조선족은 백년 남짓이 중국에서 살아오면서 고유한 민족적 특성을 어느 정도 보존하고 있지만 이와 동시에 중국 특성을 갖춘 독자적인 문화를 형성하였다.

또한 중국조선족 문화는 한반도 여러 지역 문화가 혼합되어 이루어졌고 옌볜지역과, 헤이룽장, 랴오닝 성 집거지역의 문화도 서로 다르기 때문에 문화가 다원화되어 서로 이질감을 느끼는 경우가 있는데 특히 옌볜의 북선(北鮮) 문화와 옌볜을 제외한 지린 성 기타지역, 헤이룽장, 랴오닝 성 집거지 조선족의 남선(南鮮) 문화가 바로 그것이다. 때문에 관내지역 조선족사회도 옌볜출신과 길림, 헤이룽장, 랴오닝 등 지역 출신 간의 이질감으로 인해 상호 교류에 영향을 받고 있다.

조선족의 정체성 문제 조선족의 관내진출이 이루어지면서 조선족의 정체성 문제가 제기되었다. 즉 조선족의 다수가 민족 집거지역에 거주해 있던 개혁개방이전에는 정체성문제가 제기되지 않았지만 집거구역의 해체 및 관내에서의 새로운 조선족사회 형성으로 인해 중요한 문제로 대두되었다.

중국 조선족은 중국 내 기타 민족과 구분되어 55개 소수민족의 일원인 조선족으로 상징되고 국가적 차원에서 본다면 중국공민이란 정체성을 지니게 된다. 또 역사적인 근원을 따진다면 한민족이란 정체성을 소유하게 되어 다원화된 정체성의 소유자로 된 것이다. 조선족은 사실적, 법적으로는 중국공민이지만 문화적, 심리적으로는 스스로가 중국의 한 개 민족이라고 인정하는데 상당한 시간이 필요하였고 현재도 여전히 중국의 '소수민족'과 '한민족'사이에서 갈등을 느끼고 있다. 한국인과 조선족, 중국의 한족(漢族)과 조선족사이에 생기는 갈등과 벽이 바로 이러한 다원화된 조선족의 정체성에서 기인한 것으로서 현재 관내지역 다수 조선족은 한국인 사회와의 소통도 원만하게 이루어지지 못하고 한족 사회에도 침투되지 못한 상황이다. 때문에 이들은 현지에 진출한 한국인, 당지의 한족과 새로운 관계 구도를 형성하게 되면서 한국인도 중국인도 아닌 자기 자신을 확인하면서 예전에 정체성의 혼란을 느끼고 있다.

(2) 한국인 사회의 특징

인적구성 중국에서 내국인인 조선족과 달리 한국인은 중국에서 외국인이다. 때문에 이들에게 있어서 호적문제는 존재할 수 없다. 이들 중 가장 많은 비중을 차지하는 계층이 중국에서 여러 가지 업종의 업체를 운영하고 있는 자영업자들이다. 중소기업이 다수를 차지하고 있으며 소영업자들은 가족 단위가 아닌 경우가 많으며 일정한 규모를 가지고 있는 경우에는 가족을 거느리고 안착한 경우가 많다. 이들 중 다수는 대졸이하 학력소지자들이며 다수가 조선족보다는 학력이 높다.

다음으로 소규모의 무역업에 종사하는 계층으로 이들은 저학력자들이 다수이며 이동성이 가장 강하고 개개인을 단위로 활동하는 경우가 많다. 경제수입이 낮고 수시로 이동할 수 있는 계층이며 안정성이 약하다.

마지막으로 대기업에서 중견층으로 근무하거나 한국에서 중국에 파견한 여러 기관의 대표들로 대학원이상 고학력자들이며 경제수입도 높은 엘리트층이다. 하지만 중국에 장기간 체류할 가능성이 적기 때문에 비록 이들 중, 부동산을 소유한 사람도 있지만 다수가 임대하고 있어 조선족사회와는 다른 양상을 보이고 있다.

문화적 특징 한국은 경제토대가 중국조선족과 뚜렷이 구분되고 오랫동안 전통적인 양반문화에 습관 되어 왔다. 이들은 유교적인 등급 의식을 여전히 가지고 있기에 관습적으로 연령, 지위 등에 따라 사람을 상하로 구별하고 상위자에 대한 하위자의 절대적인 복종을 사회질서유지에서의 가장 중요한 것으로 여기고 있다. 한국인은 대인관계에서 종적인 서열의식이 매우 강하며 양반적인 예의 관념이 여전히 심하여 조선족 및 현지 중국인과 갈등을 느끼고 있다.

2

한겨레의 경제활동

❝ 2.1 중·한 무역규모의 확대, 무역구조 ❞

1) 중·한 수출입무역 규모의 확대

(1) 지역별 무역규모의 확대

중한 양국의 무역관계는 1978년 중국이 개혁개방을 하면서부터 시작되었다. 초기 양국의 무역은 소규모로 진행되었고 홍콩 등지를 경유한 간접무역의 형식을 통해 이루어졌다. 그 이후 양국의 무역은 날로 발전하여 1984~1985년 무역액이 4.62억 달러와 12.92억 달러로 각기 전년(前年)보다 245%, 285% 증장하였다. 1988년에는 30.9억 달러에 달했고 1990년에는 38.2억 달러에 달해 수교 이전에 이미 상당한 규모에 이르게 되었다.[33] 1992년 중한 양국 수교 이래 양국의 무역은 급속히 발전하여 큰 성과를 이룩했고 연간 20%좌우의 속도로 급증하였고 2002년에는 무역총액이 411억 달러에 달해 1992년의 64억 달러에 비해 6배여 증장하였다. 한국의 통계에 따르면 중·한 교역은 지난 수년간 지속적인 고도 성장세

---

33) 林曉光, 「略論韓國的對華投資」.

를 보이면서 2003년 중국은 한국의 제2무역대상국으로 되었고 2003년 말 무역액이 570.2억 달러에 달해 수교당시의 64억 달러에 비해 9배 증장하였다. 2004년에는 90,068백만 불을 기록하여 전년 동기대비 42.5%의 높은 증가세를 나타냈으며, 무역수지 또한 344억불 흑자를 보여 2003년에 비해 흑자폭이 113억불 증가하였다. 그 중에서 대중국 수출 62,250백만 불, 수입 27,818백만 불로서 각각 44.3%, 38.4% 증가하였고, 무역수지는 34,432백만 불의 흑자로 전년과 대비하여 49.5% 증가한 실적을 보였다. 2000년대에 들어서서 중·한 양국의 교역 증가율은 중국의 전체 교역 증가율을 웃돌았고 2004년 중국의 대 한국 수출은 278억 달러로 전년대비 38% 상승하고 대한국 수입은 622억 달러로 전년 대비 44% 증가했다. 또 중국 수입시장에서 한국이 차지하는 점유율은 지난 2002년 9.6%에서 2003년 10.4%, 지난해 11.1%로 지속적으로 상승했다.

한국 측 통계에 따르면 2005년 한중 교역액은 한국의 대중국 수출 620억 달러, 수입 386억 달러 등 1천 6억 달러로 전년 대비 26.3% 증가한 것으로 나타났다. 교역통계는 통관기준에 따라 약간씩 차이가 나는데 2005년 한국의 대중국은 수출 7천 620억 달러, 수입 6천 601억 달러로 총 교역액이 1조 4천 221억 달러를 기록해 2004년에 이어 교역 규모 세계 3위를 유지으며 교역액 1위는 미국, 2위는 독일이었다.

즉 1992년 수교 당시 50억이 되지 못했던 무역액은 수교이후 연평균 27%의 성장세를 유지하였고 2005년에는 1000여억 달러를 초과하여 원래 정한 목표를 앞당겨 완성하였으며 2006년에는 1,180억 달러로 20배 가까이 폭증했다.[34]

전체적으로 교역이 증가세를 보이고 있는 가운데 장수 성, 상하이시, 베이징 시가 높은 증가세를 기록하는 반면, 랴오닝 성, 저장 성과의 교역 증가는 약세를 보이고, 무역수지는 랴오닝 성, 허베이 성, 허난 성, 후베이 성을 제외하고는 수지흑자폭이 증가하는 현상을 보이고 있다. 전통적으로 교역 주요 성·시인 광둥 성, 장수 성, 산둥 성, 상하이시, 톈진시의 교역은 지속적으로 신장하고 있고, 특히 장수 성의 경우 전년대비 83.5% 증가하여 교역 총액에서 산둥 성을 추월하였으며, 장수 성과 상하이시의 교역 증가폭이 급속한 신장세를 보이고 있는 것은 동 지역에 전자, 반도체 등의 진출기업이 증가에 기인한 것으로 보인다.[35]

2008년 한국과 중국의 교역은 계속 증가추세를 유지하고 있는 가운데 2008년 상반기 교역규모는 전년 동기대비 25.7% 증가한 92,497백만 달러를 기록하였으며 무역수지는 20,979백만 달러의 흑자로 동기대비 1.01% 증가한 실적을 보였다. 중국 해관 총서의 수출입통계기준에 의하면 한국과의 교역상황이 활발한 중국의 성시는 장수 성, 광둥 성, 산둥 성, 톈진 등 성(省), 시(市)이며 특히 장수 성(23.2%), 광둥 성(16.3%), 산둥 성(13.4%) 등 3개 성의 실적이 전체 교역의 절반이상을(52.9%)을 차지했다.

한국과 중국의 무역이 활발하게 이루어지면서 중국에 한국의 무역경제기구들이 개설되거나 무역기구들에서 부설기구를 설치하고 있는데 주요경제기관인 대한무역투자진흥공사 산하의 무역관(광저

---

34) 2006년 양국의 무역규모는 1343억 달러에 달하며 이는 1992년의 50억 달러에 비해 27배 增長한 셈이라는 자료도 있다.(朴宰雨, 「"韓中交流年"是"全面合作(火伴關係)鞏固化的一年」, 『當代韓國』, 2007. 3. 4쪽)

35) 주중대사관 자료 참조

우 무역관, 다롄 무역관, 우한 무역관, 베이징 무역관, 상하이 무역관, 청뚜 무역관, 선양 사업단, 칭다오 무역관), 중소기업진흥공단, 한국대외경제정책연구원, 한국무역협회, 한국수출보험공사, 한국전력공사, 한국과학기술협력중심 등이 있다. 지방자치단체로는 서울문화무역관(베이징), 구미시 선양무역관, 부산 상하이 대표처, 강원도경제무역사무소, 경상남도산둥사무소(칭다오), 충남 상하이 무역관 등이 있어 해당 지역의 대중국 진출을 위해 봉사하고 있다. 이외 농업협동조합중앙회 등 공공 및 자원기관도 지회 또는 지부를 중국에 개설하였다.36)

(2) 수출입규모의 변화

양국의 수출입무역관계를 살펴보면 한국의 대중국 수출은 지속적으로 높은 증가세를 유지하였으며 한국의 수출액은 1992년 27억 달러에서 695억 달러로 25배 이상 늘었고 수입금액도 같은 기간 37억 달러에서 486억 달러로 성장했다. 한국의 전체 수출에서 중국이 차지하는 비중도 수교 직후에는 3.3%에 불과했지만 2004년 62,250백만 불을 기록하여 전년 동기대비 44.3% 증가한 실적을 보였고 2006년에는 21.3%로 뛰었다. 수입비중도 같은 기간 4.2%에서 15.7%로 늘었다. 이러한 수출입 증가로 중국은 2002년 한국의 최대교역대상국으로 떠올랐고 동시에 최대 무역수지 흑자대상국이기도 하다. 중국은 한국의 첫 번째 무역대상국이고 첫 번째 수출시장과 가장 큰 투자대상국이며 한국은 중국의 세 번째 무역

---

36) 『산둥비즈니스』, 2007. 10

대상국, 네 번째 수출대상국과 세 번째 수입대상국으로 되었다. 중국은 2003년 이후 한국의 최대 수출국이면서 2004년부터 한국의 최대 수입국으로 부상하고 있다. 또한 중국은 2004년부터 미국에 앞서 한국의 최대 교역대상국으로 자리 잡고 있으며 2006년을 기준으로 중국은 한국의 최대 수출국, 2대 수입국이며 한국은 중국의 4대 수출국, 2대 수입국이 되었다.[37] 현재 중한무역은 여전히 양호한 상태를 유지하고 있으며 20주년이 되는 2012년에는 무역액이 2000억 달러에 달할 것으로 전망하고 있다.[38]

2004년 최대 수출 성. 시는 광둥 성 14,074백만 불(33.8% 증가), 장수 성 13,977백만 불(91.7% 증가), 상하이시 7,938백만 불(42.5% 증가), 산둥 성 7,084백만 불(29.7% 증가), 톈진 5,212백만 불(34.2% 증가) 순으로 중국의 대한국 수입성시는 광둥 성, 장수 성, 상하이시, 산둥 성, 톈진 시 순이다.

한국의 대중국 수입은 지속적으로 증가세를 유지하고 있는데, 2004년에는 27,818 백만 불을 수입하여 전년대비 38.4% 증가한 실적을 보였다. 최대 수입 성. 시는 산둥 성 5,534백만 불(32.6% 증가), 광둥 성 4,111백만 불(63.0% 증가), 장수 성 3,539백만 불(57.1% 증가), 상하이시 2,511 백만 불(69.3% 증가), 랴오닝 성 2,314백만 불(50.0% 증가)순으로 산둥 성이 최대 수출 성으로 되어 중국의 대한국 수출성시 순위는 산둥 성, 광둥 성, 장수 성, 상하이시, 랴오닝 성이다.

한국의 무역수지 흑자는 34,432백만 불로 전년대비 49.5% 증가

---

37) 週刊 黑龍江新聞, 2007. 8. 26~9. 1, TN~2면.
38) 『當代韓國』, 2007. 3. 1쪽.

한 실적을 기록 한 가운데, 중국의 최대 적자 성. 시는 장수 성(10,438백만 불), 광둥 성(9,963백만 불), 상하이시(5,427백만 불), 톈진 시(3,428백만 불), 베이징 시(3,378백만 불)순으로 장수 성이 제1위를 차지하였다. 중국의 무역수지 흑자 성. 시는 허베이 성(693백만 불), 산시 성(478백만 불), 허난 성(511백만 불), 랴오닝 성(349백만 불), 지린 성(224백만 불) 순의 실적을 보였다.

2006년 1/4분기 한국과 중국 각 성시별 전체 교역규모를 살펴보면 전년대비 20.1% 증가한 29,250백만 달러를 기록하였으며 무역수지는 10,518백만 달러의 흑자로 전년 대비 18.8% 증가한 실적을 보였다. 한국과의 교역이 활발한 중국의 성시는 장수 성, 광둥 성, 산둥 성, 상하이시, 톈진 시, 베이징 시 등이다. 특히 장수 성(23.1%), 광둥 성(18.6%), 산둥 성(14.1%) 등 3개 성의 실적이 전체 교역의 절반 이상(55.8%)을 차지했다.

한국의 대중국 수출은 19,884백만 달러를 기록하여 전년 동기대비 19.8% 증가했다. 최대 수출 성시는 장수 성 5,202백만 달러(5.4% 증가), 광둥 성 4,502백만 달러(39.5% 증가), 산둥 성 2,359백만 달러(21.8 증가), 상하이시 2,052백만 달러(12.1% 증가), 톈진 시 1,593백만 달러(18.1% 증가) 순이었다.

또한 한국의 대중국 수입은 9,366백만 달러를 수입하여 전년 대비 20.9% 증가했다. 최대 수입 성시는 산둥 성 1,776백만 달러(24.8% 증가), 장수 성 1,544백만 달러(35.6% 증가), 광둥 성 952백만 달러(3.3% 증가), 상하이시 911백만 달러(39.9% 증가), 톈진 시 704백만 달러(61.5% 증가)순이었다.

한국의 대중국 무역수지 흑자는 10,518백만 달러로 전년 대비

18.8% 증가한 실적을 기록한 가운데 최대 흑자 성, 시는 장수 성 (3,658 백만 달러), 광둥 성(3,550백만 달러), 상하이시(1,41 백만 달러) 베이징이(975 백만 달러), 톈진 시(889 백만 달러)순이었다. 한국의 대 중국 무역수지 적자 성시는 랴오닝 성(194백만 달러), 허난 성(169백만 달러), 산시 성(113백만 달러), 지린 성(75백만 달러)순이었다.[39]

비록 중·양국의 무역이 10여 년간 지속적인 증가세를 보였고 2006년 한국의 대중국 무역흑자는 209억 달러를 기록하며 14년 연속 흑자를 기록했지만 그 내용은 별로 좋지 않다. 우선 흑자 규모가 2005년보다 10.2% 줄어 2001년 이래 처음으로 감소세를 보인 것이다. 중국에 대한 수출도 2003년 이래 지속적으로 하락하고 있고 반면 2005년과 2006년에는 수입증가율이 수출증가율을 앞섰는데 무역흑자 감소원인은 다양하지만 가장 큰 이유는 중국의 경제성장이 빨라졌기 때문이며 우선 자동차 기계 섬유 전자 등 주력 산업에서 중국 기술수준이 크게 올라섰다.[40]

중국이 무역흑자 확대로 인한 통상마찰을 피하기 위해 가공무역 규제에 나서고 있는 가운데 중한 양국 가공무역의 비중이 감소하고 있는 것으로 나타났다. 최근 한국무역협회가 발표한 2006년 한중간 가공무역 동향 및 시사점에 따르면 중국의 대한국 가공무역 비중은 수출과 수입 모두에서 하락세로 반전했다. 중국의 대한국 수출을 보면 가공무역으로 분류되는 수출이 차지하는 비중이 2006년이 45.3%로 2004년의 49.4%에 비해 4.1% 하락했다. 한국의 대

---

39) 週刊 黑龍江新聞　2006. 5.14~20

40) 매일경제 2007. 5. 30. A5

중국 수입을 보면 가공무역으로 분류되는 수입이 차지하는 비중이 2006년 54.2%로 2005년의 55.8%에서 1.6% 하락했고 한국의 대중국 가공무역 증가율도 최근 몇 년 사이에 큰 폭으로 하락했다. 한국의 대중국 가공무역 수출증가율은 2004년의 52%에서 2006년의 16%로 3분의 1이하 하락했다. 한편 중국의 대중국 가공무역 수입 증가율은 2004년의 32%에서 2006년의 27%로 감소했고 한국의 중국내 수입시장 점유율은 2003년 10.4%, 2004년 11.1%, 2005년 11.6%로 상승하다가 2006년 11.3%로 하락세로 반전했다.[41]

중국 해관총서의 수출입통계기준에 의하면 2008년 상반기 한국의 대중국 수출은 56,738백만 달러를 기록하여 전년대비 20.0% 증가한 실적을 보였고 최대 대중 수출 성, 시는 장수 성 14,395백만 달러(21.1% 증가), 광둥 성 10,895백만 달러(7.7% 증가), 상하이시 6,481백만 달러(18.0% 증가), 산둥 성 6,320백만 달러(18.5% 증가), 베이징 시 5,830백 만 달러(49.3% 증가), 톈진 4,715백만 달러(19.4% 증가)순을 기록했다.

2008년 한국의 대중국 수입은 35,759백만 달러를 기록하여 전년동기대비 35.9% 증가한 실적을 보였는데 그중 최대 대중 수입 성시는 장수 성 7,050백만 달러(45.3% 증가), 산둥 성 6,147백만 달러(29.2% 증가), 광둥 성 4,182백만 달러(47.2% 증가), 상하이시 2,950백만 달러(35.9% 증가), 랴오닝 성 2,916백만 달러(37.2%) 순위로 이는 중국의 대한국 최대 수출 성시순위로 되고 있다.

한국의 대중국 무역수지 흑자는 20,979백만 달러이며 그중 최대 흑자 성, 시는 장수 성(7,345백만 달러), 광둥 성(6,713백만 달러),

---

41) 週刊 黑龍江新聞 연해뉴스, 2007, 3, 4~3. 10.

베이징이(4,071백만 달러), 상하이시(3,531백만 달러), 톈진 시(2,184백만 달러)순이다. 그중 한국의 대중국 무역수지적자성시는 랴오닝 성, 허베이 성, 허난 성, 산시 성 순위로 나타났다.

(3) 산둥 성과 한국의 무역상황

산둥 성은 한국과의 경제교류가 가장 일찍 시작되고 가장 활발하게 이루어진 지역으로 산둥 성과 한국과의 통상무역 상황을 전 중국의 무역상황과 비교하여 표로 정리하면 아래와 같다.

산둥 성, 전 중국과 한국의 무역상황[42]

(단위: 억 달러)

연도별	산둥 성			전 중국		
	對韓 수입	對韓 수출	합계	對韓 수입	對韓 수출	합계
1991		2.8				
1992		4.2				
1993		6.3		53.6	28.6	82.2
1994		11.6		73.2	44.0	117.2
1995		16.9		102.9	66.9	169.8
1996		26.9		124.8	75.0	199.8
1997		34.4		149.3	91.3	240.6
1998	22.7	12.4	35.1	150.0	62.7	212.7
1999	26.7	15.8	42.5	172.2	78.1	250.3
2000	33.9	22.7	56.6	232.1	112.9	345.0
2001	35.6	25.9	61.5	233.9	125.2	359.1
2002	41.4	32.7	74.1	155.0	285.7	440.7
2003	54.7	41.8	96.5	431.3	201.0	632.3

42) 산둥 성 통계연감 등 참조.

표를 살펴보면 산둥 성의 대한국 수출입무역은 전국과 마찬가지로 전체적으로 증가하는 추세였으며 1997년에 고봉을 이루었다가 1998년에는 대폭 하락하였고 1999년부터 다시 상승하는 추세이다. 수출입구조를 살펴보면 전체적으로 수입이 수출을 초과하였는데 1998년부터 2003년까지의 상황을 비교하여 구체적으로 살펴보면 아래와 같다.

산둥 성, 전 중국 수출입상황 비교

연도별	산둥 성		전 중국	
	對 韓 수 입(%)	對 韓 수 출(%)	對 韓 수 입(%)	對 韓 수 출(%)
1998	64.67	35.33	70.52	29.48
1999	62.82	37.18	68.80	31.20
2000	59.89	40.11	67.28	32.72
2001	57.89	42.11	65.14	34.86
2002	55.87	44.13	35.17	64.83
2003	56.68	43.32	68.21	31.79

표에서 보면 전국과 산둥 성 모두 2002년을 제외하고 대한국 수입률이 수출보다 높았고 해마다 수입률은 감소되고 수출률이 높아지는 추세에 있었다. 하지만 대한국 수입률은 산둥 성이 해마다 전국보다 낮았고 반대로 수출은 전국보다 높은 비율을 나타냈는데 이는 산둥 성의 대한국 수출대성(輸出大省)임을 보여주고 있다.

칭다오세관의 통계에 따르면 칭다오 시는 2005년 1월부터 7월까지 수출입총액 165.95억 달러로 동기 대비 24.6% 증가한 수치이며 산둥 성이 전국의 각각 39.5%와 2.2%를 차지하는 것으로 나타났다. 그 중 수출액이 97.25억 달러, 수입액이 68.70억 달러로 동기대비 각각 33.5%와 13.8% 증가했다. 수출과 수입은 각각 산둥 성 38%와 41.6%를 차지하며 전국의 2.4%와 1.9%를 차지했다. 이 기간 칭다오 시 대외수출입 추세는 사영기업의 수출이 증가세를 보이고 있으며 기계전기제품의 수출이 빠르게 증가되고 있고 대기업들의 수출도 안정세를 유지하고 있다.[43]

산둥 성 옌타이 시는 풍부한 해양 수산자원을 가지고 있으며 중국의 중요한 가공생산기지이다. 2004년 옌타이 시 과일 생산량은 약 300만 톤, 야채 생산량은 약 290만 톤에 달했으며 수출량은 중국에서 제1위를 차지하였다. 옌타이 시 세관통계에 따르면 옌타이 시는 2004년 수출입총액이 79.94억 달러로 전년대비 35.7% 증가했으며 그 중 수출액이 44.95억 달러이며 수입액이 34.99억 달러이다. 수출입대상국 중에서 아시아가 주요시장을 차지하였으며 유럽시장도 증가속도가 매우 빨랐다. 아시아시장의 수출과 수입액은 각각 28.02억 달러, 22.22억 달러이며 그 중 대 일본 수출은 12.28억 달러로 1위, 대 한국 수출액은 8.31억 달러로 2위를 차지했고 한국으로부터의 수입은 14.4억 달러로 옌타이시 수입총액의 41%를 차지하였다.[44]

2004년 웨이하이시의 수출입 무역액 56억 달러였으며 그 중 절반이 한국과의 거래였고 옌타이보다 더 높은 비율을 보였다.[45] 2004년 옌타이시의 수출입총액은 80억 달러였는데 그 가운데 한국

---

43) 週刊 黑龍江新聞 연해소식, 2005. 8. 28∼9. 3.
44) 週刊 黑龍江新聞 연해소식, 2005. 2. 27∼3. 5.
45) 동북저널(吉林朝鮮文報出版) 2005. 3. 28∼4. 3 제230호

과의 무역액은 22억 7천만 달러로 옌타이 시 수출입총액의 28.4%를 차지했으며 옌타이 시와 무역관계를 맺고 있는 국가 중에서 제1위를 차지했다.

(4) 동남연해지역과 한국의 무역상황

한국과 중국 동남연해지역과의 무역도 지속적인 증가를 보이고 있는데 특히 동남연해지역의 경제중심지인 상하이와의 교역은 급속한 발전을 가져왔다.

상하이시의 대한국 교역상황[46]

(단위 : 백만 달러, %)

년도	교역액		대한국수출		대한국수입	
	금액	증가율	금액	증가율	금액	증가율
1998	1,386	~	317	~	1,069	0
1999	1,901	37.2	608	92.0	1,293	21.0
2000	3,020	58.9	1,022	68.2	1,998	54.4
2001	3,220	6.6	975	~4.6	2,245	12.4
2002	3,792	17.8	1,111	13.9	2,681	19.4
2003	6,718	77.2	1,360	22.5	5,358	99.8
2004	10,051	49.6	2,340	72.0	7,711	43.9
2005	10,600	5.5	2,550	9.0	8,050	4.4
2006	13,300	25.5	3,710	45.4	9,580	19.0

위의 표를 살펴보면 1998년 이후 상하이시의 대한국 교역액은 수입과 수출 모두 전체적으로 증가하는 추세였고 특히 2003년에는 급속히 증가해 최고의 증가율을 기록하였다. 수출과 수입 모두 비슷한 증가율을 보이고 있지만 전체적으로 수출의 증가율이 2003년

---

46) kita.net.

을 제외하고는 더 높은 수치를 나타냈다. 수입과 수출이 전체 교역액에서 차지하는 비율을 살펴보면 아래와 같다.

상하이시의 대한국 교역수출입상황

(단위 : 백만 달러, %)

년 도	1998	1999	2000	2001	2002	2003	2004	2005	2006
對韓國 수입(%)	77.13	69.02	66.16	69.72	70.70	79.76	76.73	75.94	72.08
對韓國 수출(%)	22.87	31.98	33.84	30.28	29.30	20.24	23.28	24.06	27.92

즉 상하이시 대한국 교역에서 수입이 차지하는 비율이 해마다 수출보다 훨씬 높아 거의 3배에 가깝거나 초과할 때가 많았고 최근 3년은 수출이 차지하는 비율이 해마다 늘어나는 추세에 있다. 1998년부터 2003년까지 전국의 대한국 수출입상황과 비교해보아도 1999년과 2000년을 제외하고는 상하이시의 수입률이 차지하는 비율이 전국보다 높았는데 이는 상하이시와 한국의 교역이 수입을 중심으로 이루어졌음을 보여주고 있다.

상하이시, 전 중국 수출입상황 비교

연도별	상하이시		전 중국	
	對韓國 수 입(%)	對韓國 수 출(%)	對韓國 수 입(%)	對韓國 수 출(%)
1998	77.13	22.87	70.52	29.48
1999	68.02	31.98	68.80	31.20
2000	66.16	33.84	67.28	32.72
2001	69.72	30.28	65.14	34.86
2002	70.70	29.30	35.17	64.83
2003	79.76	20.24	68.21	31.79

(5) 광둥지역과 한국의 무역상황

　중한수교 이후, 한국과 중국의 경제중심인 광둥 성 간의 교역은 산업구조의 동질성으로 인해 가파른 상승세가 이어졌다. 특히 광둥지역은 가공수출이 발달한 지역으로 한국 원. 부자재 수입수요가 크고 홍콩과 인접해 있어 해상 및 육상 환적(宦蹟)이 편리하며 세관 통관절차 등 정책의 개방도가 높아 융통성이 많은 등 우세를 가지고 있다. 최근 들어 한국의 대중국 수출이 점차 광둥으로 집중되기 시작하고 있으며 한국수출의 최대시장으로 부상되고 있다. 2000년대에 들어서서 광둥 성의 생산 및 수요기반을 활용해 중국 내수시장을 겨냥한 한국의 투자가 가파른 상승세를 이어 왔는데 한국의 대중국 수출의 30%이상이 광둥 성을 통해 이루어지고 있는 상황이다.

　또한 광둥 성은 중국 전체 수출의 30%를 담당하고 있고 2004년 한국과의 무역규모만 205억 달러를 기록했다. 광저우 대한무역진흥공사의 지료에 따르면 2005년 11월 말까지 한국의 대광둥성 수출은 132억 1천만 달러로 전년 동기대비 29.1% 증가했고 이는 한국의 대중국 수출액 453억 달러 가운데 약 30%, 흑자규모 186억 달러 가운데 51억 1천만 달러를 차지했다. 한국의 대광둥성 무역흑자 115억 달러는 한국의 3대 무역흑자 대상국인 미국과의 무역흑자보다 더 많으며 광둥 성은 이제 한국의 중국 활로 개척의 핵심지역이 되었다.[47]

---

47) 週刊 黑龍江新聞　2006.8.6~8.12

(6) 기타 지역과 한국의 무역관계

최근 한국의 대중국진출이 중국 전역에 파급되면서 구이저우, 윈난 성 등 남부지역의 성들과도 무역관계를 형성하고 있다.

한국 대구이저우 성 무역상황[48]

(단위: 백만 불)

구 분	2001	2002	2003	2004	2005	2006(상반기)
대구어저우 성 수출	11	66	28	17	21	16
대구이저우 성 수입	54	50	57	67	76	43
무역수지	~61	16	~26	~50	~55	~27

2001년부터 2006년까지 한국의 대구이저우 성 교역 상황을 표에서 살펴보면 다른 지역과 마찬가지로 수입을 중심으로 이루어지고 있으며 수출은 전체적으로는 증가세를 이루고 있지만 굴곡이 심하다. 수입은 거의 수출의 3배 이상이며 해마다 증가하는 추세에 있지만 증가의 폭은 크지 않다.

한국 대윈난 성 무역상황[49]

(단위: 백만 불)

구 분	2001	2002	2003	2004	2005	2006
대윈난 성 수출	16.98	3.98	16.16	23.74	61	81.6
대윈난 성 수입	36.54	42.18	38.02	41.84	111	40.319
무역수지	~19.56	~26.02	~21.86	~18.1	~50	41.2

---

48) 구이저우 성 상무청(商務廳) 통계자료 참조.
49) 윈난 성 상무청(商務廳) 통계자료 참조.

2001년부터 2006년까지 한국의 대위난 성 교역 상황을 살펴보면 구이저우 성보다 교역규모가 크며 수입이 수출은 초과하고 있기는 하지만 다른 지역에 비해 수출과 수입의 격차가 크지는 않다.

최근 연간 중국의 서부개발 및 연해지역의 외자투자환경의 변화 등으로 인해 서부지역에 진출하는 한국기업의 수가 증가하고 있고 무역도 활발해 지고 있는데 특히 2005년 이후 증가의 폭이 급속히 커지고 있다.

한국 대쓰촨 성 무역상황[50]

(단위: 백만 불)

구 분	2003	2004	2005	2006
대쓰촨 성 수출	145	160	187	346
대쓰촨 성 수입	187	204	285	296
무역수지	~42	~44	~98	50

한국 대충칭 시 무역상황[51]

(단위: 백만 불)

구 분	2004	2005	2006
대충칭시 수출	77	53	42
대충칭 시 수입	68	64	85
무역수지	9	~9	~43

쓰촨 성 전체와 한국의 대쓰촨 성 투자의 중심지역인 충칭시의 상황을 살펴보면 수출입 모두 증가되고 있는 추세를 보이고 있으

---

50) 쓰촨 성 상무청(商務廳) 통계자료 참조.
51) 쓰촨 성 상무청(商務廳) 통계자료 참조.

며 수입과 수출의 격차가 다른 지역에 비해 크지 않다.

2) 무역구조의 변화

수교이후 16년간 무역구조에서도 큰 변화가 나타났다. 수교초기
인 1992년만 해도 중국의 대한국 1위 수입 품목은 철강판이었고 1
위 수출 품목은 농산물로 분류되는 식물성 물질이었다. 수교 이후
15년이 흐른 2006년 현재 한국의 대중국 주요수출 품목은 반도체
와 컴퓨터, 무선통신기기, 평판디스플레이 등 고기술 전제제품으로
바뀌었다. 저 기술 산품은 중국 자체적으로 생산이 가능하기 때문
에 중국기술력이 못 미치는 분야에 대한 수출이 주종을 이루고 있
으며 한국의 대중국 수출은 주로 현지에 진출한 한국 투자기업에
대한 부품, 원자재 공급을 통해 이루어졌다.

1992년과 2006년 한·중 수출입 품목 변화[52]

수출품목			수입품목		
구분	1992년	2006년	구분	1992년	2006년
1	철강판	반도체	1	식물성물질	컴퓨터
2	합성수지	석유제품	2	원유	반도체
3	철근	컴퓨터	3	인조단섬유직물	의류
4	가죽	무선통신기기	4	시멘트	철강판
5	인조섬유	합성수지	5	석탄	전자응용기기
6	인조장섬유직물	석유화학원료	6	견직물	무선통신ㄹ기기
7	종이제품	평판디스플레이	7	곡식류	알루미늄
8	섬유·화학기계	철강판	8	정밀화학원료	석탄
9	석유제품	자동차부품	9	면직물	정밀화학원료
10	기타 석유화학제품	광학기기	10	기타농산물	정전기기

---

52) 한국무역협회 통계자료 참조.

　다음으로 중국 각 지역의 상황을 살펴보면 우선 산둥 성은 2004
년에 이르러 농산물 총 수출액이 전국 1위를 차지했고 칭다오 세
관 통계에 따르면 같은 해 산둥 성의 농산물 수출입 총액은 전년
대비 29.3% 증가한 65.9%억 달러로 전국 농산물 수출입 총량의
16%를 차지했다. 농산물 무역 대성인 산둥 성의 수출품은 주로
야채이며 2004년 야채 수출은 전 성 농산물 수출총액의 30.2%를
차지했다. 땅콩과 땅콩 가공품, 닭과 닭 가공품, 과일, 과일즙과 냉
동 돼지고기 등도 산둥 성의 주요수출품으로 산둥 성 수출총액의
63.9%를 차지했다. 일본은 산둥 성의 농산물 최대 수입국으로서
2004년 대일본 농산물 수출이 산둥 성 농산물 수출총액의 37%를
차지했다. 미국, 아르헨티나와 브라질 역시 산둥 성의 주요한 농산
물 수입국으로 전성 농산물 수입총액의 59.9%를 차지했다.[53]

　가공무역에 종사하는 현재 한국투자기업의 기계설비, 원 부자재
수입액이 전체 산둥 대 한국 수입액의 70%이상을 차지하며 산둥
대 한국 수입품은 주로 전기 기기류, 플라스틱제품, 철강, 연료류,
편직물, 유기화학제품, 가죽, 광학, 계측기기류, 자동차 등이며 수
출품은 전기 기기류, 철강, 편물제의류, 보일러, 기계류, 철도차량,
어패류(魚佩類), 가죽제품, 알루미늄 등이다.

　산둥 성의 주요수출도시인 옌타이시의 대한국 수출품은 주요하
게 복장, 채소, 해산물, 방직품, 기계, 화공원료, 전자부품 등이며
수입품은 주요하게 방직원료, 사료, 피혁, 강재 등이다.[54] 또한 냉
동 가을 갈치, 오징어, 조기, 나비돔(紅魚), 활우럭 등 5종의 어종

---

53) 週刊 黑龍江新聞 연해소식, 2005. 3. 6～3. 12.
54) 「중국 옌타이(서울) 투자환경 및 중점산업 설명회」자료, 2005. 3, 4쪽.

은 옌타이시가 한국으로 가장 많이 수출하는 수산물이다. 해당부문에 따르면 2005년 옌타이 시 통상구(通商口)를 통해 수출된 수산물이 총 8.7억 달러가치 되며 그 중 한국으로 수출된 것이 35% 차지한다. 한국이 5종 수산물에 대한 수입관세를 인하함에 따라 옌타이 시는 2006년 수산물의 대한국 수출에서 2000만 달러의 수익을 증가시키게 되었다.[55]

동남연해 지역에서 가장 큰 수출입시장인 상하이시의 한국 주요 수출제품은 반도체, 컴퓨터 및 부품들과 철강제품, 의류 등이며 상하이 시의 대한국 주요 수입제품은 LCD, 반도체, 컴퓨터 부품, 자동차 부품, 합성수지 등 원부자재, 반제품을 위주로 하고 있다.

또한 저장 성 닝버와의 무역에서 주요수입상품은 초급형태의 비닐, 텔레비전, 라디오 및 무선전신설비의 부품, 무선전화기, 강재 등이다. 주요수출품은 복장 및 의착(衣着) 부품, 강철제품, 물, 해산물, 방직물, 기름 등이다.[56]

저장 성 이우시는 중국내에서 가장 영향력 있는 잡화시장으로 한국무역업자들이 이우에 전문 전시장, 매장을 설치하고 무역업에 종사함으로서 매일 2만 명 이상의 외지인 도매상들에 대한 홍보의 장으로 활용하여 한국 경제 활성화에 일익을 담당하고 있다. 이우 시에는 한국인 5000여명, 조선족 1만여 명이 상주하고 있는데 그 가운데서 무역업에 종사하고 있는 한국인이 3000여명이며 그들이 취급하는 주요 품목은 액세서리를 위주로 한 양말, 넥타이 등이다.

---

55) 週刊 黑龍江新聞 2006. 3. 5~11

56)   方祖猷,「寧波與韓國經濟文化交流簡況」, 『中國江南與韓國文化交流』, 學苑出版社, 2005, 41—44쪽.

한국의 대쓰촨 성 주요수출입 품목은 전자 파이프, 화학수지, 플라스틱, 전자부품, 섬유류 등이며 주요수입 품목은 합성성 모직물, 실크직물, 철 합금, 농산물, 한약재류이고 대윈난 성 주요 수출 품목은 철강, 화공원료, 산업기계, 가전제품, 잡화류 등이고 주요 수입 품목은 담뱃잎, 비철금속, 茶, 방직품, 목재 등이다. 또한 대구이저우 성 주요수출품은 인회석, 수소암모늄, 담배, 차량용타이어, 인조강옥, 규소철이고 주요 수입 품목은 무선전화기, 철강, 각종 유황인 것으로 나타났다.[57]

중국에서 2006년 11월 3일에 반포한 가공무역 금지(2006년 제 82호 공고)가 예정대로 시행되고 있는데 이번 가공무역 금지 정책은 804개 품목으로 가공 단계가 낮으며 오염도가 높고 자원 에너지 소모가 큰 상품을 중심으로 목록을 작성하였다. 호랑이 뼈, 광석 알갱이, 광물 찌꺼기 등 부분 오염이 비교적 심각한 77개 품목에 대해 수입을 금지했으며, 광천수, 석탄, 아스팔트, 농약류 등 가공의 단계는 낮으나 고에너지 소비와 함께 오염이 심한 품목에 대해 수출입을 금지했다. 수출이 금지된 503개 품목으로는 주로 정밀가공에 쓰이는 초급 원자재로 판재, 유황, 흙 및 석재, 금속 원자재 등 품목으로 이로써 동력전기, 화학 비료, 산화알루미늄, 철광석 등 에너지 다소비, 오염이 심한 341개 HS 코드에 해당한 상품을 포함하여 1145 HS 코드(10자리) 상품을 가공무역 금지 목록에 포함시켰다. 때문에 상술한 품목에 포함된 상품들의 수출입량은 대폭 감소될 전망이다.

---

57) 한국수출입은행 (2007년 1월말 누계현황)

2.2 한국의 대중국 투자

1) 한국의 대중국 투자

(1) 한국의 대중국 투자 개황

1978년 이후 중국은 개혁개방을 시작하였으며 1980~1985년에 광둥과 푸젠 성의 4대 경제특구를 중심으로 홍콩, 마카오 및 타이완기업들이 중국에 대한 투자를 시작하였다. 특히 1983년 중국정부는 외국인 투자 유치에 적극적인 자세로 전환하였을 뿐만 아니라 14개 연해항만도시를 개방도시로 지정하여 외국기업의 투자에 유리한 환경을 조성하였다.

일찍 1985년 한국은 15만 달러를 투자하여 광저우에 완구공장을 개설하였고 이것이 한국의 대중국 투자 첫 번째 항목이었다. 그 이후 1986년을 기점으로 제조업에 대한 투자가 점차 확대되었고 1987년에 이르러서는 한국정부가 대중국 투자에 대한 심사 허가 수속을 간략하게 하여 대중국 투자를 고무 격려하는 정책을 실행하면서 한국의 대중국 투자가 본격화되었다.

80년대 말에 이르러 동아시아 정세의 완화는 각국 경제교류의 확대에 유리한 정치적 환경을 제공하였고 한국정부는 이 기회를 빌려 대외경제투입을 확대하기 위해 "서해안발전위원회"("西海岸發展委員會")를 설립하고 방대한 "서해안발전계획"("西海岸發展計劃")을 제정하였으며 250억 달러를 투자하여 한반도 서해안과 중국의 랴오닝, 산둥 두개 반도 및 발해만 지역, 양자강 이북의 연해지역을 포함한 환황해경제권(環黃海經濟圈)을 형성하려 하였다.

1980년대에 들어선 후, 중국정부도 광둥, 푸젠 등 경제특구로부터 시작하여 연해지역을 개방하기 시작하였고 1988년에는 산둥 및 랴오둥 반도의 개방구역을 지정하고 하이난 성에 대한 경제특구를 지정하는 등 개방지역을 연해 성시 전역으로 확대함으로써 정책적으로 이에 배합하여 투자환경을 개선하고 한국의 대중국 투자의 발전을 촉진하였다. 상술한 원인들로 인해 1988년 말에 이르러서는 비록 10여만 달러의 소규모 투자였지만 한국기업의 대중국 투자는 이미 16개 항목에 이르렀다.

1992년 중한수교 당시 한국의 해외투자는 47.32억 달러로 증가되었는데 구미(歐美)가 53.3%, 동맹(東盟)이 26%, 중국은 10%로 중국이 차지하는 비중은 크지 못하였다. 당시 한국의 대중국 투자는 우선 조선족이 집중되어 있는 지린, 랴오닝 성과 지리적으로 가까운 산둥 성에 집중되었는데 산둥에 투자한 한국기업은 150여 개에 달했으며 그 가운데서 칭다오에 61개, 옌타이에 36개, 웨이하이에 38개, 영성에 13개로 주로 연해의 3개 도시에 집중되어 있었다. 같은 해 말, 한국의 대중국 투자는 431개 항목이었고 투자액은 4.33억 달러에 달했다.[58]

1992년 이후 중국의 경제 고도성장에 따른 투자 흡인력, 저렴한 인건비, 방대한 중국시장진출 등에 기인하여 중국에 대한 한국의 투자는 급속한 증가세를 보였는데 1992~96년간 연평균 576.6건, 502만 2천 달러에서 1997~2001년간에는 연평균 636.4건, 553만 2천 달러, 2002~2006년간 연평균 1,950.0건, 1,459만 2천 달러로 1992~2006년간 연평균 26.3%, 33.8%씩 증대되어 왔다.

한국의 대중국 투자기업은 2003년 말 기준으로 2만 7128개, 투자금액은 196억 9천만 달러로 집계되었다. 2004년에 이르러 한국의 투자는 규모가 커졌는데 1월부터 11월까지, 중국이 비준한 한국 직접투자 프로젝트는 5,171개로 동기대비 17.2% 성장하였고 계약 투자액은 124.52억 달러, 실제이용액은 63.32억 달러로 전해 동기대비 각각 54.2%, 56.4% 성장했다. 2004년 11월말까지 중국이 비준한 한국 대중국 투자 프로젝트는 총 32,299개이고 협의한 한국투자액은 491.1억 달러, 실제이용액은 260.1억 달러로 집계되었다. 실행을 기준으로 할 때 한국은 중국 홍콩과 버진군도(영국령)에 이어 중국의 3위 투자 원천국(源泉國)이 되었다.

그 이후에도 한국의 대중국 투자는 여전히 급속한 증가세를 나타냈는데 대한회의소 베이징사무소의 통계에 따르면 중국에 대한 한국의 투자는 2006년 말까지 350억 달러에 달하며 2006년 현재 4만 여개의 한국기업이 중국에 진출하였고 중국을 위해 200여만 명을 취업시켰다.[59]

---

58) 林曉光, 「略論韓國的對華投資」.

59) 朴宰雨, 「"韓中交流年"是"全面合作伙伴關係"鞏固化的一年」,『當代韓國』, 2007. 3. 4쪽 재인용.

중국 측의 자료에 의하면 2007년 1~2월 중 중국의 10대 주요 외국인 투자 유치국(전체 외국인투자 금액의 86.7% 차지, 전년 동기대비 2.3% 증가)은 홍콩, 버진아일랜드, 일본, 한국 순으로 한국은 중국의 4위 투자국으로 나타났고[60] 현재 한국기업이 중국에 새운 법인은 한국 내 수출입은행 통계로는 1만 6000개, 중국정부 통계로는 3만 개에 이르고 있다고 한다. 통계수치에서 이처럼 큰 차이가 나타난 것은 한국 내 수출입은행통계에서는 미신고 진출법인이 누락되어 있고 중국정부 통계에서는 철수한 기업 등의 현황이 빠져있기 때문이다.[61] 상술한 통계수치로부터 보면 실제 투자기업은 2~3만 개로 추산할 수 있다.

(2) 한국의 대중국 투자 특징

한국의 대중국 투자의 특징은 우선 투자지역의 집중화이다. 지역별로 살펴보면 한국의 대중국 투자는 초기부터 동북 3성과 연해지역에 집중되어 있는 것이 특징적이었다. 산둥 성과 베이징을 비롯해 톈진과 허베이 성 그리고 동북3성이라고 일컬어지는 랴오닝, 지린, 헤이룽장 등 7개성과 시에 집중된 한국 기업의 투자는 전체 중국투자 계약건수 중 83.7%, 투자금액 중 66.1%를 차지하였다. 이는 지정학적인 관계와 조선족 거주 지역, 편리한 교통 등을 감안해 이들 지역에 대한 투자비중이 높은 편이기 때문이다.

최근 외상기업의 직접투자는 공업이 발달한 중국의 동부 연안지

---

60) 중국경제단신 제345호 2007/4/1, 베이징대한회의소 베이징사무소. 36쪽.
61) 週刊 黑龍江新聞, 2007. 8. 26~9. 1, 9면.

대, 특히 주강삼각주 및 양자강 삼각주 일대를 중심으로 동일국가, 동일업종이 동반 진출하는 등 산업별로 집중화 추세가 나타나고 있다. 중국정부가 균형발전정책을 추진하면서 내륙지역 투자 기업에 대한 다양한 혜택이 주어지면서 한국기업들도 내륙지역으로 관심을 돌리기 시작하고 있다. 2007년 6월말 한국의 대중국 투자는 산둥 성(25.3%)이 가장 높은 비율을 차지하며 그 다음으로 장수 성(23.4%)으로 거의 비슷한 비율을 차지하고 있고 베이징 시(10.3%), 톈진 시(9.2%), 랴오닝 성(7.4%) 순으로 이루어지고 있어 산둥 성과 장수 성이 한국의 대중국 투자의 중심지역임을 알 수 있다.[62]

2007년 9월까지 한국의 대중국 투자 상황에 대한 한국 수출입은행의 통계자료를 통해 투자 상황을 지역별로 구체적으로 살펴보면 아래와 같다.

---

62) 週刊 黑龍江新聞, 2007.9.9~15, 27면. (중한 경제협력 15년의 회고와 과제, 박재윤 한국 전 통상산업부장관, 중한수교 15주년 기념, 제7차 중한지도자 포럼 한국 측 대표 기조연설자료))

한국의 대중국 투자 상황[63]

성 시	투자건수	투자금액	평균투자금액
산둥 성	26,102	5,210,504	199.6209
장수 성	6,191	4,958,122	800.8596
베이징 시	3,707	2,155,041	581.3437
톈진 시	5,384	1,871,596	347.6218
상하이 시	3,371	1,359,630	403.3314
광둥 성	2,048	841,449	410.8638
저장 성	1,844	803,712	435.8525
허베이 성	1,018	348,918	342.7485
푸젠 성	331	96,651	291.997
쓰촨 성	219	86,541	395.1644
안후이 성	135	69,137	512.1259
후베이 성	133	74,238	558.1805
하이난 성	102	52,605	515.7353
장시 성	94	48,377	514.6489
허난 성	81	37,631	464.5802
산시 성(陝西)	68	30,814	453.1471
간수 성	51	18,566	364.0392
산시 성(山西)	62	12,477	201.2419
윈난 성	107	8,375	78.2710
구이저우 성	19	7,459	392.5789
칭하이 성	7	1,419	202.7143

위의 표를 살펴보면 한국의 대중국 투자에서 신고건수, 투자건수, 투자금액 모두 산둥 성이 제1위를 차지하고 있고 장수 성이 제2위를 차지하며 투자 건수가 1,000건이 넘는 성시로는 베이징, 톈진, 상하이, 광둥, 저장, 허베이 성의 순서로 되어 있다. 하지만 평균투자금액을 살펴보면 장수 성은 산둥 성의 4배에 달하는 높은 수치를 나타내고 있다. 즉 장수 성에 대한 투자건수는 산둥 성의 23.72%에 불과하지만 투자금액은 95.26%에 달해 투자 금액에서

---

63) 한국수출입은행 통계자료 참조

산둥 성을 바싹 뒤따라오고 있는데 이는 장수 성에 대한 한국기업의 투자규모가 산둥 성보다 훨씬 큼을 나타내고 있다. 베이징, 상하이, 광둥, 저장 등 성시의 평균투자금액은 비록 장수 성보다는 적지만 비교적 높은 수치를 나타내고 있고 후베이, 하이난, 장시, 허난 등 성은 비록 투자 건수는 적지만 평균투자금액은 역시 높은 수치를 보이고 있다. 즉 중국 전역의 각 성시에서 산둥 성의 평균투자금액은 윈난 성을 제외하고 가장 적은 수치를 기록하고 있어 산둥 성이 명실상부한 중소기업의 투자기지임을 보여 주고 있다.

다음으로 규모 및 분야별로 살펴보면 우선 한국의 대중국 투자는 중소기업을 중심으로 이루어져 왔다. 한국 해외투자기업의 48%가 중국에 진출해 있고 그 가운데서 95%가 개인투자자와 중소기업으로 절대다수를 차지하고 있는 상황이며[64] 그 가운데서도 우선 제조업이 중심으로 되고 있다. 1979~1987년의 투자를 계약기준으로 볼 때 제1차 산업 3.5%, 제2차 산업 32.5%, 제3차 산업 64%의 비례로 되어 있다. 그러나 중국의 대외개방 영역이 점진적으로 확대되고 투자환경이 개선되면서 제조업 부문의 비중이 커지게 되었다. 즉 1997~2001년간 제조업 부문에 대한 투자는 전체 투자규모(실행기준)의 60.9%였고 여기에 전력, 석탄가스, 물의 생산 공급업종을 포함시킬 경우에는 67%에 이르며 그 다음이 부동산 12.3%, 서비스업 5.6% 등 순이다.[65] 2003년에는 제조업 등 2차 산업에 전체의 80%가 집중되어 있고 서비스업은 7.8%에 그쳤다.

2007년에 이르러 제조업에 대한 투자가 80%이상을 차지하여 절

---

64) 週刊 黑龍江新聞, 2006, 12, 10~2006, 12, 16, 3~4면.
65) 週刊 黑龍江新聞, 2006, 12, 10~2006, 12, 16, 3~4면.

대적으로 대종을 이루고 있으며 한국기업의 투자 중 제조업 부문 비중은 1992년 이후 줄곧 80%이상의 높은 분포를 보이고 있다. 2006년에는 81.3%로 한국 해외직접투자의 제조업 평균비중(47.2%)에 비해 압도적으로 높은 비율을 보이고 있다.[66]

하지만 중국의 WTO가입을 전후로 제조업분야에 대한 투자에 중요한 변화가 나타나고 있다. 즉 다국적기업의 투자확대와 기술이전에 힘입어 기존 노동집약적 산업이 점차 고부가가치를 갖는 기술 집약산업으로 전환되고 있고 특히 IT산업에 대한 투자가 확대되고 있으며 노동집약적 산업에 가전제품 등 일부 자본집약적 산업 등의 범용성 소비 제품에서 경쟁력이 크게 향상되었다. 비록 제조업 공동화에 대한 우려도 있지만, 국제경쟁력 확보, 중국시장 진출을 위한 대중국 투자는 자연스런 과정으로 평가되고 있다.

또한 관련업체와 협력업체의 동반 진출이 이루어지고 있는데 이로 인해 원료 및 부품의 지역 내 지급체제 구축과 산업의 수직 계열화를 통한 특정산업에 대한 생산기지를 구축할 수 있게 되었고 이는 특히 IT정밀기계, 정밀화학, 특수강제조 등 기술 및 자본집약적 산업 분야에 유리하다고 할 수 있다. 칭다오, 옌타이 등은 전자, 경공업 등을 중심으로 하는 한국기업들이 집중 투자되어 있는 대표적인 지역이다.

최근 들어 대기업의 진출도 활발해 지고 있는 추세를 보이고 있는데 사업내용을 지역별로 살펴보면 아래와 같다.

---

66) 週刊 黑龍江新聞, 2007. 8. 26~9. 1, 9면.

한국 주요 대기업의 중국진출현황 (단위: 천만 달러)[67]

기업명	투자건수	주요사업내용		
		사업명	장소	투자금액
현대	17	컨테니너	칭다오, 광둥, 상하이	6.7
		제조반도체	다롄	12.0
		하트디스크 생산	상하이	2.1
		중형기계제조	상저우	2.0
		자동차 음향기기	톈진	1.5
삼성	16	컬러 부라운관 생산	심천, 톈진	98.8
		반도체 생산	쑤저우	15.0
		가전제품생산	쑤저우	14.1
		컬러 TV생산	톈진	8.8
		VCR생산	톈진	8.5
LG	30	에어컨, 전자레인지	톈진	19
		브라운관 생산	창사	12
		PVC생산	톈진	9
		ABS생산	저장 성 닝버	9
		냉장고 생산	타이저우	8
대우	58	호텔	베이징	27.3
		백화점	산둥	29.9
		시멘트	산둥	98.4
		자동차부품, 전자제품 및 가전	톈진, 심천, 웨이하이 등	9.1
		부동산(비즈니스)	상하이	42.0
선경	12	종합무역	상하이 경춘, 황석	0.6
		섬유		0.7
쌍용	8	의류, 사료, 페인트	칭다오, 톈진, 다롄	0.6
금호	8	타이어	톈진, 난	12.0
포철	7	아연도 강판	다롄, 장가항, 순덕	24.1

즉 현대, 삼성, LG. 대우 등 대기업의 진출이 이루어지고 있는 가운데 투자항목은 가전제품, 기계, 섬유, 시멘트, 서비스업 등으로 다양하다. 투자규모로부터 살펴보면 가장 큰 것은 심천, 톈진에 투자한 컬러 부라운관 생산항목이며 그 다음으로 산둥에 투자한 시멘트항목이다. 지역적으로는 대기업의 진출이 상하이, 톈진, 심천

---

67) 중국 대외무역경제합작부 통계자료, 금액은 중, 한 전체 합작투자 금액임.

등 대도시와 남부지역에 집중되어 있음을 보여주고 있다.

중한수교이후 두 나라 경제는 비약적인 발전을 이룩했지만 중국에 진출한 한국기업들은 지난 수년간 중국의 가파른 임금인상, 가공무역 금지, 환경오염을 허용하지 않는 첨단업종위주의 선별적 투자 수용으로 새로운 도전에 직면하고 있다. 중국에 진출한 한국기업들은 저임금을 이용하여 한국에서 원재료나 중간부품을 조달해 완제품을 만드는 가공무역을 통해 큰돈을 벌었지만 이제는 이런 중간단계의 공장은 생존이 불가능한 상황으로 내몰렸다. 중국이 가공무역을 단계적으로 금지하면서 한국의 대중국 수출증가율은 이미 현격히 둔화되기 시작했고 이로 인해 한국의 수출기업들이 중국에서 새로운 도전에 직면하고 있다.

또한 이마트와 같은 유통업체가 진출하고 최근 2~3년간 새 금융기관이 대거 진출하면서 제조업일변도였던 대중국 투자에 변화가 나타나고 있다. 최근 중국의 경제흐름을 볼 때 금융 등 서비스업 투자비중은 지속적으로 증가할 것으로 보인다.[68]

이처럼 중국이 한국의 최대 투자대상국으로 부상한데 반해, 중국 진출 한국 기업들의 투자 성공률이 매우 낮은 문제점도 안고 있다.[69] 최근 중국정부는 기업소득세법을 개정해 외국기업에 대한 세제혜택을 없앴고 수출기업에 부가가치세를 감면해 주는 수출 증치세 환급제도도 차츰 철폐하고 있다. 앞으로는 현지 진출 한국 내 기업들이 생산 활동에만 치중할 것이 아니라 수익성 관리를 사업목표의 정점에 놓고 마케팅, 브랜드, 유통, 애프터서비스 등 종

---

68) 『매일경제』, 2007. 5. 30, A4.
69) 週刊 黑龍江新聞 연해소식, 2005. 2. 27~3. 5.

합적인 경쟁력을 갖춰야 한다.

경제의 세계화로 인한 자본, 생산기지 이전은 전 세계적인 현상으로 중국으로의 투자가 계속될 것으로 전망된다. 또한 중국시장의 개방에 따라 소규모 투자는 점차 대형화될 것으로 전망되며 중국의 WTO가입에 따라 시장개방이 고도화되면서 도소매업, 정보통신 분야, 금융업 등 서비스업에 대한 대중투자 증가가 예상되고 있다. 중국정부의 서부 대개발 전략이 보다 현실화될 경우, 한국기업의 투자지역도 중서부 지역으로 확산될 것으로 전망되며 이미 징조가 나타나고 있다.

2) 지역별 투자 상황

(1) 산둥지역에 대한 투자 및 특징

투자환경

산둥 성은 전국 2위의 인구(9,125만 명, 1위는 허난 성)와 전국 3위의 GDP(약 1,515억불, 1, 2위는 광둥 성, 장수 성)를 가지고 있는 중요한 성(省)이며 GDP 성장률이 13.7%에 이르는 등 경제적인 발전을 거듭하고 있는 지역으로 풍부한 노동력시장과 경제기초를 가지고 있는 지역이다.

지리적으로 발해와 황해를 사이 두고 한국과 마주하고 있어 해상으로 한국과 가장 가까운 거리에 있고 역사적으로 해상교통이 발달되어 있었다. 때문에 고대부터 한반도와 활발한 교류가 있었고 당대(唐代)에는 중국과 한반도 경제, 문화교류의 중심지역으로 되었다. 현재 칭다오, 옌타이, 웨이하이 등지에는 매일 한국으로 가는 배편, 항공편이 있어 중국 각 지역 중 한국과의 교통이 가장 편리한 지역이다.

지리적 여건으로 인해 산둥 성 동부 연해지역은 산둥 성 경제발전의 견인차역할을 하고 있다. 동부 연해 지역의 주요도시로는 지난, 칭다오, 옌타이, 웨이하이, 위방, 치박, 일조, 동영 등 8개이며 경제기초가 좋고 도시의 밀도가 높으며 발전전망이 있어서 산둥지역의 산업과 경제발전의 최고수준을 대표하고 있다. 특히 동부지역의 칭다오, 옌타이, 웨이하이 등 3개 도시 중에서 가장 큰 칭다오와 옌타이는 1984년에 개방한 14개 연해도시중의 하나인 동시에 산둥 성의 경제중심도시이며 일찍부터 량호한 교통여건과 우월한 지리적 위치 등으로 인해 무역중심과 투자 중심지역으로 되었다. 웨이하이는 1992년 중한수교이후 급속한 발전을 이룩한 신흥 도시이며 칭다오, 옌타이와 함께 한국의 투자가 가장 집중되어 있는 지역으로 되었다.

또한 산둥은 유교의 발원지로서 중국 전역에서 유교문화를 가장 많이 보유하고 있는 지역이다. 비록 중국이 문화대혁명 등 역사적인 변혁의 과정으로 인해 유교문화의 많은 부분들이 소실되었지만 산둥지역은 다른 지역에 비해 유교의 흔적이 많이 남아 있다.

상술한 역사, 문화, 경제, 지리, 교통 등 여러 가지 여건들로 인해 산둥지역은 한국의 투자가 가장 집중된 지역으로 되었고 한국의 대중국투자가 본격적으로 이루어지면서 각종 공업단지, 대형 골간 항목을 중심으로 기계장비, 운수 설비 등을 이용하여 제조업이 발달하고 있다. 이런 과정을 통해 산둥 반도 동부지역의 도시들은

대량으로 한국의 자금과 설비를 들여와서 지역경제에 대한 개발을
성공적으로 하였으며 거대한 취업압력을 해결하고 한국으로부터
기업 관리와 생산 기술을 배울 수 있었다.

투자 상황

① 투자규모의 확대

한국의 대중국 투자는 지역별로 살펴보면 초기부터 전체적으로
발해만과 황해 연안지역에 집중되어 있었는데 베이징, 톈진, 산둥
등지가 50%이상을 차지했고 그 가운데서 산둥 성에 대한 투자가
31%나 되어 가장 높은 비율을 차지하였다. 산둥 반도는 중한수교
이후 줄곧 한국의 대중국투자의 중심지역으로 되었으며 1989년부
터 2003년까지 한국의 대산둥 반도 투자 상황을 전중국과 비교하
여 표로 살펴보면 아래와 같다.

한국의 대중국 및 산둥 성 투자 상황표[70]

(단위: 억 달러)

연도별	산둥 성			전 중국		
	프로젝트 수(건)	계약 금액	실제 이용금액	프로젝트 수(건)	계약 금액	실제 이용금액
1989	5	0.1	~			
1990	12	0.2	0.1			
1991	77	0.5	0.2			
1992	185	1.3	0.6			
1993	439	6.4	1.4			
1994	489	5.3	2.9			
1995	509	6.6	4.0			10.4
1996	534	15.6	4.8			15.0
1997	491	3.2	7.7			21.4
1998	342	2.9	6.0			18.0
1999	593	4.6	5.3	1,547	14.8	12.7
2000	1,012	9.8	5.7			14.9
2001	1,251	18.7	8.8			21.5
2002	1,792	37.0	15.6	4,008	52.8	27.2
2003	2,431	45.6	28.4			44.9

표를 살펴보면 산둥 성에 대한 한국의 투자규모는 1989년 이후 지속적인 증가세를 보이고 있으며 증가의 폭이 날로 커지고 있다. 실제 이용금액에서 중국 전체와 비교해 보면 1995년의 38.5%, 1996년의 32%로부터 2002년의 57.4%, 2003년의 63.3%로 증가하였으며 이는 산둥 반도에 대한 투자 비율이 해마다 늘어나고 있음을 보여주고 있다. 산둥 성에 대한 한국투자에서 실제 이용금액의 증가율을 살펴보면 1995년에는 37.9%, 1996년에는 20%였던 데로부터 2002년의 77.3%, 2003년의 82.1% 증가하여 최근 연간의 증가상황을 보여주고 있다.

---

70) 山東統計年鑑 等 참조.

2003년 5월 31일까지 산둥 성에 투자한 한국 기업은 8,303개에 달하였고 총투자액은 72.6억 달러에 이르러 대중국 총투자액의 3분의 1이상을 초과하였다. 2003년에만 칭다오에 대한 한국의 투자는 14.3억 달러에 달하였고 이는 칭다오 시에서 유치한 외자 총액의 50.9%로 첫 자리를 차지하였다. 2004년 산둥 성 한국기업은 약 만 여개로 통계되었고 이중 다수는 주로 칭다오, 옌타이, 웨이하이 세 개 도시에 집중되어 있으며 그 가운데서 절반이 칭다오에 집중되어 있고 중국노동자 30여만 명이 한국기업에서 일하고 있는 것으로 집계되었다.[71]

산둥 성 통계국에 따르면 2005년 1분기 산둥 성에 새로 투자한 외자계약액은 43.8억 달러, 실제 이용 외자는 26.4억 달러로 작년 동기대비 각각 39.3%와 41.6% 성장했으며 산둥 성의 계약외자 순위는 장수 성 다음으로 2위이고 실제 이용 외자 순위는 전국 1위로서 한국의 투자가 중요한 역할을 하였다. 1분기 칭다오, 옌타이, 웨이하이 3개시의 실제 이용외자는 전성의 73.5%를 차지한 19.4억 달러였다.

2005년 상반기 한국의 대 산둥 성 투자는 중국투자 총액의 51%를 차지하였고 투자기업은 1만 3000여개에 달하는 것으로 집계되었으며 2006년에도 산둥 성은 여전히 한국의 대중국 투자 전국 1위로 50%를 차지하였다.[72]

2003년 이후 산둥 성에 투자한 한국자본은 줄곧 산둥 외자의 선

71) 朴英姬 石建國, 「青島市和韓國經濟交流的現況與前景」, 『當代韓國』, 2004, 冬季號, 8쪽 재인용.
72) 週刊 黑龍江新聞, 2006. 9.24~30

두를 차지하고 있고 2006년 말까지 산둥 성의 한국외자 이용금액
은 200억 1800만 달러에 달했다.73) 2007년 산둥진출 한국기업은 1
만 8천개로 집계되었으며74) 이는 한국의 대중국 투자기업의 절반
이상을 차지하고 있고 이로 인해 20만 명에 가까운 한국인이 진출

73) 산둥 성의 한국 기업 지원 기관 협의회 소속기관 및 주요기능은 아래와 같다.
　　　칭다오 총영사관: 1. 한국기업 지원업무 총괄
　　　　　　　　　　　　 2. 기업애로, 건의사항 수렴활동 및 해결 지원
　　　　　　　　　　　　 3. 중국정부와의 교섭 및 대정부 건의
　　　　　　　　　　　　 4. 한국기업 지원행사 개최 및 지원
　　　　　　　　　　　　 5. 유관기관 및 동포단체 활동 지원
　　　　　　　　　　　　 6. 각종 중국경제 통상자료, 산둥 성 경제 동향 제공
　　　　　　　　　　　　 7. 영사면담 및 사이버 기업 상담
　　　KOTRA 칭다오무역관 : 1. 중국진출 희망기업 투자 및 경영상담 지원
　　　　　　　　　　　　 2. 현지 경제/무역/산 업/법률/ 등 정보제공,
　　　　　　　　　　　　 3. 신규신출희망기업 현지 투자지원
　　　중소기업진흥공단, 중소기업지원센터 : 1. 한중중소기업대상 산둥 성 투자여건 및 시
　　　　　　　　　　　　　장동향 파악 제공
　　　　　　　　　　　　 2. 중국법, 제도 자문, 지도 및 법률적 대응
　　　　　　　　　　　　　지원
　　　　　　　　　　 3. 중소기업 애로사항 현장 밀착 지원,
　　　　　　　　　　 4. 국제 중소기업지원정책과의 연계 지원
　　　한중생산기술연구원, 한국투자기업지원센터 : 1. 한국기업 기술개발지원(현장지도 및
　　　　　　　　　　　　　자문)
　　　　　　　　　　　　 2. 중국진출 한국기업과 유간 연구기관
　　　　　　　　　　　　　간 연계 지원
　　　　　　　　　　　　 3. 관련 기술 습득을 위한 단기 연수 전문가
　　　　　　　　　　　　　훈련과정
　　　　　　　　　　　　 4. 산업기술 정보교류 지원
　　　한국투자기업 지원센터, 고문컨설텐트 : 각종 법률문제 자문, 각종 회계 및 관세, 통
　　　　　　　　　　　　　관문제 자문, 한~중, 중~한 회계 및 해관
　　　　　　　　　　　　　문제 자문, 기업 경영의 세금 관리에 관한
　　　　　　　　　　　　　자문.
　　　한인 상공회 : 1. 회원 의견 수렴 및 애로사항에 대한 대정부 건의
　　　　　　　　　　 2. 한중 경제활동의 관련정보 수집 및 제공
　　　　　　　　　　 3. 투자기업 환경 개선을 위한 대외업무,
　　　　　　　　　　 4 회원기업 간 정보 교류 및 친목 활동,
　　　　　　　　　　 5. 투자희망 기업 자문 업무,
　　　　　　　　　　 6. 중국 지방 정부 유관기관과 협조,
　　　　　　　　　　 7. 산둥 성 주재 정부기관 및 방문단 활동지원.
74) 週刊 黑龍江新聞, 2007.6.3~9, 4면.

하여 중국과 경제적, 문화적 교류를 해오고 있는 것으로 집계되고
있다.[75] 현재 한국투자기업이 산둥 성의 중서부지역으로 확산되고
있으며 이로 인해 산둥 성 중서부지역의 경제발전은 크게 가속화
될 전망이다.

한국의 대산둥 성 투자는 지리적으로 한국과 가장 인접해 있고
정기 해운 및 항로가 개설되어 있는 칭다오, 옌타이, 웨이하이지역
에 집중되어 있는데 산둥 성 투자액 전체의 90%이상을 차지하고
있다.

산둥 성 한국투자의 중심도시인 칭다오 시는 중한수교이후 지속
적으로 한국기업이 집중투자 되어 있는 도시로 한국기업의 칭다오
지역에 대한 투자는 현재 산둥 성뿐만 아니라 중국 내에서도 단일
도시로는 최대이며 이곳에 진출한 외상기업 중 제1위를 차지하고
있어 한국기업의 대중국 진출의 가장 중요한 거점이다.

한국기업이 칭다오에 진출한 것은 중한 양국 수교전인 1989년
칭다오삼양식품유한회사를 설립한 것이 최초였다. 2002년 누계기
준으로 한국의 대칭다오 투자는 이미 3,932개 항목, 계약액 63.79
억 달러, 실제투자액 32.62억 달러였고 이는 산둥 성 전체투자의
각각 52.32%, 57.62%, 51.78%, 대중 전체 투자의 17.71%,
23.22%, 21.46%를 점하였다.

2004년 칭다오 시 한국기업의 기업 소득세는 8.19억 위안으로
칭다오 시 전체 외상기업의 납세 총액의 21.8%를 차지하였고 한국
기업의 종사인원은 38.69만 명으로 칭다오 시 전체 외상기업 종사
인원의 58.6%를 차지하였다. 통계에 의하면 2004년도 한국기업의

---

75) 『중국한인회보』, 제14호, 2007. 5. 15, 10면.

수출실적은 41.31억 이상으로 칭다오 시 대외수출의 50%이상을 차지하였다. 한국기업의 대 칭다오 투자는 2004년 말 6831개 항목, 계약액 125.12억 달러, 실제 투자액 67.57억 달러로 칭다오 시 전체 외국인 직접 투자의 각각 38.3%, 32%, 34.2%를 차지하였다.

1989년부터 한국과 경제무역 교류를 진행한 이래 2004년 말까지 6,831개 한국기업이 칭다오에 입주했고 계약액이 125억 달러, 실제이용액이 68억 달러에 달해 전국의 한국자본 실제이용의 25%를 차지하였다.[76] 2005년에 이르러 한국기업의 신규투자는 1,691개 항목, 계약액 49.88억 달러, 실제투자액 17.97억 달러로 항목과 계약액은 전년 동기대비 각각 9.6%, 32.62% 증가하였으나 실제투자액은 14.43%의 감소를 보였다. 2005년 말 누계로 8,522개 항목, 계약액 175억 달러, 실제투자액 80.7억 달러로 칭다오 시 전체 FDI의 각각 47.6%, 39.44%, 41.88%를 차지하고 있으며 이중 독자기업이 81%이상이다.

칭다오 시 대외경제무역국에 따르면 2005년 1~2월 칭다오시가 비준한 외자프로젝트는 총 219개로 동기 대비 5.8% 증가했고 계약 외자는 3.9억 달러로 동기대비 37.72억 달러로 증가, 실제이용외자는 5.39억 달러로 동기대비 32.36% 증가했다. 실제 칭다오에 입주한 한국기업은 141개, 계약외자 1.58억 달러, 실제이용외자 3.4억 달러로 각각 외자유치 총수와 총액의 64.4%, 40.5%, 63%를 차지했다고 한다. 현재 칭다오 시 청양구에만도 등록한 외자기업은 1,650개인데 그 중 한국기업이 1,370개로 전체 외자기업의 80%를 차지하며 청양구에서 사업하고 있는 한국인은 12만 명, 한국기업

---

76) 週刊 黑龍江新聞 연해소식, 2005. 3. 6~3. 12.

의 총투자액은 27.5억 달러로서 그 규모를 알 수 있다.[77]

현재 칭다오시의 외자 도입원은 주로 아시아와 홍콩, 오문, 타이완 등으로 점차 다원화추세에 있다. 2005년 칭다오 시에 투자한 국가는 계약기준으로 한국, 홍콩, 일본, 미국, 타이완 등 순이며 실제 투자 기준으로는 한국, 홍콩, 일본, 미국, 타이완 순이다. 같은 해, 아시아 국가와 지역의 칭다오에 대한 투자규모를 살펴보면 계약액과 실투자액이 42.4%, 25.5%가 증가되었으며 그중 한국, 일본, 타이완, 홍콩의 증가폭이 비교적 컸다. 2005년 한국의 대칭다오 시 투자는 계약액 기준 49.88억 달러로 전체 FDI계약액의 52.3%를 차지하여 칭다오 시 FDI 유치 국가 중 제1위를 차지하였다.

칭다오 개발구는 현재 칭다오 시에서 한국기업의 투자규모가 가장 크며 대형 프로젝트가 가장 많은 지역이다. 현재 개발구에 입주한 한국프로젝트는 이미 300여개에 달하고 계약자금은 22억 달러, 실제이용자금은 11억 달러로 이 지역의 1위를 차지하고 있으며 그 중 1억 달러가 넘는 프로젝트는 4개이다. 투자환경을 최적화하기 위해 칭다오개발구는 투자의 하드웨어 환경을 개선하는 동시에 소프트웨어 건설도 강화하고 있다. 최근 개발구는 연구를 거쳐 200여명의 한국기입인 자녀들의 취학 문제를 해결하였으며 정부의 서비스기능을 강화하고 투자환경을 보다 최적화하고 있다.[78]

2007년 현재 칭다오 입주 한국기업에 대한 통계수치는 다양한데 대략 6000~7000개로 집계되고 있다. 하지만 이와는 달리 칭다오 입주 한국기업이 사실상 4000여개에 불과한 것으로 나타나기도 했

---

77) 週刊 黑龍江新聞 연해소식, 2005. 5. ~7
78) 週刊 黑龍江新聞 연해소식, 2005. 11. 6~12

는데 2007년 칭다오 시 권위신문인 반도도시보(半島都市報)는 시 외경무역국(外經貿局)의 통계수치를 빌어 현재 칭다오에 입주한 한국기업이 4000여개이며 상주한국인이 10만 명을 넘어섰다고 보도하기도 하였다. 보도는 또 현재 한국기업에서 근무하는 노동자 수는 44만 명에 달해 전체 외자기업에 출근하는 종업원 수의 56.7%를 차지한다고 밝혔다. 1994년 대한민국영사관이 칭다오에 설립된 이래 칭다오 시는 2006년 말까지 이미 만 건에 달하는 한국 프로젝트를 심사 비준했고 실제이용 한국 자본이 100억 달러에 달했는데 이는 칭다오 시 외자유치금액의 43%를 차지한다.[79]

산둥 연해지역 한국투자 중심지역의 하나인 웨이하이 시는 중한 수교이후 한국의 진출로 인해 일어선 도시로서 근 50%의 합자기업이 한국과의 합작으로 이루어진 것이다. 한국은 웨이하이의 최대 투자국으로 웨이하이 시 통계국은 2004년 웨이하이 시의 외국 유치액 11억 2,000만 달러 중 한국이 70%를 차지했다고 발표하였다. 2005년 7월 말의 통계에 의하면 한국의 투자 항목이 3151개, 계약액 73.3억 달러, 실제투자액은 33억 달러로 외자기업 총 투자액의 65.3%를 차지했다. 2005년 1월부터 6월까지 반년 간에만도 한국으로부터 유치한 항목은 337개, 계약액은 13.89억 달러, 실제투자액은 4.97억 달러에 달했다. 웨이하이에는 중소기업 외 대기업도 진출하였는데 주요 기업으로는 대우자동차부품유한공사, 삼성, 위동 항운, 금융수산유한회사 등이 있다.[80]

---

79) 週刊 黑龍江新聞, 2007.6.10~16, 3면. (週刊 黑龍江新聞, 2007.5.20~26, 3면에는 2006년말까지 칭다오시는 도합 9323건의 한국프로젝트를 비준했으며 실제 이용외자가 100.85억 달러에 달한다고 보도되어 있다)
80) 동북저널(吉林朝鮮文報出版) 2005. 3. 28~4. 3 제230호

한국투자의 또 하나의 중심지역인 옌타이시의 상황을 살펴보면 2004년 말까지 누계로 해외투자 200여억 달러를 유치하였고 세계 500대 기업 중 40여개와 세계 유명 다국적 회사가 옌타이에 진출하였다. 같은 시기, 옌타이 시에 투자한 한국기업 수는 1900여 개에 달하였다. 누계 계약 투자금액은 37억 달러이며 실제투자액은 21억 달러로 옌타이 시에 투자한 국가가운데서 가장 큰 투자규모이다.[81]

1984년부터 2004년까지 옌타이 시 누계 합동 한국 자본은 39억 달러이며 실제이용자금은 22억 달러로 나타났다. 그 가운데서 2003년과 2004년 2년간 합동과 실제이용외자는 각각 10억 달러와 14억 달러 및 6.5억 달러와 8억 달러, 평균 그 이전 총액의 2분의 1이상을 차지한다.[82]

2004년 신규진출 한국투자기업은 361개였고 옌타이의 외자기업 8,653개 가운데 한국기업은 2,286개에 달했으며 한국기업의 실제투자액은 30억 달러에 달해 홍콩에 이어 2위를 차지했다. 2005년 1월에 이르러 옌타이 시에 투자한 82개 국가 중 한국기업은 2,300여 개로 통계되어 1위인 중국 홍콩에 이어 2위를 차지하고 있었다.[83]

2005년에 들어선 후, 한국기업의 투자는 급속히 증가되었는데 3월까지 옌타이 시 누계 외자 항목 9,035개, 합동 외자액은 183억 달러, 실제 이용 외자는 97억 달러였으며 이중에서 옌타이 시에서 허가한 한국투자기업은 2,487개이며 합동 외자액은 40억 달러, 실제투

---

81) 煙臺市投資促進局 아시아 1부에서 통계한 자료.
82) 「중국 옌타이(서울) 투자환경 및 중점산업 설명회」자료, 2005. 3, 4쪽.
83) 동북저널(吉林朝鮮文報出版) 2005. 3. 28~4. 3 제230호

입 자금은 23억 달러로 옌타이에 투자한 50여개 국가와 지역가운데
서 합동외자(合同外資)와 실제외자(實際外資)가 홍콩다음으로 많았
다.(합동 외자액은 제1위가 홍콩 53.6억 달러, 제2위 한국 40억 달
러, 미국, 타이완 일본 순이며 실제외자투자액은 홍공 31억 달러, 한
국 23억 달러, 일본 8억 달러 미국 7.8억 타이완 7.5억 달러)[84]

② 대산둥 성 한국투자의 특징

투자 규모 및 업종

우선 투자규모 및 업종으로부터 살펴보면 산둥지역에 대한 한국
의 투자는 중소기업을 중심으로 이루어져 있으며 투자액이 1000만
달러에 달하는 기업이 비교적 많다. 그 가운데서 특히 제조업이
차지하는 비중이 가장 큰데 1000달러 미만의 중소제조업체가 90%
이상을 차지하고 있다.

한국의 대산둥 성 투자의 중심도시인 칭다오의 경우 중한수교이
전 한국 진출기업의 특징은 100만 달러 이하의 소규모투자가 차지
하는 비중이 낮고 중규모 투자(100만 달러 이상 1000만 달러 이
하)가 다수를 차지하고 있었는데 그 비중이 1993~95년, 1996~
2000, 2001~2004년 각각 56.1%, 82.5%, 82.5%로 나타났다.

한국의 대중국 투자업종은 10년래 별로 큰 변화가 없는데 주로
노동 밀집형 산업에 집중되어 있다. 비록 통신업, 자동차 업종에
대한 투자도 확대되기는 하였지만 섬유, 신과 모자, 전자 등 피혁
등 저기술형 노동 밀집형 산업에 집중되어 있다. 노동 밀접형 항
목을 중심으로 한 기업들은 염가 노동력을 이용하여 산품을 생산

---

84) 煙臺市投資促進局 아시아 1부에서 통계한 자료.

하여 시장가격이 비교적 비싼 한국, 일본, 유럽 등지에 수출하고 있다.

산둥 성에는 특히 제조업이 집중되어 있으며 2005년의 상황을 살펴보면 기계제조, 식품가공, 전자정보통신, 섬유 등의 업종이 주를 이루고 있었다.[85] 투자항목을 살펴보면 칭다오 시에 대한 투자에서 방직, 기계제조, 식품가공, 피혁제품, 완구, 플라스틱, 전자통신, 가구 등 40여개에 달하였다. 칭다오, 웨이하이와 함께 산둥 동부 연해 지역의 투자 중심 지역으로 된 옌타이는 국내 14개 연해 개방도시 중 경제증가속도가 1위이며 중한수교전인 80년대 후반과 90년대 초기에는 섬유와 전자부품제조업을 위주로 하는 중소기업이 대부분을 차지했다. 하지만 1995년 이후부터 두산, LG, 대우조선 등 대기업들이 들어오기 시작했으며 각종 서비스업종도 진출해 그 분야가 많이 다양화되었다. 옌타이시에 대한 투자항목은 의류, 가죽제품, 전자, 기계, 가구, 중장비(重裝備) 등 20여개에 달하며 투자 분야는 복장, 경공업, 전자, 기계, 자동차, 식품, 건축 재료, 해운, 화공, 야금 등으로 우선 투지영역이 광범하다. 하지만 그 중 제조업이 주류를 차지하여 2005년 1월 옌타이 시 2,300여 개 한국 기업 중 80%가 제조업으로 나타났다.[86] 옌타이는 의류를 선두로 가공무역을 주요수단으로 전면적으로 다른 산업의 발전을 이끌어 가고 있으며 산업기술을 개선하고 제품의 부가가치를 올리며 유명 브랜드가 될 수 있도록 노력하고 있다. 제조업에 이용된 외자액은 옌타이 시 이용 외자 총액의 82%를 차지하며 그 가운데서 기계,

---

85) 한국 정부부처 보도자료, 2005. 3. 30.

86) 동북저널(吉林朝鮮文報出版) 2005. 3. 28~4. 3 제230호

식품, 방직 의류, 전자산업액 등 4대 기간산업의 이용 외자액이 제조업 이용 외자액의 4분의 3을 차지하고 있다.[87]

최근 연간 산둥 성에서는 제조업 외의 다른 업종에로의 전환이 이루어지고 있다. 산둥 성 정부와 한국은 공동으로 2005년 상담회를 개최하였는데 75개 한국기업과 300여개 산둥기업이 참가하여 합작의향을 맺은 프로젝트가 77개, 12.21억 위안에 달했고 이 프로젝트에는 기계제조, 전자정보, 화학공업, 의약, 교통운수, 건축자재와 식품가공 등 영역이 포함되어 있었다.

현재 산둥 성은 한국자금의 유치에서 한 단계 높은 차원의 구조조정기에 진입했는데 중소형 프로젝트에서 대형 프로젝트 유치로 전환되고 수량형(數量型)에서 품질형(品質型)으로 전환되는 추세를 보이고 있다. 원래 산둥 성의 한국기업은 대부분 의류가공, 식품가공 등이었으나 지금은 5억, 10억 달러 되는 조선과 자동차 부품, 정밀화공 등 대형 프로젝트가 산둥 성에서 가동되고 있고 한국의 대 산둥 성 투자는 가공무역위주의 노동 밀집형 산업에서 자본, 기술 밀집형 산업에로 전환되고 있다.

통계에 따르면 2006년 상반기 산둥 성이 비준한 한국투자프로젝트의 평균규모는 193만 달러로 2005년 108만 달러에 비해 78.7% 증가되었으며 신규 비준한 프로젝트가운데 총투자가 1000만 달러 이상 되는 프로젝트가 56개이다. 전문가들은 대형프로젝트가 증가된 것은 대다수 대 기업들이 증자(增資) 혹은 투자영역을 점차 전략적인 투자로 전환하고 있기 때문이라고 하고 있다. 현재 한국 LG전자는 옌타이와 칭다오에 이동통신 생산연구 개발중심기지 건

---

87) 「중국 옌타이(서울) 투자환경 및 중점산업 설명회」자료, 2005. 3, 4쪽.

설에 투자했고 현대 자동차의 새 일대 엔진프로젝트는 일조에 정착했다. 옌타이에 정착한 대우조선, 웨이하이에 입주한 삼성조선 및 중앙의 비준을 기다리는 STX조선, 마스트조선 등 투자액이 거대한 산업은 산둥 성 산업을 업그레이드하는 한국의 대형 프로젝트들이다. 대형 프로젝트의 입주는 부대적인 산업이 잇달아 입주되는 등 연쇄반응을 일으키고 있는데 이를테면 현대자동차엔진프로젝트가 입주하자 한국의 52개 관련 기업의 대표들이 산둥 성을 고찰한 것이다. 산둥 성 통계국에 따르면 현재 한국 20위권 내의 대형 기업가운데 산둥 성에 투자한 기업이 15개이다. 2006년 6월말까지 산둥 성은 누계 한국투자프로젝트를 1만 7,070개 비준, 실제투자는 180.8억 달러로 한국투자는 산둥 성의 외자이용비중의 40%, 중국의 한국투자액 이용 총액의 50% 남짓 차지한다. 향후 1∼2년 사이 한국의 조선, 자동차, 화공 등 수억 내지 10억 달러에 이르는 대형 프로젝트가 입주되고 부대적인 산업이 연쇄반응으로 잇달아 입주됨에 따라 산둥 성의 한국자본이용은 그 규모와 품질로 보나 모두 새로운 성장단계에 진입되었음을 시사하고 있다.

2007년 칭다오지역 투자기업의 투자규모는 소액투자가 절대 다수를 이루고 있는데 10만 달러 이하가 20.6%, 11∼50만 달러가 46.4%, 51∼100만 달러가 13.1%로 100만 달러 이하가 80.1%를 차지하고 있고 비교적 규모가 큰 3000만 달러 이상은 0.5%인 13개 업체이다.

최근 들어 대기업의 진출도 이루어지고 있으며 옌타이에 진출한 주요 한국 대기업은 대우종합기계, 현대중공업, LG, SK 등이 있다. 특히 대우 종합기계, LG, 현대중공업 등 큰 회사들이 옌타이 시에 한개 혹은 여러 개의 천만달러이상의 투자를 하고 있는데 그 가운데서 대우 중공업은 1994년 옌타이경제기술 개발구에서 독자로 대우 중공업유한회사(重工業有限會社)를 설립하도록 허가를 얻었고 1996년 준공되어 생산에 투입되었으며 총투자액은 처음의 2994만 달러로부터 현재의 5700달러로 증가되었다. 산둥 대우전기유한회사(大宇電器有限會社)는 총투자액이 현재 2300달러에 달하며 LG전자와 랑초우(浪潮)그룹이 합자한 CDMA 핸드폰은 총투자액이 4500만 달러에 달한다. LG집단에서 투자한 LG(伊諾特) 항목은 총투자액이 2000만 달러에 달하며 현대 중공업과 옌타이 (氷輪)중공업 그룹이 합자하여 설립한 현대 (氷輪)중공업그룹은 투자 총액이 2000만 달러에 달한다.[88] 이들 기업의 가장 큰 변화는 초기 가공수출위주에서 현재 중국 내수시장을 겨냥한 대규모 투자로 바뀌고 있다는 점이다.

2007년에 들어 한국기업의 산둥진출 열기는 더욱 높아짐과 동시에 노동집약형에서 자본기술 집약형으로 바뀌는 추세가 나타나고 있다. 기존의 산둥진출 한국기업들이 주로 가방, 신발, 의류, 식품가공 등 제조업에 집중되었다면 현재는 조선, 자동차, 화학 등 투자규모가 큰 기업들이 들어서고 있으며 한국의 삼성전자, LG, 대우, 마스터 등 기업이 산둥에 투자분점을 설치했다. 일조 현대위아엔진, 옌타이 대우조선, 웨이하이 삼성조선, 칭다오 마스터조선, 그리고 칭다오의 려동 화공 등이 실례이다. 업종별 진출기업의 분포는 섬유, 의복, 가죽, 신발제조업이 28.8%, 액세서리 공예품 제조업이 16.7%, 조립금속, 기계장비, 운송장비제조업이 12.2%, 전기전

88) 「중국 옌타이(서울) 투자환경 및 중점산업 설명회」자료, 2005. 3, 4쪽.

자, 영상음향, 통신장비제조업이 8.1% 등 제조업이 91.8%를 차지하고 있어 무역, 음식업, S/W 자문 등 서비스업체는 7.1%, 농, 목축, 수산업은 1.1%이다. 피혁관련 기업체도 증가하고 있는데 현재 교동반도에는 규모가 비교적 큰 한국 독자, 합자 피혁기업이 200여개소가 넘는다.[89]

업종별 투자규모를 살펴보면 제조업분야가 서비스업 분야보다 투자규모가 크며 제조업분야 중에서도 비금속광물, 1차 금속, 화합물, 고무플라스틱 및 전기, 전자, 영상, 음향 통신장비 분야가 투자규모가 크고 대표적인 영세업종인 공예품 업종은 94.9%가 100만 달러 이하의 투자규모이다. 그리고 도소매, 무역업, 요식업 등 서비스업종은 대부분이 100만 달러이하의 투자규모이다.[90]

산둥 성 한국기업 중 섬유, 신발, 목재, 액세서리 등을 중심으로 한 임가공 형태의 중소기업이 80%정도 차지하고 있다. 때문에 이미 시행하기 시작한 "가공무역 금지품목 확대"라는 단 한 가지 조치만으로도 상기 가공업체들은 상당한 타격을 받게 된다. 코트라 칭다오무역관은 중국의 11차 5개년 계획내용을 근거로 향후 5년간 한국기업의 발전방향을 분석하고 한국기업들이 과거의 수출주도형 경영전략을 내수주도형에로, 단순제조업에서 에너지절약, 환경보호산업 등에로 패턴을 바꿀 것을 권장하였다. 중국은 11차 5개년 계획에서 조화를 이루는 사회, 자주혁신, 과학적인 발전관, 사회주의 새 농촌건설 등 균형적인 발전방향을 제시했고 따라서 경제발전방향도 내수주도형 발전전략, 국가 균형 발전 전략, 자주적 기술역량

---

89) 週刊 黑龍江新聞, 2007.7.22～28, 3면.

90) 한국중소기업지원센터 자료.

및 환경 사회 복지 정책에로 돌렸다. 산둥진출 한국기업들이 이러한 중국정부의 정책적 변화를 포착하고 단순가공업을 고집하는 업체는 베트남이나 인도 또는 중국 내륙으로 이전할 준비를 다그치고 내수에 자신이 있는 업체면 중국시장 개척을 위한 타당성 마케팅 방안 작성이 필요하다고 제기되고 있다.[91]

매출액이 10만 위안 이하로 영세업을 벗어나지 못하고 있는 비율이 가장 높은 업종은 농, 목축, 수산업(74.2%), 도매업, 무역, 유통업(53.3%), 기타 서비스업(51.1%), 건축업(50%) 순인데 농, 목축업, 수산업은 투자자금 회수기간이 장기간에 거쳐 일어나는 업종특성에 기인한 것이고 기타는 대부분 영세 기업에 기인한 것이다. 매출액이 1,000만 위안을 초과하는 비중이 높은 업종은 전기, 전자, 음향통신장비(28%), 가구 및 기타 제조업(22.2%), 섬유, 의복, 가죽, 신발 제조업 순이다 .

최근 산둥지역의 투자항목에는 변화가 나타나고 있는데 코트라 칭다오무역관의 발표에 따르면 현지정부의 투자유치전략 수정과 현지진출기업들의 인력난, 고임금난, 전력난 등 요인의 작용으로 지금까지 한국투자의 대부분을 차지했던 제화, 방직의류, 포장, 완구 등 노동 밀집형 산업은 점차 감소하고 있는 반면 전자, 화학섬유, 자동차부품 등 기술 밀집형 투자가 늘고 있으며 투자액이 1억 달러 이상에 달하는 대형 프로젝트들이 칭다오, 웨이하이, 옌타이로 몰려들고 있다.

또한 대다수 업종의 50%내외의 기업이 적자경영을 하고 있는데 가구 및 기타 제조업(53.2%), 공예품(52.3)순으로 적자기업 비율이

---

91) 週刊 黑龍江新聞, 2006, 12, 10~2006, 12, 16, 3~4면.

높고 흑자 경영을 하는 비율이 높은 업종은 전기, 전자, 영상, 음향 통신장비(25.4%), 섬유, 의복, 가죽, 신발 제조업(22.5%)순이다.

최근 칭다오 시는 보다 양질의 한국기업 투자유치를 위해 10개의 한국기업전용공업원구를 설치하였는데 이들 공업단지는 주로 한국의 공업단지에 소재한 기업들을 대상으로 투자유치활동을 전개하여 좋은 성과를 거두었고 2002년까지 칭다오에 투자한 한국기업의 96%이상이 이들 공업단지에 투자되었다.

투자방식 및 형태

투자방식을 살펴보면 칭다오시의 경우 영업기한은 투자규모가 소액일수록 단기간을 선호하고 있는 것으로 나타났는데 10만 달러이상, 20년 이하 영업기한 기업의 비중이 86%인데 비해 300만 달러를 투자한 기업은 20년 이하 영업기한을 승인받은 업체가 전체적으로 20%내외이고 5000만 달러이상을 투자한 업체의 영업기한은 모두 50년이다.

초기 진출기업의 영업기한은 대다수가 40년 내지 50년의 장기간을 선호하는 반면 1996년 이후 진출한 기업은 대다수가 20~30년의 중기간의 영업기한을 선호하는 것으로 나타났다.

종업원은 현지인 399,000명, 한국인 6,731명, 총 406,000여명을 고용하고 있는 것으로 나타났는데 이는 칭다오 시 총 취업인원 1,703,000여명의 23.4%를 차지하고 있다. 한국인 고용규모는 총 6,731명으로 업체당 평균 2.3명을 고용하고 있는 반면 한국인을 고용하지 않은 업체도 609개가 있다. 투자형태별로 합자, 합작기업은 한국인 고용이 독자기업보다 적은 것으로 나타났다.

산둥진출 한국기업의 투자형태도 단일투자에서 산업 체인으로 바뀌고 있는데 식품, 의류, 공예품 등 분야에서부터 체인콤베어(鏈條傳送帶)를 비롯한 새로운 생산합작 분야로 확대 이전하기 시작했으며[92] 현재 위아엔진 기업만 해도 40~50개의 계열사들이 뒤따르고 있다. 투자항목으로는 방직, 기계제조, 식품가공, 피혁제품, 완구, 플라스틱제품, 전자통신, 가구 등 40여개이며 주요 분포는 칭다오 시 7개 시구(市區)와 5개 현급(縣級) 시에 고르게 분포되어 있다.

칭다오에 투자한 한국기업들은 부분적으로 이미 연관 산업군(産業群)을 형성하였는데 신발, 화섬(化纖), 전자, 완구 등 주요산업분야에서 연관 산업군과 산업규모를 형성하여 투자의 영역이 다원화되었다. 현재 칭다오 시에 투자한 한국의 제화 업체는 150개로 연간 매출액 2,000만 달러이상이 7개 업체인데 이중 한국의 4대 제화입체는 2002년에 매출이 3.7억 달러에 이르고 연관된 자수, 피혁, 해면 등 소재부품업체가 200여개에 달하며 칭다오시의 제화생산규모는 전국 3개 '제화 도시'에 속한다. 전자산업부문에서는 300여 업체가 투자하였으며 완구투자업체는 50여개이며 공예품 업종에도는 300여 업체가 있다. 최근에는 한국의 투자가 점차 금융, 보험, 부동산, 운수, 창고, 요식업, 오락 업종 등으로 다원화추세에 있고 동시에 한국기업 스스로 연관 한국기업을 유치하고 있는 추세가 나타나고 있다. 건축업, 기타 서비스업, 음식료, 담배업종의 합자, 합작비율이 높은 반면 공예품, 농, 목축업, 수산업, 전기, 전자, 영상, 음향 통신장비 제조업, 가구 및 기타 제조업이 상대적으

---

92) 週刊 黑龍江新聞 연해소식, 2005. 10. 9~15

로 낮은 비율을 나타내고 있다.

한국의 대중국 투자방식은 독자기업, 합자기업, 개체기업 등으로 나뉘는데 산둥 성에서의 투자도 마찬가지이다. 칭다오시의 경우 한중수교이전은 독자 87.9%, 합자, 합작 12.1%로 비율에서 높은 차이를 나타내고 있다. 1993~1995년은 독자 81.1%, 합작, 합자 18.9%이며 1996~2000년은 독자 87.9%, 합자, 합작 12.1%이다. 2001년 이후로는 합작, 합자비율이 크게 감소되어 독자 89.6%, 합자, 합작 10.4%를 나타내고 있으며 그 원인은 합작, 합자에 따른 부작용 등에 따른 것으로 보인다.

옌타이시의 경우 투자방식이 날로 독자 경영의 방식으로 나가고 있으며 현재 한국기업가운데서 50%[93]가 독자 경영을 선택한 것으로 되어 있지만 실제 상황은 이를 훨씬 초과할 것으로 보인다. 우선 가장 높은 비율을 차지하고 있는 독자기업을 살펴보면 옌타이시의 대우중공업연대유한공사(大宇重工業烟臺有限公司), 대우(烟臺)汽車發動機有限公司, 및 칭다오의 현대 컨테이너 등은 대표적인 독자기업으로 전부의 자금 및 설비를 전부 한국에서 투입하였으며 관리인원도 한국에서 파견하였다. 옌타이의 기계제조업 중에서 규모가 큰 자동차 부품회사가 9개인데 그 가운데서 연대일진전장유한회사(烟臺一進電裝有限會社) 등 3개 회사는 한국의 독자회사이며 복장의류생산업 세 개 큰 회사 중에서 옌타이 세강섬유유한회사 등 2개 기업체가 한국의 독자기업으로서 옌타이의 자동차 부품과 복장의류생산에서는 한국의 독자기업의 주도적 역할을 하고 있음을 알 수 있다. 8개의 주요 핸드폰생산 회사가운데서도 옌

---

93) 「중국 옌타이(서울) 투자환경 및 중점산업 설명회」자료, 2005. 3, 4쪽.

타이세원전자유한회사 등 2개의 한국독자기업이 있다.[94]

한국기업의 공장부지는 보통 임대한 것이며 땅을 사서 공장 건물을 지은 기업은 아주 적다. 독자기업에서는 다만 기층 관리인원과 단순생산에 투입되는 노동자만을 중국에서 모집하며 가장 큰 특징은 기업 관리에 있어서의 한국화이다.

다음으로 합자, 합작기업으로는 산둥PARTSNIC전기유한공사(山東PARTSNIC電器有限公司), 구미산업주식회사(歐美産業株式會社) 등이 대표적인 합자기업이다. 중국과 한국 양측에서 공동으로 출자(出資)하는데 그 비율에 있어서는 어떠한 제한도 없다. 관리 인원부터 회장에 이르기까지 공동으로 파견하여 경영과정에서도 문화적인 충돌과 마찰이 생기기도 하지만 서로 융합하여 새로운 관리모식을 만들게 된다.

투자기업의 48.2%가 적자 상태인데 독자기업이 합자, 합작기업에 비하여 적자의 비율이 높다. 한편 현상유지 상태인 기업이 32.3%로 투자기업의 80.5%가 적자 또는 현상유지에 급급하고 있다. 총자산액이 500만 위안 이하가 72.2%를 차지하고 있으며 5000만 위안을 초과하는 업체는 4.3%에 불과하다. 그중 독자기업의 자산규모가 합자나 합작보다 낮은 수치를 보이고 있는데 칭다오지역 진출기업의 투자형태는 87.7%인 2,582업체가 독자투자기업이고 합자, 합작기업은 12.3%를 차지하고 있다. 합자 및 합작기업형태의 진출이 독자기업형태보다 투자규모가 비교적 큰데 독자기업은 50만 달러 이하가 56.6%를 차지하며 규모가 큰 500만 달러 이상 투자한 독자기업은 6%이나, 합자 및 합작기업은 7.2%를

---

94) 煙臺市投資促進局 아시아 1부에서 통계한 자료.

차지하고 있다.

칭다오시의 경우 진출기업의 18.3%는 부채가 없으며 투자금액 대비 부채비율이 100%이하인 기업비율은 37.5%이고 투자금액대비 부채비율이 100%이하인 기업비율은 37.5%이며 투자금액대비 부채비율이 200%를 초과하는 기업의 비율은 51%인데 독자기업은 49.6%, 합자기업은 60.9%, 합작기업은 64.2%로 독자기업이 합자 및 합작기업에 비하여 타인자본 의존도가 낮은 것으로 나타났다.[95]

문제점

최근 2~3년 간 급격히 인상된 원자재 가격, 인건비, 전력요금, 토지가격 등으로 기업운영 여건이 대폭 악화되면서 다수 기업들이 경영에서 애로를 느끼고 있다. 특히 최근 들어 기업의 적자 현상 이 심각해지고 있는데 칭다오의 경우 투자규모에 상관없이 적자상 태인 기업이 50%내외이고 이윤을 창출하지 못하고 현상유지에 급 급하고 있는 기업도 30%내외라는 통계자료도 있다.[96]

이로 인해 최근 중국 대륙에서 일고 있는 한국기업들의 철수 붐 에서 산둥지역은 가장 높은 비중을 차지하고 있다. 인원 수요가 많은 섬유산업도 자연히 이번 철수반열에 가담하게 되었고 조선일 보의 2005년 6월말 보도에 따르면 한중 수교 이후 칭다오 주변에 진출한 한국 섬유업체는 모두 16개, 그 중 10개가 이미 철수했거 나 폐업한 상태로 현재는 겨우 6개가 진지를 고수하고 있는 실정 이다.

---

95) 칭다오시 초상국(招商局), 한인상공회 등 자료 참조.
96) 한국중소기업지원센터 자료.

(2) 베이징, 톈진지역

베이징, 톈진은 산둥과 마찬가지로 한국의 진출이 일찍 이루어진 지역이다. 주중 한국대사관, 한국관광공사, 농수산물유통공사, 중소기업진흥공단, 우리 은행 등 한국 기관들과 단체들이 이곳에 진출해 있으며 삼성, LG, 현대, SK를 비롯한 대그룹들과 중국본부가 이곳에 진출해 본부경제가 특별히 발달한 편이다.

1988년 서울올림픽 개최이후부터 한국기업들이 홍콩이나 일본을 통해 베이징이나 톈진 지역으로 눈길을 돌리기 시작하였고 1992년 중한수교이후 한국 기관이나 단체 및 대그룹들의 본부가 베이징에 속속 들어서고 공장들이 톈진, 허베이 지역에 입주하면서 한국인들이 많아졌다. 2005년 한국 기업체수가 4,500개였고 한국의 대수도권 투자액은 27.7억 달러에 달했고 주요 업종은 전자, 기계, 정보통신, 금융이다. 베이징은 866건에 13.5억 달러의 투자액, 톈진에 1,126건에 121.5억 달러, 허베이 성에 대한 투자액이 1.7억 달러에 달했다. 베이징은 IT제품제조, 전자통신, 소프트웨어, 자동차 및 부품, 의약제조, 금융 등 분야가 주요산업이며 톈진은 전자전기, 식품음료, 기계제조, 생물의약, 야금, 물류, 의류, 화공, 선박 등 분야의 투자가 주종을 이루며 허베이 성은 모니터, 통신기기, 방직, 회로판, 농수산물, 목재가공, 인쇄설비 등 분야의 투자가 대부분이다. 삼성, 현대, LG, SK 등 한국의 대그룹과 우수한 기업들이 대부분 이 지역에 진출하였으며 점차 투자를 확대하고 있는 추세이다.[97]

최근 제조업이 중국에서 부진하면서 한국의 유통, 서비스업의 진

---

97) 週刊 黑龍江新聞 연해소식, 2005.10.16~22.

출이 베이징 등 대도시에서 이루어지고 있다. 왕푸징(王府井)거리에 한국기업으로는 처음 롯데 백화점이 진출하였는데 중국으로 진출한 한국 미용실, 피부 관리 점포에서는 서울보다도 비싼 가격을 내걸고 이곳 중산층을 상대로 영업 중이다. 인건비 상승으로 제조업이 떠난 자리에 중국 소비자를 노린 한국 유통소비재 기업이 들어오고 있다는 말이 나올 정도이다. 롯데백화점 베이징점은 2008년 6월 쯤 베이징 올림픽 개최 직전 문을 열 예정이며 중국현지 인타이 그룹과 50대 50으로 합작하였다. 롯데는 베이징점에 이어 상하이, 심양, 칭다오 등지에서 15개 이상의 점포를 열 계획이다.[98]

이외 신세계 이마트는 중국 사업 강화를 위해 베이징에 2개, 톈진 1개, 상하이에 2개, 우시 2개, 쿤산 1개 등 신규점포를 세우기로 결정한데 이어 중국 사업 본부를 서울에서 중국 상하이로 옮길 예정으로 중국의 베이징, 상하이 등 대도시를 중심으로 본격적인 사업을 진행할 것으로 보이며 2007년 한국기업 600여개로 집계되고 있다.[99]

요식업에 대한 투자도 베이징, 톈진 지역에서 비교적 큰 비중을 차지하고 있는데 1991년 베이징에 진출한 요식업체인 한우리의 '서라벌'은 불고기라는 음식문화를 중국 전역으로 확산시켰는데 현재 베이징에만 8군데, 중국 내 16군데로 확장되었고 각 업주들이 분리경영을 하고 있다. 1997년 베이징에 1호점을 개업한 이래 중국에서 성공신화를 엮고 있는 '수복성'은 중국에 진출한 한식업체들 가운데서 가장 규모가 큰 한국식당의 하나로 발전했다.

---

98) 『週刊經濟』 122호, 14면, 투자기업.
99) 『週刊經濟』 122호, 15면, 투자기업.

요컨대 90년대 초기부터 외식업이 베이징에서 신속한 발전을 가져오면서 한식업도 차츰 자리를 잡기 시작하여 십여 년을 거쳐 새로운 문화를 형성하고 있다. 베이징에서 최근 오픈한 음식업계의 비율을 분석해 보면 고객의 증가수와 식당의 오픈 비율에 근거하여 한식점이 중국음식점보다 약 2배 이상 증가한다 해도 과언이 아닌 것으로 나타났고 현재 1,000여개의 한식업체가 개업했는데 왕징 지역에만 해도 무려 200개의 한국음식점이 있으며 이는 베이징외국요리의 약 3%를 차지한 셈이다.[100] 이들 음식점의 주 고객은 중국인[101]으로 한국의 음식문화를 중국에 전파하는 문화 전도사로서의 역할도 하고 있다.

(3) 화둥지역

상하이를 중심으로 한 화둥지역에 대한 한국의 투자는 산둥지역보다 늦게 이루어졌다. 1992년 중국 최초로 상하이~서울 직항로가 개설되었고 중한수교가 이루어지면서 이를 계기로 상하이를 비롯한 화둥지역을 찾거나 타 지역을 가기 위해 이곳을 경유하는 한국인들도 늘어나기 시작했다. 1992년 12월, 코트라 중국본부, 1993년 5월 주 상하이 한국 총영사관이 잇따라 개관되었고 삼성, SK, LG 등 대기업을 주도로 해 한국기업의 진출이 점차 확대되었다.

2001년을 전후하여 이우, 쑤저우, 우시 등 상하이 주변지역에 섬유, 의류, 신발, 액세서리 등 저임금 노동력을 활용한 노동 밀집

---

100) 경제생활 2006. 3, 54쪽.
101) '서라벌'의 고객 90%가 중국인이다.

형 한국 중소기업들이 대거 진출하면서 무역, 식당, 가게, 민박 등 서비스업에 종사하는 동반 진출 조선족들도 늘어났다. 화둥지역에 대한 한국의 투자액은 30.38억 달러로 대중국 투자의 30%에 달한다. 2005년 코트라 중국본부의 자료에 의하면 화둥지역의 한국 기업체 수는 2000여개에 달하며 제3국 수출형 제조업체가 주종을 이루었는데 제조업이 전체 투자건수의 약 85%를 차지하고 있는 것으로 집계되었다. 화둥지역은 산둥 성 및 동북 3성 등에 비해 투자 건수가 적은 반면 건당 투자액이 많은 대형 프로젝트들이 이루어지고 있다.

우선 1998년 이후 경제중심인 상하이에 대한 한국의 투자가 해마다 증가하는 추세에 있으며 2006년 말 현재 한국의 대상하이 투자 누계건수는 991건, 투자액은 15.8억 달러에 달하며, 특히 2000년 이후 매년 크게 늘어나는 추세를 보이고 있다.

한국의 對상하이시 투자 현황102)

(단위 : 건, 백만 달러)

	1998	1999	2000	2001	2002	2003	2004	2005	2006	누 계
투자건수	13	17	30	71	104	107	136	283	230	991
투자액	32	39	15	31	58	85	101	533	684	1,578

상하이에 대한 투자분야를 살펴보면 제조업(전자통신장비업) 및 서비스업(부동산. 음식 숙박업)에 대한 투자 증가가 특징으로 되어 산둥 성과는 다른 양상을 보이고 있다.

---

102) 상하이 총영사관 자료 참조.

상하이와 인접해 있는 장수 성은 현재 중한무역교류 및 한국의 대중국 진출의 중심지역으로 되고 있다. 장수 성 통계청에 따르면 2004년 말까지 장수 성에 투자한 한국기업은 2,288개로 계약액은 66.6억 달러, 실제투자액은 31.23억 달러에 달했다. 2005년 1월부터 6월까지 장수 성에서 새로 비준한 한국투자 프로젝트는 247개, 계약액은 16.8억 달러로 실제 투자액은 4.4억 달러에 달해 한국 자본은 대장수 성 투자 국가와 지역별로 5위이다.

장수 성에 대한 한국의 투자는 쑤저우, 우시 등 장수 성 남부지역에 집중되어 총투자의 80.1%를 차지하고 있고 투자분야를 보면 초기에는 경방직업, 가전제품, 화학공업 등 단순 가공업에 집중되었으나 지금은 기술, 에너지절감, 환경보호에 대한 현지정부의 요구와 정보기술화 시대 도래에 부응해 전자산업, 정밀기계, 고급방직업 화학공업, 의약 등 과학수술함량이 높고 비교우세가 강한 첨단산업 위주로 바뀌고 있다.

2005년 장수 성에서 투자규모가 3000만 달러 이상인 한국기업은 33개, 1억 달러이상 기업은 12개에 이르렀다. 장수 성에 대한 한국기업의 최근 투자동향을 살펴보면 장수 성에 제조 기반을 건설하는 목표로 투자를 진행하고 있으며 많은 한국기업들은 주동적으로 부품현지화강도를 높이고 전반 산업구조 현지화를 가속화하고 있는 것이 특징이다.

장수 성에 한국투자가 몰리고 있는 이유는 한국자본과 산업이 양자강 삼각주(長江三角洲)로 이전되고 있는 기회를 맞아 장수 성 정부에서 한국의 국가급 상회, 경제 단체, 투자무역촉진기구와 협력을 강화하고 우시에 한국인학교를 설립하는 등 행정서비스와 정

책특혜를 강화한 것과 갈라놓을 수 없다.[103]

코트라가 인용한 한국수출입은행의 자료에 따르면 2007년 9월까지의 장수 성의 한국자본 투자유치가 13억 7천 달러로 2006년에 비해 28% 증가하면서 전체 대중국투자에서 차지하는 비중이 2006년의 32%에서 40%로 높아졌으며 한국의 자본이 가장 집중되어 있는 산둥 성의 5억 8천만 달러를 훨씬 초과하였는데 이는 내수시장의 개척업체가 장수 성에서 증가된 것이 원인으로 되고 있다.[104] 이것으로 전통적으로 한국의 최대투자대상지였던 산둥 성 대신에 장수 성이 2006년에 이어 또다시 성별 투자액 1위를 차지했다.

이러한 지역별 투자분포의 변화는 최근 중국 투자환경 변화에 따라 산둥 성 중심의 가공무역 관련 중소기업의 투자가 급감하는 한편 중국에서 가장 큰 내수시장을 이루고 있는 상하이시, 장수 성, 저장성 등 화둥지역을 겨냥한 진출이 늘고 있기 때문이라는 분석이 있다.

장수 성의 주요 도시인 쑤저우에도 한국인이 경영하는 업체 500여개가 자리 잡고 있으며 쑤저우 산하의 인근도시에 자리 잡고 있는 한국기업은 100여개에 달한다.

저장성에는 세계 500대 기업 가운데 76개 기업이 진출해 있으며 여기에 한국기업들도 육속 들어오고 있다. 한국기업은 1991년부터 저장성에 투자하기 시작하였고 1996년부터 대폭 증가하였지만 1998년부터 금융위기로 인해 발전추세가 급속히 완만해 졌으며 2001년에 이르러 원래의 발전추세를 회복하였고 현재 놀라운 증장

---

103) 週刊 黑龍江新聞, 연해뉴스 2005. 9.11~17
104) 週刊 黑龍江新聞 연해뉴스, 2007, 12, 9~15.

세를 나타내고 있다. 한국수출입은행의 통계에 따르면 1991년부터 2003년 저장성에서는 31개 대기업의 항목을 유치하였는데 이는 4.82억 달러로 총 핵준한자(核准韓資) 금액 6.74억 달러의 71%를 차지하였다. 이는 중국에 대한 한국의 투자와는 다른 추세를 나타내는데 한국 기업이 중국에서의 투자는 주로 소형 기업을 중심으로 하고 있지만 저장성에 대한 투자는 좀 특별하여 대기업의 비중이 상당히 큼을 보여주고 있다.[105]

또한 기술함량이 비교적 높은 투자항목이 증가되는 추세로 산업구조로부터 살펴보면 2004년 현재 저장성에서 유치한 한국 기업(核准韓資기업과 금액은 386개, 6.78억 달러) 중에서 제1산업이 5개, 핵준한자(核准韓資)가 60여만 달러이며 0.1%를 차지하고 제조업은 351개, 핵준한자(核准韓資) 5.62억 달러, 83%를 차지하여 압도적인 지위를 차지하였다. 그 가운데서 복장류(109개, 2억 달러), 석유화학공업 (33개, 2.5억 달러)이 주도적인 지위를 차지하며 제3산업은 30개 핵준한자(核准韓資) 1.14억 달러, 17%를 차지하였고 그 가운데서 전자 통신류가 비교적 돌출해 8개, 핵준한자(核准韓資)가 1억 달러에 달했다. 저장성에서의 한국기업체의 새로운 투자항목 중 고신 기술 산업이 이미 기타 전통 업종을 초과하였고 투자범위는 복장업 외에도 석유화학, 전자통신 등 과학기술 영역에까지 확대되었다.[106] 저장성은 현재 산업구조조정을 하고 있는데 고신기술산업(高新技術産業) 즉 IT산업, 생물공정, 의약화공 등 방향으로 발전하고 있는데 한국 기업인들이 현재 투자하고 있는 산업

---

105) 韓國수출입은행,『海外投資統計情報』, 2004. http:/www.koreaex~im.go.kr/kr/oeis/(2004.10.20)
106) 韓國수출입은행,『海外投資統計情報』, 2004. http:/www.koreaex~im.go.kr/kr/oeis/(2004.10.20)

영역과 저장성의 산업구조 조정방향이 잘 맞물리고 있다.

저장성 한국기업에 대한 통계수치도 다른 지역과 마찬가지로 통계단위에 따라 다르다. 2004년 9월까지 저장성의 한국 외자 기업은 172개이며 총투자액 7.66억 달러이고 합동외자 4.61억 달러이며 실제 이용외자는 1.57억 달러라는 통계수치[107]가 있는가 하면 같은 해 10월 말 저장성에 대한 한국의 투자총수는 386개, 합동금액은 6.78억 달러. 투자 총수는 앞의 산둥, 랴오닝, 톈진, 장수, 지린, 베이징, 상하이에 이어 여덟 번째이고 투자금액은 산둥, 장수, 랴오닝, 톈진, 베이징, 상하이에 이어 일곱 번째로 나타났다는 통계자료도 있다.[108] 또한 2005년 말에는 322개사, 투자건수(신고기준)로는 481건이며 금액은 8억9천7백만 달러에 이르는 것으로 나타났다. 한국기업의 전체 대중국 투자와 비교하면 금액 기준으로는 4.1%, 건수기준으로는 3.1%에 불과하지만 최근 들어 첨단기술을 갖춘 외국 기업들의 투자는 적극 받아들이는 쪽으로 전략을 바꾸고 있어 고기술기업들이 진출할 전망이다.[109]

그 가운데서 주요 기업은 한국 세한견직유한회사(世韓絹織有限會社)인데 총 투자액이 637만 달러이며 주요하게 견직물제조를 하고 있으며 이외 삼성 중공업 주식회사 독자의 삼성 중공업은 총투자액이 1.72억 달러이고 주요하게 건축기계, 선박수리 등 업종을 경영하고 있다.[110]

---

107) 方祖猷,「寧波與韓國經濟文化交流簡況」,『中國江南與韓國文化交流』, 學苑出版社, 2005, 41—44쪽.

108) 韓國수출입은행,『中國各省市韓國投資企業排行榜』.

109) 週刊 黑龍江新聞 2006. 7.16~22

110) 方祖猷,「寧波與韓國經濟文化交流簡況」,『中國江南與韓國文化交流』, 學苑出版社, 2005, 41—44쪽.

저장성 최대의 항구도시 닝버는 인구가 556만 명인데 2007년 현재 400여명의 한국인이 거주하고 있으며 제조업, 무역업, 서비스업 분야에 삼성중공업, LG화학, 태평양 물산 등 약 98개 한국 업체가 진출해 있다.[111]

항주에는 한국기업이 많지 못하며 있다고 해도 주로 항주 교외에 위치하고 있는데 비교적 큰 기업으로는 LG생활건강이 운영하는 화장품 공장으로 노동자가 150여명에 달한다.

도매업으로 유명한 저장성 이우는 인구가 120만 여명에 불과한 도시지만 1998년부터 한국무역업자 및 한국인들의 진출이 활발하며 2005년 현지에 공장을 차리고 있는 기업이 300여 개에 달한다.

(4) 광둥 지역

광둥 지역은 중국에서 가장 일찍 개방된 지역이다. 광둥 성을 비롯해 주강삼각주에 진출한 외국기업은 8만 여개인데 그 중 광저우와 심천, 동관 혜주 등에 들어온 한국기업은 대기업을 합쳐 2000여개, 최근에도 현대차, LG필립스, SK 등이 공장설립을 확정했거나 추진 중이다. 광둥 성에서는 세계 컬러 TV생산량의 47%, 에어컨의 45%가 만들어지고 있고 중국 내 최고 소득 수준으로 내수구매력이 높은 것도 강점으로 되고 있다.[112]

한국의 대기업 중 광둥 성에 가장 많이 투자한 기업은 삼성그룹으로서 심천, 동관, 혜주, 순덕 등지에 총 6개 공장을 운영하고 있

---

111) 週刊 黑龍江新聞, 2007.6.17~23, 11면.
112) 週刊 黑龍江新聞 2006.8.6~8.12

고 현대, 포철, LG전자, LG화학 등이 진출해 있으며 현재 전자 정보통신 부품, 고급소비재 및 첨단 IT제품, 환경보호설비, TV홈쇼핑 유통, 기반시설확충 관련설비 및 중장비분야의 투자가 유망품목으로 떠오르고 있다.

광둥 지역은 중국 개혁개방이래 홍콩, 타이완지역과 일본자금의 대거진출로 놀라운 발전을 거듭해 산업구조가 한층 업그레이드되었고 임금을 비롯해 기타 투자비용이 북방지역보다 30~50%정도 높아 노동 밀집형 가공생산기지로는 적합하지 않으며 자본기술 집약적 산업으로 투자방식을 바꾸어야 현지에서 한국기업의 경쟁력을 높일 수 있는 것으로 전망되고 있다.

(5) 기타지역

상술한 지역외의 기타지역에 대한 투자도 최근 증가되고 있는데 특히 중국의 서부개발정책에 힘입어 쓰촨 성 등 서부지역에 대한 투자가 증가하고 있다.

2007년 대쓰촨 성 투자현황[113]

구 분	중국 전체		대쓰촨 성	
	건수(건)	금액(U $ 천)	건수(건)	금액(U $ 천)
신 고	17,837	254.54	72	117.714
실제투자	15,909	169.81	26	68.448

위의 표를 살펴보면 대쓰촨 성 투자는 전국의 그것과 비해 아직 투자 건수는 비록 적지만 투자금액은 상당한 비율을 차지하며 아

---

113) 한국수출입은행(2007년 1월말 누계현황)

시아나 항공, 대한항공, 금호고속, KOTRA, HJC 청두대표처 등이 쓰촨 성에 있어 한국의 진출이 본격적으로 이루어질 것임을 예고하고 있다.

한국 총영사관에 따르면 2006년 충칭 시 한국인 방문객수가 2만 4천 600명, 충칭 시 장기체류자 수는 300명, 한국인 기업체 수는 200개로 주로 제조업, 물류, 홈쇼핑, 여행사, 한식업이 주류를 이루고 있으며 대표적 업체로는 GS 홈쇼핑, 포항제철, 한진해운, 아시아나 항공, 효성물산을 들 수 있다. 특히 주성도 한국총영사관 설립과 코트라 성도무역관의 개장 및 충칭~한국 아시아나 항로가 개통 등으로 인해 이곳을 찾는 한국인들이 많아졌다.

이외 윈난 성, 구이저우 성 등에 대한 투자도 이루어지고 있는데 비록 투자 건수와 금액에서 적은 수치를 나타내고 있지만 한국의 대중국진출이 중국 전역에서 이루어지고 있음을 보여주고 있다.

2007년 대윈난 성 투자현황114)

구 분	중국 전체		대윈난 성	
	건수(건)	금액(U $ 천)	건수(건)	금액(U $ 천)
신 고	17,837	254.54	26	10.544
실제투자	15,909	169.81	26	6.766

2007년 대구이저우 성 투자현황115)

구 분	중국 전체		대구이저우 성	
	건수(건)	금액(U $ 천)	건수(건)	금액(U $ 천)
신 고	17,837	254.54	10	9.099
실제투자	15,909	169.81	8	6.909

---

114) 한국수출입은행(2007년 1월말 누계현황)
115) 한국수출입은행(2007년 1월말 누계현황)

요컨대 한국의 대중국 투자는 동북 및 산둥 등 지역을 중심으로 시작되었고 점차 동남연해지역 및 남부지역으로 확대되어 가고 있으며 최근 쓰촨 성 등 서부지역을 포함한 윈난, 구이저우 성 등 중국 전역에 한국기업의 진출이 이루어지고 있다.

3) 중국 진출 한국기업의 문제점, 그리고 대안

(1) 문제점 및 원인

중한수교이후 한국의 대중국 진출이 활발하게 이루어진 가운데 최근 중국 진출 한국기업들이 적지 않은 문제점들이 노출되고 있는데 최근 급격한 경영환경 악화 등으로 인한 중국 진출 한국기업들의 무단 철수가 문제의 심각성을 보여주고 있다.

한국을 탈출한 제조업의 중국 이전이 러시를 이루고 있지만 중국에 진출한 한국 기업 2곳 중 1곳이 적자에 시달리고 있으며 경영난을 견디지 못해 야반도주하는 사례가 급증하고 있다. 수출입은행은 중국에 진출한 한국기업 598개 업체의 2005년 결산 보고서를 분석한 결과, 전체 기업의 51.8%가 적자(당기순이익 기준)를 기록한 것으로 나타났다고 밝혔다. 이 중 중소기업의 적자 비율은 55.0%에 달했고 대기업은 46.7%였으며 업종별로는 1차 금속, 음식 업종의 적자 비율이 70%를 웃돌았으며 자동차 업종도 적자 비율이 40.3%에 달했다.

2005년 코트라 중국본부와 한국경제신문사가 공동으로 530개 현재 진출 한국기업을 대상으로 제2회 중국투자기업경영실태조사

(그랜드 서베이 대규모 조사결과)[116]를 진행한 결과 흑자를 내고 있는 기업은 전체의 35.6%(187)에 그쳤다고 한다. 현지 진출 기업들은 '노사분규, 인력난 등 노무관리'를 경영을 위협하는 가장 큰 요인(15.9%)으로 꼽았으며 18.4%는 이미 노사분규를 경험했다고 응답했다.

주중 한국대사관 산자관이 2007년 1월 28일 지난 21일부터 6일 동안 민관합동으로 광저우 등 중국 5개 도시에 진출한 50여개 한국기업들을 방문해 현장 실태조사를 벌인 결과, 피혁업체들의 경우 상당수가 이미 도산했거나 중국 업체에 공장을 넘겼으며 봉제나 의복, 완구, 액세서리 등 생활용품 업체들도 이익이 격감하고 있는 것으로 나타났다. 광둥 성 동관의 경우 한때 40개에 달했던 한국계 봉제, 의류, 완구 업체가 15개로 줄었으며 사라진 기업 대부분은 야반도주한 것으로 드러났다. 이에 따라 중국진출 한국기업들은 아예 청산준비에 들어가거나 야반도주를 검토하고 있으며 투자지역을 베트남 등 제3국으로 이전하거나 임가공무역위주에서 내수로 전환을 모색하고 있다. 주중 한국대사관이 최근 산둥 성, 광둥 성에서 실시한 중소기업현지경영실태 조사에서도 애로사항은 역시 인력과 고임금 문제로 나타났다.

2008년의 조사에 따르면 현재 중국에 진출한 한국기업의 30%정도가 철수를 고민했으며 이중 일부는 이미 준비 중인 것으로 나타났다. 대한상공회의소가 최근 중국 현지에서 운영하고 있는 중국 한국 상회 회원사 350개 업체를 대상으로 "재중 한국기업 경영환경 실태조사"를 실시한 결과 25.0%의 재중기업이 '중국에서의 사

---

116) 週刊 黑龍江新聞 2005. 9.11~17

업청산을 진지하게 고려해본 적이 있다'고 응답했고 또 3.1%는 '현재 청산 준비 중'이라고 밝혔으며 실제로 진출기업들의 85.8%는 '앞으로 중국의 기업환경이 악화될 것'이라고 응답했다.

또한 2008년 2월 12일 수출입 은행의 '칭다오지역 투자기업 무단철수 현황'보고서에 따르면 2000년부터 2007년까지 총 8,344개의 한국기업이 칭다오에 투자한 가운데 약 2.5%인 206개 기업이 무단 철수했다고 한다. 특히 기업들의 무단 철수는 초기 3년간은 전혀 없었으나 2003년 21개 업체를 시작으로 매년 늘어나기 시작해 2007년에는 무려 87개 사가 무단 철수한 것으로 집계되었다.

업종별로 살펴보면 공예품(액세서리)생산업체가 63개사로 30.5%를 차지했으며 봉제업체 16%, 피혁업체 13.6% 등 수교 초기에 진출한 노동집약 업종들의 무단 철수가 많은 것으로 나타났고 종업원 수에서는 50명 미만의 기업이 전체 무단 철수 기업 중 55.3%로 나타났다.

상술한 상황으로 인해 중국진출 한국기업들의 무단철수 문제를 비롯한 애로사항 파악은 2008년에도 한국의 대중국진출 문제점을 해결하는데 있어서 중요한 사안으로 되고 있다. 이 문제의 해결을 위해 한국정부는 적극적인 노력을 기울이고 있으며 민관합동조사단을 파견하여 2008년 1월 28일과 29일 한국기업체가 가장 많이 집중되어 있는 칭다오를 방문하였다. 이들은 칭다오 소재 2개의 한국투자기업을 방문하여 최근 중국의 경영환경변화에 따른 애로와 기업차원의 대응방안에 대해 의견을 교환한데 이어 당지 지역 상회 임원 등 진출기업인 대표들과 간담회를 가지고 무단철수에 따른 영향을 포함한 진출기업의 경영애로 및 대응방안에 대해 논의하였다. 또한 현지 한국계 및 중국계 금융기관들과 간담회를 가지고 진출기업에 대한 최근 상황과 관련한 금융기관의 평가, 금융기관의 대출관행 및 부실채권 발생 시 채권회수노력 등 문제들에 대해 의견을 청취하였다.[117]

한국정부뿐만 아니라 관련 기관들도 여러 모로 대안을 모색하고 있다. 대한상공회의소 베이징사무소는 2008년 2월부터 주중한국대사관의 '애로기업 상담지원센터' 운영을 통해 재중국 기업의 경영을 다각적으로 지원하는 한편 44개 지역 네트워크 및 권역별 거점상회를 통한 경영상담 활동과 정보공유 기능을 강화하고 있다.

상술한 상황이 나타나게 된 가장 중요한 원인을 살펴보면 우선 최근 중국의 인건비 상승은 물론, 노동·환경 등의 규제가 강화되고 가공무역과 외국인 투자기업에 대한 혜택이 폐지된 것이 주요 원인으로 되며 이로 인해 특히 임가공 중소기업들이 상당한 애로를 겪게 된 것이다. 즉 최근 중국경제가 빠른 속도로 성장하고 최저임금이 급격이 상승하면서 인건비가 너무 비싸지면서 인력 자체도 부족하기 때문에 중국의 저렴한 임금을 겨냥했던 한국의 제조업중심의 과거 투자방식은 이제 더는 통하지 않게 된 것이다.

다음으로 중국정부가 세무제도나 노무 정책을 전환하고 법률을 엄격히 적용하면서 정보력이 부족한 한국기업들이 세금폭탄 등에 봉착하는 것도 원인으로 되었다. 특히 중국정부가 최근 토지 관리를 강화하면서 과거 시정부 당국자들의 묵인아래 변두리지역의 값싼 토지에 입주한 한국기업들이 토지사용허가를 받지 못하는 것도 문제로 지적되고 있다. 중국정부는 2007년 3월 개인의 재산권을

---

117) 『週刊經濟』 122호, 7면, 칭다오 지역소식.

보장하는 내용의 물권법과 종전 외국인투자기업에 15%의 세율을
부과해 중국기업(33%)에 비해 특혜를 주었던 법인세율을 25%로
단일화하는 법인세법을 가결했고 퇴직금 지급과 종신고용 등을 보
장해 노동자의 권익을 강화한 노동계약법과 반독점법을 시의중이
다. 중국노동계약법의 수정으로 인한 노동조합의 권한확대로 인해
한국기업체의 노무관리 애로 및 인건비 증가 등 문제가 나타났고
인력고용의 유연성이 저하되고 있다.

중국 언론 및 업계에 따르면 상무부가 에너지 과소비 및 자원집
약산업에 대한 수출 세금환급을 20%정도 줄일 방침이어서 섬유,
철강 등 중국 진출 한국기업들의 경영에 큰 타격이 될 것으로 예
상되고 있는데 이는 중국 진출 한국기업의 70%가량이 자원집약이
나 에너지 과소비 산업에 포함돼 있기 때문이다.

마지막으로 경쟁력을 갖춘 중국기업들이 대거 등장하면서 이들
과의 경쟁에서 한국기업이 밀리고 있는 것도 중요한 원인으로 되
고 있다.

(2) 전망 및 대안

최근 중국정부는 기업소득세법을 개정해 외국기업에 대한 세제
혜택을 없앴고 수출기업에 부가가치세를 감면해 주는 수출 증치세
환급제도도 차츰 철폐하고 있다. 앞으로는 현지 진출 한국 내 기
업들은 생산 활동에만 치중할 것이 아니라 수익성 관리를 사업목
표의 정점에 놓고 마크팅, 브랜드, 유통, 애프터서비스 등 종합적
인 경쟁력을 갖춰야 한다고 분석되고 있다.

수출입은행의 보고서는 "경영에 어려움을 겪고 있는 기업에 대해 현지 은행의 특별한 지원 움직임은 없는 상황이며 일부 은행에서는 이들 기업에 대해 신용보증금 등 정책기관을 활용한 정부 차원의 보증한도 책정 등이 필요하다고 지적하고 있으나 여의치 않은 상황"이라고 우려하였다. 이에 보고서는 수출입은행의 대중국 여신과 관련해 신규지원의 경우 해당업종이 이른바 중국지원의 '투자유치 기피대상', 또는 해당 품목이 '가공무역제한조치'에 속하는지 여부를 면밀히 검토할 필요가 있다고 지적했다. 또 이미 여신을 지원한 업체 중 노동집약형 업종 기업에 대해서는 업종현황 점검 등 꾸준한 사후관리가 필요하다고 덧붙였다.[118]

향후 투자유망 분야로는 서비스업이 66.3%로 29.7%의 제조업을 두 배 이상 웃돌았다. 유망서비스업으로는 물류, 광고, 컨설팅, 회계 등 비즈니스 서비스업이 32.8%로 가장 높았고 이어 유통업(30.9%), 문화산업(24.1%), 금융업(8.2%) 등의 순으로 나타났다. 중국은 이제 '세계의 공장'에서 '세계의 시장'으로 탈바꿈했기에 중국 투자는 저임금 노동력을 활용한 제3국 수출형 제조업투자에서 벗어나 고부가가치형 투자로 활성화하고 있는 중국 내수시장을 겨냥해야 할 것으로 보인다.

상술한 상황에서 주중대사관 등 기관에서는 기업체들에 대한 조사, 간담회 등을 통해 대안을 모색하고 있다. 주중 한국대사관은 2007년 1월 21일부터 대한상회, KOTRA, 무역협회, 중소기업진흥공단, 산업연구원 등과 공동으로 광저우, 동관, 칭다오, 옌타이 등지의 50여개 한국기업방문조사를 벌였고[119] 2007년 1월 24일 한

---

118) 연합뉴스, 2008년 2월 12일.

국산업자원부가 주최하고 대한상공회의소, 산업연구원, 옌타이한인 상공회가 공동으로 주관한 중국 진출 한국기업 경영애로 실태조사 간담회가 옌타이 시에서 열렸는데 현재 기업이 직면한 문제점은 중국의 각종 사회보험과 인건비 상승에 따르는 인력난 해소, 통관 절차와 물류문제 해소, 기술, 품질인증 등 문제점임을 열거하고 상기의 문제를 해결하기 위해 산둥지역에 기술학교 설립, 공동물류기지 건설 등을 추진하고 있다고 하였다.

WTO 가입 후 중국경제가 전면적 대외개방 시대를 맞게 되고 시장경제체제가 더욱 구축되고 있는 추세에 따라 한국기업의 대중 투자도 과거와는 다른 양상을 보여야 하며 우선 과거의 생산효율 추구형 일변도를 벗어나 시장 추구형, 자원 개발형 투자 등으로 다양화될 것이며 중소규모의 노동집약적 경공업 위주의 투자 형태도 변화해야 한다.

이제부터 한국의 대중국 투자는 철저하게 현지화에 초점을 맞춰야 하며 단순히 중국에 공장을 세워 싼 임금을 이용한 수출제품 제작에서 벗어나 중국 내수시장을 본격적으로 공략해야 하고 이를 위해 중국 현지에서 직접 연구개발 활동이 이루어져야 한다. 또 생산 구매요소와 생산 관리 인력 현지화를 통해 중국 입맛에 맞는 상품 개발에 박차를 가해야 하며 또 기존 직접 투자보다는 인수, 합병 투자를 고려하는 것도 바람직하다. 2005년 9월부터 중국 정부는 국가발전개혁위원회와 상무부가 공동 발표한 '외국투자자 중국 내 기업 매수·합병에 관한 규정'을 시행하고 있어 다국적기업들이 중국 내에서 인수, 합병 투자를 할 수 있는 법적 근거가 제

---

119) 週刊 黑龍江新聞, 2007, 2, 4~10, 19면.

공되었다. 중국 내수시장을 잘 공략하고 있는 중국 기업을 인수, 합병하거나 합자회사를 설립하는 등 인수, 합병 투자에 한국 기업도 관심을 기울여야 할 때이다.[120]

하지만 상술한 문제는 한국정부나 유관기관의 입장에서도 근본적으로 해결이 불가능한 것이다. 때문에 세무, 노무, 기술 등 전문가로 구성된 경영 진단팀을 한국기업에 파견해 경영진단과 자문을 실시하고 아예 생산기지를 서부나 내륙으로 이전하도록 유도하고 내수 전환을 유도하거나 세무나 노무 등의 컨설팅을 확대하겠다는 주장도 제기되고 있다.

---

120) 週刊 黑龍江新聞 2006.7.30~8.5

2.3 조선족의 경제생활

1990년대 후반부터 본격적으로 관내지역에 진출한 조선족은 초기에 한국기업체 사무직이나 영업직이 주를 이루던 데로부터 직업구조가 날로 다양해지게 되었다. 즉 전통적인 사무직이나 영업직을 떠나 삼륜차부, 주차장관리인, 시장의 자전거관리, 청소부 등에 이르기까지 다양한 직업군(職業群)을 형성하고 있다.

1) 한국 기업체와 조선족

(1) 한국 기업체의 조선족

80년대 말부터 시장경제체제에 진입하면서 중국은 급속히 산업화가 이루어지게 되었다. 개혁개방 이전에 조선족인구의 70%이상을 차지하던 동북 3성의 농민들도 이 산업화의 물살에 실려 고향을 떠났고 이는 농가 3분의 2이상 노동력이 유출한 것으로 된다. 한국의 대중국 진출이 이루어진 초기에 조선족은 주요한 노동력 및 관리인으로 한국기업체에 인력자원을 제공해주었다. 칭다오 조선족사회의 형성과정을 살펴보면 조선족대부분이 한국기업에 취직하는 것으로 시작되었고 한국기업이 칭다오에 본격적으로 진출하게 된 촉매제는 조선족이라고 할 수 있다. 초창기에 진출한 조선족 대부분이 외자유입에 노력하여 한국의 외자를 끌어들였고 이로인해 조선족과 한국기업은 공생관계를 맺었으며 조선족은 한국기업을 떠나서는 취직할 수 없게 되었고 현재도 조선족의 다수는 한국기업에 취직하고 있다.

한국 기업체의 대중국 진출이 본격적으로 이루어지면서 2006년에 이미 30만 명이상 되는 조선족 농민들이 약 6만개의 한국기업들이 입주해있는 연해지역을 비롯한 중국 각지의 대·중 도시에 진출한 것으로 나타났다.[121) 현재 광둥 지역에서는 공급이 수요를 만족시키지 못하는 실정이며 적지 않은 한국기업에서는 조선족을 채용할 때 고등학교 졸업생도 대학 졸업생 이상의 대우를 해주는 사례들이 많다. 현재 중학교나 고등학교를 중퇴하고 직업학교에서 언어나 컴퓨터 일반상식을 배워 심천이나 광저우 등지로 진출하는 조선족은 많지만 이들 대부분이 한국의 비공식회사에 심부름꾼으로 취업하고 있어 근무기간도 짧고 비전도 없다. 현재 취업을 하지 못했거나 한국인 사장의 귀국으로 일부 단체에 의존하며 살고 있는 조선족도 상당히 많으며 교육수준이 낮은 조선족 취업 희망자들이 아무런 특기도 없이 무작정 도시로 진출하거나 코앞의 이익을 위해 유령회사에 취업하는 경우도 많다.

IT업종이나 광전자, 신소재 등 첨단기술 분야에는 조선족 고급

---

121) 週刊 黑龍江新聞 2006.7.30~8.5

전문 인력이 태부족이며 일반 기계, 전기, 화학, 식품, 유통 등 분야를 졸업한 조선족 대학생의 인기도 여전하다. 한국 대기업을 포함한 중소제조업체들은 조선족 이공계대학 졸업생과 인문계졸업생들을 많이 필요로 하고 있으며 대기업들에서 조선족 고급인재의 활약은 눈부시다.[122]

한국기업의 대거 중국진출과 더불어 기업마다 다투어 조선족을 대량 채용하게 된 것은 한국인과 이사소통이 되고 또 한국인을 대신하여 직장과 주변의 한족들에게 의사를 전달해 줄 수 있는 2중언어 우세가 있기 때문이다. 그래서 오래 전부터 한국기업인 1명이 중국에 와서 자리 잡으면 그의 주위엔 5명의 조선족이 달라붙는다는 말도 나올 정도였다. 동북3성을 중심으로 살고 있던 조선족들이 지금은 연해지역과 중국 전역의 대중도시들로 대거 이동하게 된 것도 대다수의 경우는 한국기업 및 재중국 한국인사회와 관련된 업종을 찾아서 움직이게 된 것이다.

다음으로 조선족사회의 우수한 인재들이 한국기업체들에 취직하게 되면서 중국에 진출한 한국기업체들에서 중견역할을 하게 되었다. 한국 기업체에서 조선족은 경제적 혜택을 받음과 동시에 선진적인 문화를 습득하게 되었으며 자기의 정체성을 재확인하면서 세계화에 합류하고 있다.

중한수교이후 초기에 중국에 진출한 한국경제인들은 거의 100%가 조선족에게 의뢰하여 창업을 시작하였다. 비록 불협화음도 있었지만 언어가 통하지 않고 사회제도까지 다른 이국땅에서 이들이 의뢰할 사람은 조선족뿐이었다. 현재도 한국기업 중 몇 십 명 혹

---

122) 週刊 黑龍江新聞 2005.9.11~17

은 몇 백 명의 직원을 가지고 있는 중소기업에도 조선족이 몇 명 씩 있는데 이들은 똑 같은 일을 하면서도 한족들에 비해 거의 배 에 가까운 수당을 받고 있으며 언어우세를 이용해 주로 재무, 관 리직에 중용되고 있다. 이들은 대부분이 한국말과 글을 알고 있고 또 중간 관리 층에 포섭되고 있어 실제로 회사의 핵심역할을 하고 있다.

(2) 한국기업체의 조선족과 한국인간의 문화적 갈등

1950년대 남북분단이후 냉전시기 40~50년간 조선족과 한국인 은 중화인민공화국 공민과 한국국민으로 각기 다른 이념과 제도 하에서 다른 삶을 살아왔고 1988년 올림픽과 1992년 중한수교를 계기로 한국기업의 중국진출과 조선족들의 고국방문을 통해 중국 과 한국에서 한겨레 집단을 형성하고 상호교류로 협력관계를 형성 하고 있으며 중국에 있는 한국기업체를 통해 서로 의존하면서 상 생관계를 형성하게 되었다.

19세기 중반 이후의 백여 년간 조선족은 중국 조선족의 독특한 문화를 형성하게 되었는데 중국 조선족의 문화에는 재래의 민족문 화 외에 중국문화의 특징이 점차 강하게 나타나기 시작하였다. 즉 중국의 조선족문화에는 한반도의 문화와 구별되는 중국조선족문화 로서의 특징들이 뚜렷해지게 되었다.

중국의 조선족은 오랫동안 중국에서 살면서 중국에 대해 깊은 감 정을 가지고 중국을 조국으로 생각하게 되었으며 특히 중국공산당 소수민족정책의 혜택, 국가교육의 혜택을 받으면서 중국공산당과 중국의 한족 및 기타민족에 대해 우호적인 감정을 가지게 되었다. 70년대 말까지 조선과의 접근, 그 뒤의 한국과의 접촉을 통해 점차 자기는 중국의 한족과 구별되고 남과 북의 동포들과도 구별되는 중국 조선족이라는 민족 정체성의 의식이 뿌리박기 시작하였다.

조선족은 중국의 소수민족이면서 중화민족 대가정의 일원이라는 인식은 하면서도 역사적, 혈연적 관계로 인해 고국에 대해 특수한 감정을 가지고 있으며 이로 인해 한반도의 형세는 중국의 조선족 사회에 커다란 영향을 주었다. 80년대 초까지 정치, 경제, 문화, 교육 등 면에서 조선의 영향을 많이 받았지만 88년 전후부터 한국과의 관계가 발전하면서 한국에로의 노무수출, 문화교류, 섭외혼인 등을 통해 한국열이 일어났으며 90년대에 들어선 후 특히 중한수교이후 중국의 조선족과 한국간의 교류는 더욱 활기를 띠기 시작하였다.

한국에 다녀오면서 중국조선족은 한국이 같은 사회구성원으로 조선족을 받아들이지 않고 차별시하며 그들 또한 한국 사회에 쉽게 적응 할 수 없다는 것을 뼈저리게 깨닫고 중국조선족으로서의 존재에 대한 의미를 더 긍정적으로 보게 되었다. 때문에 조선족은 중국을 조국이라고 생각하면서도 자기는 조선족이라는 민족의식을 강하게 소유하고 있다.

한국인과 조선족의 교류의 폭이 넓어지면서 양자 간의 경제적인 격차, 의식형태, 사회제도의 차이로 인해 배출된 가치관념, 사유방식, 생활태도 등의 차이로 여러 가지 모순과 문제점들이 노출되고 있다. 서로 다른 이념과 생활습관 및 사고방식으로 인한 모순이 심화되면서 이들의 관계에 금이 가기 시작하고 심지어 서로 상대를 원망하고 경계하는 현상까지 나타나게 되었다.

현지 진출 기업들은 '노사분규, 인력난, 등 노무관리'를 경영을 위협하는 가장 큰 요인(15.9%)으로 꼽았으며 18.4%는 이미 노사분규를 경험했다고 응답했는데 이 가운데서 노사분규와 노무관리에는 조선족의 역할 분담 및 한국인 경영인과 조선족 중간 관리자, 한족관리자 등과의 관계처리가 직접적으로 반영된다.

옌타이 시 한국기업체에 대한 조사를 통해 보면 초기에 한국 업체에서 합작관계를 형성하고 일하던 조선족과 한국인은 거의 반목이 생기는 결과를 초래하였다. 결과적으로 한국인은 조선족을 믿을 수 없다고 생각하고 조선족은 한국인을 신용이 없다고 한다. 때문에 적지 않은 한국 기업체에서 조선족을 채용하기 싫어하며 특히 한국어학과 졸업생들이 대거 사회에 진출하고 있는 상황에서 최근 조선족보다 한국어를 구사할 수 있는 한족을 채용하려는 경향이 날로 뚜렷해지고 있다. 유교적인 전통이 남아 있는 산둥 성에서 조선족보다는 현지 한족들이 상하질서에 대한 의식이 농후한 것이 상하위계질서를 지키려는 한국인의 요구 및 관리모식에 부합되는 것도 중요한 원인중의 하나로 되고 있다.

하지만 아직까지도 한국인과 조선족은 끊을 수없는 관계에 있다. 즉 중국의 조선족대학생들은 졸업 전에는 졸업 후 전부 중국회사에 취업하겠다고 하지만 막상 졸업하면 대우가 좋은 한국회사로 취직하며 또 얼마 지나지 않아 인간적 모멸감을 참지 못하거나 같은 민족으로서의 정체성을 느끼지 못한 채 한국회사를 그만두게 되고 다시는 한국회사를 가지 않겠다고 맹세하지만 또 얼마 후 한국회사에 취직하는 것이 보편적인 현상이다.

한국회사도 마찬가지이다. 조선족을 믿지 못하겠다고 하면서도 또 다시 조선족을 채용하는데 이는 아직까지도 조선족과 한국인은 서로 공생할 수밖에 없는 구조임을 설명하고 있다. 때문에 한국기업체들은 2중 언어와 2중 문화, 심지어 3중 언어와 문화를 정통한 고급인력인 조선족과의 문화적인 갈등과 불신을 해소해야 하는데 이를 위해서는 우선 상대방의 문화를 이해하고 상대방의 장점을 긍정하고 단점을 극복하도록 도와주는 것이 주요하다.

조선족은 비록 한국기업의 현지정착에 기여도가 크고 긍정적인 면도 많지만 찾아봐야 할 문제점도 많으며 하루빨리 문화자질과 인내력을 높이고 신뢰성을 강화해야만 생존기반을 확보할 수 있다.

2) 조선족 기업체

조선족은 중한수교 이후 주로 칭다오를 비롯한 산둥 반도, 베이징, 텐진, 화둥, 광저우지역 등지에 집중적으로 진출해 있고 상술한 지역에로의 조선족의 진출은 한국기업의 진출과 함께 이루어졌다. 한국의 대중국 진출로 인해 관내지역에 진출한 조선족은 초기에는 거의 한국기업체에 취직하거나 한국과 관련되는 서비스 등 업종에 종사하였지만 몇 년 간 한국 업체에서 한국의 선진적인 기술 및 관리방식을 습득한 후 독자적으로 창업하여 자체의 기업체를 설립 운영하는데 이것이 다수 조선족 기업체의 설립 모식이라고 할 수 있다. 90년대부터 시작된 조선족 기업체의 설립은 현재까지 이어져 중국 전역에 상당한 자본력과 자생력을 갖춘 조선족

기업은 2만여 개에 달하는 것으로 추산되고 있다

(1) 산둥지역

산둥 성은 조선족이 가장 많이 집중되어 있는 지역이며 특히 칭다오에 거주하는 조선족은 2008년 현재 20만 명에 육박하고 있다. 수교 초기 칭다오 조선족의 대부분이 한국기업 취직이 주요 목적이었다면 최근 조선족은 직접 회사를 설립하거나 공무원, 대표 등으로 칭다오에 진출하고 있다.[123] 하지만 아직까지도 한국기업체에 취직한 경우가 다수로 칭다오지역 조선족에 관련된 여러 가지 자료에 따르면 칭다오지역에는 조선족 기업체가 약 2천 여 개로 집계되고 있는데 이는 전국조선족기업체 총수의 약 10%를 차지하고 있다. 칭다오 거주 조선족을 20만 명으로 추산할 때 조선족인구의 100분의 1만이 자체로 기업체를 운영하고 있다는 것으로 되는데 옌타이와 웨이하이의 상황도 비슷하여 수백 개의 조선족 업체가 설립되어 있다.

산둥지역의 조선족은 주로 한국관련 자영업에 종사하고 있는 것이 특징인데 서비스, 제조업, 액세서리, 음식업, 관광업, 복장, 완구, 정보 기술업종, 부동산 개발업종 등 다양한 업종에 종사하고 있다. 칭다오 시 청양구는 한국기업이 가장 일찍 진출한 지역인 동시에 현재 조선족과 한국인이 가장 많이 모여 살고 있는 곳으로 통계에 따르면 청양구내에서 개업한 조선족 업체 800여개 중 400개정도가 음식점, 노래방, 식품가게 등 서비스업에 종사하고 있어

---

123) 허강일, 「칭다오 조선족과 한국인」, 『개혁개방 30주년 조선족의 변화와 발전』, 제13회 중국조선족발전 學術研討會 논문집, 73쪽 재인용.

50%이상이 서비스업에 종사하고 있음을 보여 주고 있다.

산둥지역 조선족기업을 분류하면 한국자본과의 완전합자 혹은 합작회사, 한국외자기업을 인수받아 완전 독립한 회사, 한국외자기업의 이름으로 조선족이 실질적으로 독립 경영하는 조선족회사, 산둥지역에 진출한 조선족이 설립한 회사, 개체상공업 및 서비스업체 등이다.

산둥지역 조선족기업의 특징은 한국 외자기업과 밀접한 관계를 가지고 있는 것으로 주로 당지 진출 한국기업이 주로 가공 수출형 기업으로 외향성을 띠고 있기에 조선족 기업은 한국외자기업의 오다를 받아 생산경영을 조직하거나 한국외자기업과 관련되는 업종 및 해외시장을 주요 상대로 하는 가공 수출형 외향성기업이 다수를 차지하고 있다. 조선족 기업은 가공수출형 한국외자기업과 밀접히 연계되어 있기에 주로 노동 밀집형 기업을 형성하고 있으며 서비스업이 상당부분을 차지하고 있고 당지에서 인정받는 기업이 없는 상황이다.

상술한 특징으로 인해 칭다오 조선족기업은 기반이 든든하지 못하고 세계 내지 중국의 브랜드산업과의 고리를 형성하지 못하고 자체의 브랜드사업화도 이루지 못한 상태에서 단독경쟁을 하고 있으며 주로 재래식 산업을 경영하고 있기에 기술 장비 수준이 낮고 국내외 정치, 경제, 군사 등 제요소 및 한국기업체의 영향을 심각하게 받는 등 문제점들을 가지고 있다고 분석되었다.[124]

---

124) 현용범, 「칭다오 조선족기업의 미래 발전에 대한 사고」, 『개혁개방 30주년 조선족의 변화와 발전』, 제13회 중국조선족발전 學術硏討會 논문집, 188~192쪽 재인용.

(2) 베이징, 텐진지역

베이징, 천지지역에는 조선족의 진출과 함께 조선족 기업체들이 날로 증가하고 있는데 조선족업체는 베이징에 주로 무역, 서비스업, 텐진에 전자, 의류 등 제조업과 서비스업, 허베이 성에 노동집약형 제조업이 주류를 이루고 있다.

특히 베이징에는 일찍 80년대부터 조선족이 진출하여 요식업에 종사하였고 90년대 초기 조선족들의 베이징 진출이 잦아지면서 요식업체는 빼놓을 수 없는 하나의 업종으로 자리 잡기 시작하였다. 이들 업체들은 실내 인테리어뿐만 아니라 실외장식까지 조선민족의 전통성에 기초하여 독특한 모습을 보여주고 있다. 텐진에도 민족특색을 띤 음식점이 많이 늘어났는데 그 중 대부분은 조선족이 차린 음식점이다.[125]

(3) 동남연해지역

2001년을 전후해 저장 성 이우, 쑤저우, 우시등 상하이 주변지역에 의류, 서유, 신발, 액세서리 등 노동 밀접형 한국 중소기업들이 대거 진출하면서 무역, 식당, 가게, 민박 등 서비스업에 종사하는 동반 진출 조선족도 늘어났다.

조선족업체는 상하이에 무역, 서비스업, 쑤저우, 우시 등에 신발, 의류, 전자 등 제조업, 의우 등에는 소상품무역, 서비스업이 주류를 이루고 있다. 다년간 쑤저우에 거주하면서 기반을 구축한 30대 후

---

125) 경제생활, 2005. 9 ~62쪽.

반에서 40대 초반의 조선족은 무역, 제조, 가공업, 요식, 오락 등 업종에 종사하고 있고 일부는 회사에서 기술자, 재무, 통역 등 중간 관리자로 근무하고 있다. 2005년 쑤저우에는 조선족이 경영하는 업체가 300여개, 쑤저우 신구에는 일본기업 70%가 자리 잡고 있는데 이런 업체에서도 많은 조선족이 총경리(總經理)로 활약하고 있는가 하면 대학 졸업 후 국유기업이나 국가기관에 배치 받았다가 다시 독자적으로 창업을 한 대졸생도 100명에 이른다. 7,000명 조선족인구와의 비율은 23.3대 1로서 23.1명 중 한명이 기업을 경영하는 것으로 되고 이우에도 조선족 1만여 명에 조선족 업소는 500개로 통계되어 20대 1의 비율을 보여주고 있는데 이는 칭다오 등 산둥 지역의 100대 1에 비해 아주 높은 비율을 보여 주고 있다.

(4) 광둥 지역

광둥 지역에 거주하는 조선족은 2005년 6만 명으로 집계되었으며 제조업, 서비스업을 포함해 심천, 광저우, 동관, 혜주 등의 조선족업체는 무려 2000여개로 추산되었다. 조선족 인구와 기업체의 비율은 30대 1로서 비록 동남연해 지역보다는 낮았지만 산둥 성보다는 훨씬 높은 비율을 보였다. 그 중 1,000만 원 이상의 규모를 갖춘 업체가 200여개에 달해 10%를 차지하는 것으로 통계되었고 첨단 기술 분야에 조선족업체들이 많아 전체 조선족 업체 중 10%를 차지하였다. 특히 휴대폰 배터리, 주변기기, 가전, 광전자, 신소재 등을 포함한 분야의 규모가 점점 커지고 있다. 이들은 고학력, 고기술 소유자로서 석사학력 이상을 소유한 조선족 엘리트층을 주체로 형성되었고 2005년 현재 전자분야에 종사하는 조선족업체의 80%이상이 한국, 일본, 중국 타이완에 의존하고 있다. 또한 광둥 지역은 타 지역과 달리 제조업이 발달한 지역으로 초기 일본, 한국 업체에서 근무하다 독립해 가방, 완구 등 봉제업에 종사하여 성공한 조선족이 상당하며 이밖에 사출, 금형업체와 식품가공 등에 종사하는 기업인도 일정한 비율을 차지한다. 광둥 지역 조선족의 1차 산업으로 지목되는 서비스업체중 음식점, 노래방, 식품가게, 숙박업소 등이 주류를 이루고 있으며 중국최대의 물류, 유통 집산지에 걸맞게 물류업체가 특별히 발달한 광둥 지역에서 물류분야에서 활약하는 조선족이 두드러진다.[126]

요컨대 중국 조선족 기업체의 기본특징은 우선 아직도 대부분 기업들이 요식업, 유흥업, 여행업 등 단순서비스산업에 집중되어 있고 한국 관련 자영업이 많다는 점이다. 그 중에는 연간 4,000만 달러의 이익을 창출하는 요식체인업체도 있지만 대부분의 경우에는 중소규모의 업종이며 특히 산둥 성은 조선족 인구에 비례해 기업체 수가 동남연해 및 광둥 지역에 비해 훨씬 적다. 또한 당지 경제에 영향을 줄만한 핵심기업이 없으며 한국기업체에 대한 의존도가 높아 만약 한국기업들이 빠져나간다면 조선족기업체의 진로는 문제가 되고 있다. 때문에 자기 실력향상을 위한 꾸준한 노력, 특정 기술 분야에서 꾸준히 기술을 장악하거나, 재충전을 통해 새로 회사를 차리는 것이 필요하다.

---

126) 週刊 黑龍江新聞 2005. 9.4~10

3

한겨레의 사회 문화생활

❛ 3.1 한국인의 사회 문화생활 ❜

한국인 단체

중국에 진출한 한국인들은 각종 단체를 설립하여 상호친목과 교류를 추진하고 있으며 다양한 활동을 진행하고 있다. 주요한 단체로는 재중국 한국인회, 재중국 한국 상회가 있으며 이 외에도 동호회 등 각종 단체들이 활약하고 있다.

1) 재중국 한국인회

세계의 어느 나라 어느 도시든 한국인이 많이 거주하고 있는 지역에는 대부분 한국인회(한인회로 약칭)가 결성되어 운영되고 있으며 중국도 마찬가지이다. 재중국 한국인회는 한국인을 대변하는 가장 대표적인 조직으로, 강령을 제정하고 조직체계가 정비되어 현재 한국인사회에서 높은 호응을 얻고 있다. 재중국 한국인회는 우선 1998년 10월 24일 재중국한인회 발기인총회를 거쳐 같은 해 12월

12일 재중국한인회 정기총회를 개최하였다. 1999년 8월 12일 재중국 한국인회 주비위원회가 발족되었고 같은 해 12월 20일 재중국 한국인회 준비위원회 총회의 개최를 거쳐 2000년 6월 1일 재중국 한국인회로 통합되었다.

우선 재중국 한국인회의 조직 구도를 살펴보면 회장, 수석부회장, 고문, 감사 등으로 구성되어 있고 그 산하에 사무국을 두고 있다. 사무국은 모든 회무(會務)를 수행하고 재정을 관리하며 사무국의 업무수행을 위해 필요한 인원을 채용할 수 있다. 한인회는 효율적으로 조직을 운영하기 위해 아래와 같이 분과위원회를 두고 있으며 각 분과위원회 위원장은 상임운영위원 중에서 회장이 임명하고 위원은 위원장의 추천으로 회장이 임명한다.

(1) 기획조직위원회 - 본회 업무의 종합적인 기획 및 조직에 관한 사항
(2) 섭외홍보위원회 - 각종 섭외활동 및 홍보에 관한 사항
(3) 체 육 위 원 회 - 회원의 친목 도모를 위한 체육행사
(4) 학 생 위 원 회 - 유학생에 관한 사항
(5) 사 업 위 원 회 - 본회 수익사업 및 사회활동에 관한 사항
(6) 여 성 위 원 회 - 여성회원을 위한 제반 사항
(7) 재 정 위 원 회 - 일반회계 및 재정에 관한 사항
(8) 국 제 위 원 회 - 국제친선 교류에 관한 사항
(9) 교육문화위원회 - 회원의 자녀교육과 문화 창달에 관한 사항
(10) 안전복지위원회 - 회원의 안녕과 후생복지에 관한사항

한인회는 대한민국 국시(國是)를 준수하고 중국 내에 거주하는 회원들의 친목 도모, 권익 신장 및 복지 향상을 도모하며 한·중 간 의 우호 협력을 증진하는 것을 그 목적으로 하며 베이징에 중앙본부를 두고 지방의 각 성·시·자치구 별로 지역 한인회를 두

었다.

회원은 만18세 이상의 한국국적 소지자로서 Z비자를 취득했거나 연간 6개월 이상 중국에 거주하는 자로 하며 대의원총회와 임원회를 두었다. 대의원총회는 본회의 최고 의결기구이며 의결사항은 1) 업무보고 및 회계보고, 2) 감사보고, 3) 결산 및 예산의 승인, 4) 회장, 감사의 선임, 5) 정관 및 규약의 제정 및 개정, 6) 중요 사항의 심의 결정 등이다. 임원회는 회장, 부회장 및 사무총장으로 구성하며 정기 임원회는 연2회(3월, 9월)로 하며 회장이 소집한다.

한인회는 설립 후 강령을 제정하였는데 구체적인 내용은 아래와 같다. 1) 본회는 대한민국의 국시를 준수한다, 2) 본회는 민간외교의 선봉임을 자임한다, 3) 본회는 재중국 한국인들의 친목을 도모한다, 4) 본회는 재중국 한국인들의 권익을 보호한다, 5) 본회는 재중국 한국인들의 경제발전과 복지향상에 힘쓴다, 6) 본회는 한·중 우호증진에 이바지한다.

한인회의 주요 문화, 교육활동기능은 한인회관 건립 및 기금조성 기획, 각 지회 조직관리 및 창설, 지회 지원, 본회 내부 조직관리, 각 지역 한국 학교 설립 지원, 한국 학생들의 모국 수학여행 주선, 회원들을 위한 각종 문화공연 행사 개최, 어린이 백일장, 주부 백일장, 한인음악회 개최 등이다.

재중한국인회는 설립 9년간 재중국 한국인을 위해 여러 가지 일들을 하고 있다. 우선 2000년부터 정기총회 및 "한국인 송년의 밤", 그리고 '재중국 한인 체육대회', 골프대회를 개최하고 있으며 재중국 한국인 체육대회를 지역 및 전국 규모로 개최하고 회원 친

선 골프, 등산, 바둑대회 등 취미 활동을 활성화하며 한국인회 회
장배 전국교민 축구대회를 개최하는 등 체육활동도 조직하고 있다.

현재 한인회산하에 베이징, 톈진, 선양, 창춘, 하얼빈, 웨이하이,
쿤밍, 단둥, 다롄, 무순, 목단강, 안산 등 중국 전역 40여개의 재중
한국인 지회가 설립되고 상호간에 네트워크를 형성하여 각 지역별
로 그 지역의 특성에 맞는 교민을 위한 역할과 행사 및 중·한 우
호 친선행사를 발전시켜 오고 있다. 특히 재중국 한국인회는 대내
외 활동을 통해 그 위상을 한층 더 강화하면서 재중국 교민사회를
아우르고 있다.

상술한 활동 외에도 재중국 한인회는 재중국 한국인의 참정활동
에 진력하고 있다. 20세기 후반기부터 세계화의 물결을 타고 많은
국민이 해외로 진출해 생활하고 있지만 한국의 정치는 여전히 대
한민국 영토 안에 있는 국민만을 대상으로 삼고 있다. 즉 재중국
한국인이 80만에 달하지만 한국 정치인들의 관심밖에 있으며 이는
한국 정치가 세계화에 따른 변화에 부응하지 못하고 있음을 반증
하는 것이다. 이로 인해 재중 한국인 자녀들은 대한민국 국민으로
서의 최소한의 교육혜택도 받지 못하는 열악한 환경에서 성장하고
있다. 또한 재중 한국인의 경제활동과 관련하여 어떤 지원책도 마
련되지 않아 중국 현지 한국인 사업가들은 '고립무원의 상태'에서
기업 활동을 벌이고 있다. 상술한 상황에서 재중국 한국인을 위한
정책을 기대하기 어려운 상황을 감안하여 국민의 한사람으로서 투
표권을 행사하면 재중한국인에 대한 정치권의 관심이 높아지고 관
련 정책을 세우게 될 것이라고 인정하고 중국에 거주하는 교민들
의 뜻을 모아 재외국민 참정권을 되찾고자 노력하고 있다. 2007년

4월 17일에는 한국에서 재외국민 참정권 연대가 출범하였으며 이에 재중국 한인회는 지역 한국인회와 함께 재외국민 참정권 되찾기 서명운동을 전개해나가고 있는데 국회, 행정자치부, 선거관리위원회 등 관계기관에 보낼 서명운동을 하여 1만 명이 이에 서명하였다.

또한 재중국한인회는 주중대사관과 협력하여 2005년부터 재중국한국인회사무국에 교민안전콜센터를 설치하여 재중국 한국인의 안전뿐만 아니라 중국을 방문하는 한국인의 안전에도 기여하고 있다. 2003년 9월 25일에는 "중국한인회보" 창간호를 발행하고 2004년 1월 8일에는 재중국 한국인회 자체 홈페이지를 개설하여 한국인회의 영향력을 넓혀 명실상부한 재중한인사회의 중심축으로서의 역할을 다하며 재중국 한국인사회를 위한 봉사와 한중간 민간차원의 우호사절의 역할도 수행하고 있다.

재중국 한국인회 문화교실에서는 교민 봉사의 일환으로 재중국 한국인들의 중국문화에 대한 이해와 접근 내지 실생활에서의 적용을 도움으로 문화교실을 운영하고 있는데 문화분과에서는 중국악기 교습반, 중국 차에 대한 강좌를 진행하며 주중국 대사관(영사부)의 후원으로 개설된 "화요 사랑방"127)에서 진행하는 강좌의 강사는 주중대사관 총영사, LG대하, CJ 중국 등의 회장, 사장 등이 '재외교민보호', '한국음식의 세계화' 및 중국 문화관련 제목으로 강좌를 진행하기도 하였다.128)

---

127) 2005년 제1회 강좌 이후 매주 화요일이면 한 번도 빠짐없이 화요사랑방을 진행해 재중국 한국인을 위한 대표적인 교양강좌로 자리잡아가고 있다.

128) 중국한인회보, 제14호, 2007. 5. 15.

또 중국 각 지역 한인회와 더불어 중국에 거주하는 한국인을 위한 축제와 어울림의 한마당으로서 현재 7회를 치른 재중국 한국인 체육대회는 급속히 팽창하는 재중국 교민사회를 보다 더 완숙하게 아우르고 있으며 2006년 3월 23일 서울에서 치른 세계한인회 최초의 '재중국 한국인회 후원의 밤 행사'는 중국과 한국의 인적네트워크를 형성하는 계기가 되었다.

이외에도 재중국 한국인회는 베이징시인민정부 및 중국녹화사업위원회와 삼림녹화사업을 공동으로 진행하는 등 민간차원의 우호교류 증진에도 힘쓰고, 특히 회장을 비롯한 임원과 운영위원들의 희생과 봉사활동에 나서는 등 역사가 짧은 한인회로서의 여러 가지 어려움을 능동적으로 극복하고 있다.

재중한국인회는 현재 중국 전 지역을 화합하고 단결시키기 위한 노력들을 주중대사관 및 중국 정부 등과 유기적인 협력을 통해 민정부의 비준을 받기 위해 꾸준히 하고 있다.

하지만 재중국 한국인회는 아직 중국정부의 공식인가를 받지 못했기에 활동에서 여러 가지 한계를 가지고 있다. 2007년 전국인민대표회의에서 NGO 비준에 대한 긍정적인 답변이 나와 2008년 베이징올림픽을 기점으로 해서 2008년 내 재중국 한국인회 비준이 예상되고 있다. 재중국 한국인회 허가가 나오면 자연스럽게 중국 한국 상회와 통합이 이루어질 예정이며, 그동안 지회 활동 지원에 있어서도 100만 재중국 한국인시대에 걸맞은 실질적 지원을 해 나갈 것으로 예견되고 있다.[129]

'한인회'는 한국 동포들에게 가장 바람직한 것은 한국인 사회의

---

129) 중국한인회보, 재중국한국인회 홈페이지 등 참조.

발전만을 추구할 것이 아니라 한국인과 중국인들이 함께 교류 융화하며 거주 지역에서 지역사회를 같이 만드는 것이라고 인정하고 있으며 현지 중국인과의 교류에도 진력하고 있다.

또한 다른 한인회와의 교류도 활발히 할 계획으로 일본한인회, 미국 상공회와 행사를 개최하기로 계획하고 있으며 방대한 지역의 한인회를 이끌기 위해 재중국 한인회 지역단위 회의를 지역별 연합회 형식으로 묶어서 운영하려 하고 있다.

급팽창하는 한국인사회 발전과 각 지역 한인들의 성공적인 중국 생활에 대한 지혜를 모으고 각 지역 한국인회의 현안토론을 통해 가장 현명한 중국생활의 지침을 모색하기 위해 2007년 1월 27일부터 베이징에서 열린 제2회 중국 전역 한인회 회장단 교류회에는 주중대사, 재외동포재단 이사장, 총영사, 한국인회 고문, 베이징투자기업협의회 회장을 비롯해 70만 한인사회를 대표하는 중국 전역 지역별 한인회 회장과 임원 및 주중 특파원 등 120명이 참석했고 중국지역 한국인회간의 결속방안 및 온라인 네트워크 중국(지방)정부와 긴밀한 협조관계 구축 및 현지 중국인과의 우호증진방안 등 발제 워크숍이 있었다.[130]

2) 중국 한국 상회(한국상공회)

한국인회와는 별도로 한국인상회(약칭 한국상회)가 조직 운영되고 있는데 중국 한국 상회는 한국인으로 구성된 경제 단체 중에서

---

130) 週刊 黑龍江新聞, 2007, 2, 4~10,

가장 대표적이고 중국정부로부터 합법적인 허가를 받은 유일한 공식단체이며 "한국상공회의소"(韓國商工會議所) 산하의 단체로서 당지 한국경제인들에게 경제문화교류 자문을 제공하고 한국기업과 당지 정부 간에 교량 역할을 하는 조직이다. 1993년에 설립되어 1995년 중국정부의 공식인가를 받은 중국 한국 상회는 그 산하에 각 성 한인 상공회 연합회가 있고 그 아래에 각 시 한인상공회, 지역의 분회가 있다. 한국인 상주인구 80만 명인 중국에는 베이징에 재중국 한국인회와 한국상회가 각각 별도로 운영되고 있으며 대도시를 중심으로 44개 지역에 한국인들이 자발적으로 한인(상)회를 결성하여 지역별로 상주하고 있는 한국인과 한국기업 상호간의 친목도모와 권익보호, 이익대변 그리고 어려움과 문제점 해결을 위한 봉사활동을 하고 있다. 재중국 한국 상회는 4만여 개에 총투자가 290억 달러에 달하는 재중 한국투자기업의 대변인으로서 한중교역 1000억 달러 시대에 부응해 현지투자환경개선, 한국기업애로사항 해결 등에도 앞장서고 있다.

한국 상회는 주로 한국기업들의 여러 가지 애로사항을 수렴해 중국 측 관련부문에 건의와 협조를 요청하는 한편 중국의 관련법규와 정책사항을 월례회나 세미나 등 방식을 통해 한국 기업인들이 현지 사정을 이해하게 함으로써 문제점들을 해결해 나갈 수 있는 방식을 권유해 주고 있다. 또한 각 지역 총영사관으로부터 단기사증신청 및 교부대행, 한국인의 여권 연장 및 재발급, 병역연기, 재외국민등록의 신청 등 영사업무를 대행하여 교민들의 번거로움을 해결해 주는 등 역할을 하고 있다.

중국 한국 상회에서는 월례교류회를 개최하여 주중 대사관 경제공사 및 주재관, 회원사 대표 등이 기업정보교류를 진행하고 있다. 또한 해마다 정기총회를 개최하고 있는데 2006년 12월 7일, 중국 한국 상회가 대한상공회의소 베이징사무소에서 개최한 '2006년도 정기총회'(회원 4,500여개 기업)에는 중국 내 베이징, 톈진, 심양, 광저우, 이우 등 20여개 주요 도시 지역상회 회장 및 대표 50여명 이 참석하여 최근 변화하고 있는 중국의 외자정책에 따른 한국 진 출기업들의 애로사항과 대응방향에 대해 논의를 가졌다. 이번 총회 에서는 최근 악화되고 있는 중국 내 경영환경을 주제로 토론이 진 행되었는데 각 지역상회 대표는 "최근 중국정부가 국익에 우선한 선별적 외자정책을 가시화하고 있음에 따라 투자기업의 경영상 애 로가 가중되고 있다"고 토로하였다. 특히 가공무역, 환경오염 유발 및 에너지 과잉소비 업종의 경영환경은 향후 더욱 악화될 것으로 전망되었다. 회의에서는 중국 한국 상회를 운영하고 있는 베이징사 무소 조직을 확충하여 중국 한국 상회의 사업기능을 대폭 강화하 고 이를 통해 재중기업의 경영 애로해소를 적극 지원하는 한편, 4,500여개에 달하는 진출기업들의 결속력을 강화하는데 대한 적극 적인 지원을 해 나가겠다고 밝혔다.

지역별 한국 상회를 살펴보면 베이징, 톈진, 상하이, 진황도, 滄州, 德州, 옌타이, 웨이하이, 제남, 유방, 칭다오, 連云港, 우한, 우시, 쑤저우, 이우, 샤먼, 광저우, 惠州, 東莞, 심천, 쿤명이며 서부지역에는 시안, 청뚜에, 동북지역의 하얼빈, 목단강, 창춘, 옌벤, 무순, 선양, 잉커우, 안산, 단둥, 다롄 등지에 한국 상회가 설립되어있다.

조직 구도를 살펴보면 각지 한국 상회는 회장 아래에 수석부회

장, 부회장, 자문위원을 두며 그 아래에 체육 민원, 문화 종교, 교
육 홍보, 기업 세무, 세관 노무, 서비스업 등 6개 분과를 두고 분
과는 분과위원장이 책임지고 있다. 또한 사무국을 개설하고 사무국
에는 사무국장과 부국장 및 비서장을 두고 산하에 축구, 골프 등
동우회를 두고 있으며 지회를 개설하고 있다.

베이징, 톈진, 상하이 및 산둥 등 주요 지역 한국 상회의 연혁
및 활동 상황을 살펴보면 아래와 같다.

(1) 베이징 한국 상회

1993년 12월 09일 CCPIT, 대외무역경제합작부(對外貿易經濟合作
　　　　　　　　　部)의 설립비준

　　　　　12월 10일 민정부(民政部)에 사회단체 등기

　　　　　12월 20일 CCPIT, 대외무역경제합작부의 설립비준, 민정
　　　　　　　　　부에 사회단체 등기

　　　　　주베이징 한국인상공회 총회 및 "중국한국상회" 창립총회
　　　　　개최

1994년 03월 27일 임시총회개최 (본회 전국조직화를 위한 회칙개
　　　　　　　　　정 및운영위원 선출)

　　　　　12월 13일 94년 정기총회 개최(임원증원, 분과위구성을 위
　　　　　　　　　한 회칙개정 및 제 2대 임원선출)

1995년 12월 19일 95年 정기총회 개최 (고문제 신설을 위한 회칙
　　　　　　　　　개정 및 제3대 임원선출)

1996년 12월 13일 96年 정기총회 개최 (4대 임원 선출)

1998년 12월 10일 97年 정기총회 개최 (5대 임원 선출)

1998년 12월 10일 98年 정기총회 개최 (유고임원 선임 방법에 관
한 회칙개정 및 제6대 임원 선출)

1999년 12월 20일 99年 정기총회 개최 (7대 임원 선출)

2000년 12월 19일 2000年 정기총회 개최 (회장단증원 및 고문선임
범위 확대를 위한 회칙개정, 8대 임원 선출)

2001년 12월 18일 2001年 정기총회 개최 (9대 임원 선출)

2002년 12월 20일 2002年 정기총회 개최 (10대 임원 선출)

2003년 12월 12일 2003년 정기총회 개최 (11대 임원 선출)

2004년 12월 10일 2004년 정기총회 개최 (12대 임원 선출)

2005년 12월 8일 2005년 정기총회 개최 (13대 임원 선출, 회칙개정)

(2) 톈진 한국 상회

1992년 5월 톈진한국투자기업협의회 창립

1993년 6월 톈진한국상회 정식결성

1995년 6월 제2대 한국상회 회장 취임

1995년 8개 지역분회 성립

1995년 한글학교, 세원유치원, 한국의료중심 설립

1996년 1월 중국한국상회(톈진지역) 등록

1997년 6월 제3대 한국상회 회장 취임

1998년 6월 한국대사관 영사업무 대행

1998년 10월 골프동우회 산하단체로 인정

1999년 6월 제4대 한국상회 회장 취임

2000년 8월 각 정보지 한국상회로 등록

2001년 3월 톈진 한국국제학교 설립

2001년 10월 제5대 한국상회 회장 취임

2001년 10월 톈진한국인회(한인회) 설립 (한국상회와 분리)

2003년 8월 ~현재 톈진시 하동구, 남개구, 태다개발구, 현대공
              업원, 정해현 등 6개구 및 공업원과의 투자
              협약 체결 및 투자고문 추대.

2004년 8월28일~30일 한국週刊 행사 실시

(3) 상하이 한국 상회

1993년 : 상하이한국상회 설립

1995년 : 상하이한국상회 회칙 제정

1999년 : 상하이한국학교 개설

2001년 : 상하이한국학교 신축 위한 모금운동 전개

2003년 : 상하이한국학교 모금추진위원회 결성

2004년 : 5월, 상하이한국상회(한국인회) 회칙 개정

2005년 : 1월, 제13대 회장 및 임원진 출범

(4) 다롄 한국 상회

1991년 3월 다롄한국인 제1차 모임

     4월 다롄한국인회 조직(초대 회장 오태동)

1992년 '조선족 단오절' 참가

     12월 송년회

1993년 '다롄한국인회지' 창간

　　　5월 '한글학교' 개교

　　　7월 한국인회 '한겨레 축구단' 결성

1994년 5월 다롄 한국 상품 전시회 개최

　　　6월 제2회 민속절' 행사 참가

1995년 2월 한국인회 법률자문 업무 시작

　　　5월 '한글학교' 중등부 개설

(5) 칭다오 한인상공회

1992년 1월　4일 재중국 산둥 성 한국투자기업협회로 명칭

1995년 2월 18일 칭다오한국경제인협회로 개칭

1996년 5월 17일 칭다오한국투자기업협회로 개칭

1997년 5월　7일 중국한국상회 칭다오상회로 개칭

1998년 2월　4일 칭다오시 민정국에 공식등록,

　　　　　　칭다오외상투자기업협회 한국투자기업분회로 공

　　　　　　식명칭 개칭

2004년 2월 20일 칭다오한인상공회로 개칭,

　　　(공식명칭은 칭다오외상투자기업협회 한국투자기업분회임)

2006년도 주요 집행사업(2006.1.1 ~ 2006.12.31)

1) 회원 애로사항 해소 강화

2) 회원에 신속 정확한 경영정보 제공 및 서비스 확대

3) 회원연수 및 교육의 지식기반 확충

　(1) 간담회

(2) 각종 세미나 및 행사에 참석

4) 산둥 성내 각 지역 한국상회 및 기타 외국인협회와의 협력 활성화

5) 문화, 체육사업 활성화

6) 한국사회 및 칭다오지역사회 기여 및 애국심, 동포애 고취

7) 사무국 운영 활성화

8) 상담접대

9) 각종 회의

(6) 옌타이한국상회

1994년 12개의 회원사로 발기

1999년 95개 회원사로 증가, 옌타이시 민정국으로부터 부터 '중국
　　　　한국상회 옌타이 판사처'로 정식 인가를 받음
　　　　정식명칭은 옌타이시 외상투자기업협회 한상투자기업분회,
　　　　옌타이한국상회로 약칭

2006년　5월 옌타이한인체육대회 개최

2006년 10월 옌타이한인상공회 "한인소식지"창간호 발행
　　　　중국 옌타이시 진출 한국기업인 초청 간담회 개최

2006년 11월 옌타이시 제7회 "綠叶杯" 골프대회 개최

　요컨대 상술한 주요 한국 상회는 전부 90년대 초반에 설립되어
중국 지방정부의 인가를 얻었으며 여러 차례의 개칭을 거쳤지만
재중국 한국인 경제인을 위한 정치, 경제, 문화활동에 진력하였다.
　상술한 한국 상회들에서는 상세한 명부책자를 만들어 상호 간의

연계와 교류를 촉진하고 매달 정기적으로 집회를 가져 경영정보를
공유하고 있으며 중국에서 홀로 대처해야 하는 곤경을 피면하게
하고 있다. 또한 각 지역 한인 상회에서는 한인상회 소식지를 발
간하여 해당 지역 한국 경제인들의 정보를 교류하고 있으며 행정
부문과 단체로 교섭을 진행하며 장학금을 두고 곤경에 처한 백성
들을 돌보며 사회적인 활동을 많이 하고 있다. 즉 각 지역의 한국
상회는 그 지역 내 한인회의 교류 및 정보 교류, 중국 수출입 정
책 변화, 수출 증대 도모 등에 대한 정보에 대해 교류하고 한국
경제인들 간의 친목과 교류를 진행하고 있다.

산둥, 수도권, 화둥, 화남, 광둥, 동북 등 지역에서는 또 지역 내
한국 상회 연합회를 결성하여 상호 교류와 친목을 도보하고 있다.
2006년 11월 18일 저장성 내 쟈싱, 닝버, 청저우 등 각 지역 한국
상회 사무국장들은 이우한국상회(한국인회) 회의실에서 한인회 연
합을 위한 첫모임을 가졌는데 이날 회의의 주제는 저장성 내 한인
회의 교류 및 정보교류, 중국 수출입 정책 변화, 수출 증대 도모
등에 대해 논의하였다. 특히 저장성 곳곳에 흩어져 있는 제조업체
및 무역 회사, 상인들이 힘을 합쳐 한국 상품을 세계로 뻗어 나가
자는 공통적인 목적 아래 푸톈 2기에 형성되어 있는 한상관(韓商
館)을 수출 전진 기지로 삼고 서로 협력하여 Win~ Win 전략으
로 함께 나갈 것을 합의하였다.

상술한 상황에서 상하이 총영사관은 2006년 12월 화둥지역 내
18개 한국 상회로 구성된 '중국 화둥지역 한국 상회 연합회'를 설
립하였고 화둥지역에서 분기마다 각 도시를 순회하고 정기회의를
개최하며 총영사관과 한국인 단체 간 상호정보와 이해증진을 도모

하고 있다. 특히 몇몇 지방정부에서는 한국 상회 연합회의 정기총회 개최 유치를 위해 나설 정도로 적극성을 보이고 있다.

협의회에서는 정기회의를 개최하고 있는데 2007년에는 상하이 총영사관 총영사 등 4명, 중국한국상회 2명, 장수성 8개 지역 19명, 저장성 4개 지역 10명 안휘성 1개 지역 2명, 상하이주재 지원기관 대표 10인 등이 모여 정기총회를 실시하였다.[131]

각지 총영사관에서는 한인 상공회와 지속적으로 연계를 가지고 있는바 칭다오, 광저우 등 총영사관에서는 총영사들은 한인상공회를 정기 혹은 비정기적으로 방문하며 각성, 각 지역의 한인상공회 회장단 회의를 정기적으로 개최하고 한국기업들에 필요한 과제를 주제로 세미나, 간담회 및 상공회 정기 임원회를 개최하고 있다.

옌타이 한국 상회는 설립 후, 한국 학교 설립 및 건물보수 본국 정부 인가 획득 등을 위해 노력하였으며 산둥 성내 칭다오, 웨이하이, 유방 제남 등 한국 상회와 공동 참여하여 홈페이지를 구축하여 주요공지사항, 연락사항에서 인터넷을 사용하게 되었다. 또한 투자유치설명회 등 한중교류를 지원하였고 한국과 옌타이 간 교통망 개설에도 진력하였다. 각 지회에서는 월례회의를 개최하고 관련 사항에 대해 논의하거나 야유회 등을 함으로써 친목을 도모하고 있다.[132]

---

131) 대한상공회의소 베이징사무소, 『중국경제단신』, 제345호, 2007/4/1.
132) 옌타이한인상공회 소식지『옌타이한인상공회』, 2006년 10월 14일 창간호.

3) 재중국 한국인교회

한국인의 사회단체 및 사회, 문화생활에서 빼놓을 수 없는 것이 바로 한인 교회이다. 한국인들이 진출해 있는 곳에는 한국 상회와 더불어 반드시 한국교회가 설립되어 있다.

한국 교회에는 다양한 업종에 종사하는 한국인들이 모여 예배 등 종교 활동을 진행하고 있으며 이들은 교회를 통해 정보를 교류하고 상호 친목을 도모하고 한국인이라는 정체성을 재차 확인하게 된다. 때문에 한인 교회는 단순한 종교 활동의 범주에서 벗어나 한국인의 주요한 사회활동 및 사교 모임장소로 되고 있다. 한국인의 종교 활동은 주요하게 기독교 교회를 통해 이루어지고 있고 소수의 천주교 교회, 성당 및 불교계의 법인스님도 있어 천주교, 불교 활동도 이루어지고 있다.

한국인이 가장 많이 집중되어 있는 산둥 성의 한국인교회를 살펴보면 우선 산둥 성 칭다오시에는 사랑의집, 청양한인이레교회, 청양한인교회, 칭다오은혜한인교회, 칭다오실크로드비전교회, 순복음교회, 교남한인교회, 한인연합교회, 한인새생명교회, 반석교회, 칭다오한인교회, 한인신광교회, 새빛교회, 소망교회, 중앙교회, 예수재림교 16개의 교회가 있으며, 옌타이시에는 옌타이한인교회, 산둥한인교회, 선한교회, 래산구교회 등 4개가 있다. 옌타이한인교회는 중·한 수교이후 바로 설립되었으며 산둥교회는 1999년, 연합교회는 2004년에 설립되었다. 웨이하이에는 웨이하이한인교회, 황관한인교회, 순복음교회, 예성교회, 榮成교회, 경제한인 교회, 문등한인교회, 기독교협회 등이 있다.

칭다오는 한국인의 수가 가장 많은 도시로서 교회의 수도 가장 많고 각 교회마다 신도수도 많다. 옌타이의 교회 중, 한인교회, 연합교회 등 교회에도 일요일에 보통 200～300여명이 모여 예배를 보고 있으며 산둥교회와 연합교회는 한국기업이 집중되어 있는 개발구에 있고 최근 한국인이 비교적 집중되어 있는 래산구에서도 한인교회가 설립되었다. 전체적으로 한국인 중 10%를 초과하는 사람들이 주말에는 교회에 다니는 것으로 되어 교회는 명실 공히 한국인사회의 구심점으로 되고 있다.

상하이에는 포동한인연합교회, 포동한인교회, 열방선교교회, 안디옥교회, 상하이한인연합교회, 상하이순음복음교회가 6개가 있고 베이징에는 참빛한인예배모임, 찬양의 교회, 성삼베이징한인교회, 베이징한인기독모임, 베이징한국교회, 베이징학원로교회, 베이징안디옥교회, 베이징순복음교회, 베이징베다니교회, 베이징21세기교회 10개가 있다. 광저우 심천에는 광저우한인교회, 주사랑교회, 주님의 교회, 심천한인교회, 은혜한인교회, 심천섬기는 교회 6개의 교회가 있다.

교회에서는 주로 주일예배, 수요예배를 보며 청년부, 유/초등부, 중/고등부예배 등을 조직하여 한국인들에게 선교활동을 하면서 동시에 한글 교실을 통해 한국인 자녀들에게 모국어 교육을 진행하고 있다. 즉 종교생활과 한글교육을 병행하는 것이 특징으로 되고 있어 어느 정도 선교의 목적도 가지고 있지만 한국인 자녀의 모국어교육을 위해 또 다른 기회를 제공하고 있다는데 의미가 있다.

교회의 주말한글교실은 교회라는 장소를 이용하여 한국어, 한국문화교육을 진행하며 주말한글학교와 비슷한 역할을 하고 있다. 하지만 전문적인 교육기구가 아니며 교회의 선교활동과 함께 이루어진다는 특징을 가지고 있어 상대적으로 제한성을 가지고 있다.

이외 각지에는 천주교회가 설립되어 있는데 비록 기독교보다는 활동이 활발하지 못하지만 한국인이 비교적 많은 곳에는 거의 천주교가 진출해 있다. 우선 칭다오, 옌타이에 각각 한인천주교회, 웨이하이에는 천주애국교회, 대해성당이 있으며 베이징에는 천주교성당, 베이징천주교성당사제관이 있으며 광저우와 심천에는 한인천주교회가 있다.

이외 불교계 스님들을 중심으로 한 불교활동도 진행되고 있는데 칭다오에 금강선원법인스님, 웨이하이에 대한불교호림정사, 베이징에 수녀원이 있다.

4) 기타 단체

이외 한국인들은 다양한 단체를 설립하여 활발한 활동을 진행하고 있으며 한국 상회를 중심으로 각종 동호회, 동문회 형식으로 뭉치고 있다. 웨이하이, 옌타이 등지에만 해도 골프, 산악, 축구 등 한국인의 각종 동호회가 50여개에 달한다. 베이징, 톈진의 한국인관련 단체를 살펴보면 베이징에는 대한씨름연맹, 대한태권도연맹, 대한복싱연맹, 대한야구연맹, 재중국 대한체육회가 있고 톈진에는 톈진북두문화교육센터, 금무태권도, 단전호흡수선재, 태비태권스쿨, 왕징정통태권도, 세계프로골프협회중국협회, 대한볼링연맹 등이 있다.

2006년 현재 상하이에서 활동하고 있는 동문회는 약 50개, 동호회는 약 40개에 이르렀다. 동문회는 학연이나 지연에 얽매인다는 다소 편협적인 생각에서 벗어나 동문회간 친선골프대회 등 교류가 많아지고 있으며 최근에는 동문회 자체적으로 상하이 한국 학교 신축기금을 전달하는 등 현지 한국인 사회의 건전한 기부문화에 한 몫을 담당하고 있다. 동호회는 취미생활부터 인맥 네트워킹까지 자연스럽게 이루어질 수 있어 다양한 층이 참여하고 있다.

산둥 성 칭다오에는 골프동우회, 축구동우회, 여성회, 청년회, 대한요트연맹, 교주골프동우회, 교주축구동우회, 테니스동우회, 칭다오한인골프협회, 칭다오한인산악회, 청한회, 레드더블스, 칭다오파랑새유소년축구클럽, 요트항해동호회, 칭다오윈저드림스축구동우회, 신흥무술클럽, 칭다오조선족배드민턴동우회가, 옌타이에는 옌타이검우회, 옌타이축구동우회, 테니스동우회, 골프동우회, 해병대전우회, 한인청년회가, 웨이하이에는 한인골프회, 축구동우회, 팬더스야구단과 동호회, 한마음 동호회, 공굴림축구동우회, 레전드축구동우회, 무궁화축구동우회, 서울태권도해상명주, 신성태권도시대, 황관고려체육관, 양안아이콘휘트니스 등이 있다 .

상술한 바와 같이 모든 지역에 골프와 축구동우회가 설립되어 있고 이외에도 여러 가지 취미생활을 위한 동호회가 있는데 예를 들면 이우의 디지털 카메라 동호회, 다이아몬드 야구회 등이다.

상술한 단체들은 설립 후 각종 활동을 진행하고 있다. 우선 각 지역에 가장 많이 설립되어 있는 축구 동우회는 회원 상호간 친목 도모와 체력증진을 목적으로 지역사회에서 모범적인 활동 및 교류를 진행하여 그 지역을 선도해 가는 모범적이고 역동적인 역할을 하며 인접 도시들과도 자매결연을 통해 친목과 실력을 다지는 기회를 만들어가고 있으며 홈페이지 제작을 기점으로 회원 상호간의 신속하고 정확한 정보 전달을 통해 더 발전적인 계기를 만들어 가고 있다. 한인 골프 동호회는 각 지역의 상반기, 하반기 등 대회를 개최하여 운동을 통해 회원 간의 친목을 도모하고 정보를 교류하고 있다.

상술한 바와 같이 좋은 아이템과 프로그램으로 건전한 한국인 사회 형성을 위한 단체의 증가를 긍정적으로 인식하지만 다른 한편에서는 이러한 조직들을 하나로 묶는 역할의 부재를 아쉬움으로 꼽는다. 또한 너무 한국인들과의 관계만 중시하며 중국인들과의 교류는 등한시하는 것도 문제라고 지적되고 있다.

사회 문화 활동

1) 재중국 한국인 체육대회 및 축제

재중국 한국인 체육대회는 중국전역의 한국인을 참가대상으로 하는 체육대회와 각 지역에서 거행하는 체육대회로 나눌 수 있는데 이는 한국인 간의 상호교류를 촉진하는 주요한 경로로 되고 있다.

한해에 한번 씩 거행되는 한국인 체육대회는 2007년 이전까지 일반적으로 축구경기, 달리기 등 경기와 놀이를 진행했는데 주로 축구경기에 치중해 있었다. 한·중 양국의 우호증진 및 재중한국인 간의 친목과 화합의 장을 마련하고 2008년 베이징 올림픽의 성공적 개최를 성원하기 위해 2007년 5월 재중국 한국인회에서 주최한 제7회 재중국한국인 체육대회는 예년의 체육대회가 축구에 많은 시간을 할애했던 것과는 달리 가족단위 혹은 단체별, 동호회별로 함께 참여할 수 있도록 이벤트와 프로그램이 준비되어 있었는데 축구, 알뜰장터/먹거리장터, 어린이 동요대회, 일반경기(배구, 탁구, 배드민턴), 이벤트경기, 청소년가요제 및 행운권 추첨, 한국인 노래자랑 등이 있었다.[133] 재중한국인 3천여 명이 행사장을 찾았고 사생대회, 동요대회, 청소년 대학가요제, 한국인 가요제 등 다채로운 이벤트 경기에도 많은 한국인들이 참가하였다.

재중국한국인 체육대회는 재중국 한인회의 주최로 주중한국대사관, 재외동포재단의 후원으로, 상하이, 톈진, 다롄 등지에 지회를 두고 있으며[134] 각지 한국인회 및 한국인상회에서도 중한 양국의 우호증진 및 재중국 한국인의 친목과 회합의 장을 마련하는 의미에서 매년 다양한 체육대회를 개최하고 있다. 남쪽의 광저우부터 시작하여 상하이, 칭다오, 옌타이, 웨이하이, 다롄 등 한국인이 비교적 집중되어 있는 곳에서는 해마다 체육대회를 개최하고 있다.

다롄은 1991년부터 매년 다롄한인체육대회를 개최하였는데 주중대사관 및 공공기관 그 리고 각 업체들의 정성어린 협찬으로 운영되었으며 각 업체에서 협찬한 상금과 상품을 준비하였다. 산둥 성의 칭다오, 옌타이, 웨이하이도 마찬가지이며 2000년대에 들어서면서 동남연해지역, 광둥성의 광저우 등지에도 한국인의 진출이 본격화되면서 체육대회가 개최되고 있다. 특히 2007년 10월 20일 웨이

133) 『중국한인회보』, 제14호, 2007. 5. 15, 6면
134) 『중국한인회보』, 제14호, 2007. 5. 15.

하이에서 개최된 한국인 체육대회에서는 줄다리기, 육상, 축구 외여러 가지 항목의 시합이 진행되었다.

산둥 성 옌타이시에서는 1992년부터 해마다 체육대회를 개최하였고 2007년 10월 20일에는 옌타이한인상공회가 주최하고 회원사 및 옌타이 거주 한국인들의 후원으로 제16회 옌타이 한국인 체육대회가 개최되었는데 옌타이 한국 학교 학생들의 사물놀이, 여자 축구 등 경기종목을 진행하였고 대한항공, 아시아나항공, 중한 훼리를 포함한 100여개 회원사에서 협찬하여 새로운 모습을 보였다.[135)]

2004년부터 시작된 이우한국인 체육대회는 2006년 10월 2일 초주중학교 운동장에서 이우교회의 주최로 제3회로 800여명이 참석한 가운데 열렸는데 한인상회 회장과 임직원 등이 참석하였고 배구시합, 축구 등 종목이 있었다.

동문회 및 동호회 간의 다양한 체육경기도 진행되고 있는데 상하이 각 동문회가 모여 친선경기를 벌여 화제가 되고 있는 제2회 상하이 저널·디안 漢城國際杯' 동문 골프 대회 예선전이 2007년 5월 개최되었는데 이는 상하이 각 동문회간 교류와 지역사회 발전에 큰 몫을 하였다.[136)]

각지 한국인은 한해에 한번 씩 체육대회를 개최하는 외에도 소규모의 축구, 골프 등 경기도 정기적으로 진행되고 있는데 어떤 때에는 새로운 주제를 내놓아 단순한 체육경기가 아닌 한인 사회 문제해결의 계기가 되기도 하였다. 옌타이에서 200명이 참가한 가운데 열린 2007년 옌타이 한인골프 하반기 대회는 옌타이 한국 학

---

135) 週刊 黑龍江新聞 연해소식, 2007. 10. 28~11. 3.
136) 상하이 저널, 2007. 5. 19

교 건축기금에 초점을 맞추어 진행되었고 대한항공, 아시아나항공, 경주사우나를 비롯한 많은 회원사들이 협찬하였다.[137]

최근 들어 한국인과 조선족의 연합체육대회가 개최되어 한겨레사회의 화합을 보여주고 있다. 즉 2007년 9월 2일 칭다오조선족기업협회 교남지회와 칭다오한인상공회 교남지회가 연합으로 다채로운 축구경기를 선보였는데 축구, 배구, 씨름, 육상 등 종목들에서 한국인 팀과 조선족 팀이 어울려 친선경기를 진행하였고 운동회는 2007년 칭다오 조선족민속축제의 계열행사라는 점에서 칭다오 조선족기업협회회장을 비롯하여 지회 지회장 및 회원들도 동참하였다.[138]

체육대회와 함께 각종 민속축제도 이루어지고 있는데 특히 한국인이 집중되어 있는 칭다오, 베이징, 상하이 등 지역을 중심으로 활발하게 진행되고 있다. 중국 상하이 한국 상회에서는 2005년 5월 21일 상하이 상홍(上虹) 중학교에서 3천여 명의 한국인이 참가한 가운데 제1회 상하이 한국인 큰잔치가 열렸는데 이번 행사는 상하이 한국 학교 신축을 기념하고 한국인들 간 교류와 화합을 목적으로 개최되었다. 행사는 바자회를 비롯하여 미니폭소 올림픽, 올스타 축구대회, 가족사진 전시회, 전통놀이마당, 피에로공연, 댄스공엔타이회, 가수왕 선발대회 등 다채롭게 진행되어 체육대회와 문화행사가 어우러진 것이 특징적이다.[139]

이외 각양각색의 문화 활동이 이루어지고 있는데 2007년 1월 5일 주지 영회국제 학교 주최로 "주지극장"에서 한중 문화의 밤이

---

137) 週刊 黑龍江新聞, 2007.11.25~12.1.
138) 週刊 黑龍江新聞, 2007, 9, 9~15, 3면.
139) 상하이 한국상회 자료참조.

개최된 것이 바로 그 예이다. 이번 행사는 세계 여러 나라에 한국의 전통무용을 알리고 불우한 이웃을 돕는 "춤모티브"무용단과 주지 영회국제학교 학생들의 합동공연으로 영회 국제 학교 학생들이 준비한 피아노 독주 및 댄스무대, 한복 패션쇼 등 다양한 볼거리와 춤모티브 무용단의 태평무, 살풀이부채춤, 사물과 아리랑 등 한국 전통 무용 2부로 구성되어 진행되었다.

2) 2007년 칭다오총영사관 관할지역의 문화 활동

칭다오영사관 관할지역인 산둥의 한겨레사회는 중국 제1의 한국인사회로 사회 문화 활동이 가장 활발하게 이루어지는 지역으로 2007년에 진행한 문화 활동을 살펴보면 음악, 미술, 서법, 음식 등 다양한 분야에서 활발한 활동과 교류를 진행하였다.

(1) 2007년 한중 식문화교류 체험전 및 한국요리경연대회(4월)[140]

(사)세계음식문화연구원에서는 중국의 중국사회과학연합회는 한국음식과 문화에 대한 중국인들의 관심을 고조시키고 한국의 음식과 문화를 알리는데 기여하고자 농림부, 문화관광부의 후원으로 2007년 4월 13일~4월 19일 (6박 7일) 한·중 식문화교류 체험전 및 한국요리경연대회를 아래와 같이 개최하였다.

ㅇ 중국인 전국 한식요리경연, 한국 음식문화 체험대전 (4.13~4.15)

ㅇ 한·중 양국 식문화 교류전, 식문화 포럼 (4.16~4.19)

　나. 행사장소: 중국 산둥 성 제남시, 칭다오시

---

140) 출처: http://www.qdcon.org.cn[주칭다오대한민국총영사관]

다. 주제: 한. 중 식문화 교류를 통하여 한국음식, 문화를 세계
    로! 미래로!!

ㅇ 한국측 참가대표단 40명

국회의원 2명, 정부대표 4명, 주요대학교 학생대표 18명, 대학
교수 5명,

취재 기자단, 식문화전문가 4명, 기타

ㅇ 중국현지참관인원

한국음식 시식 체험단 500명, 전시관람 20만 명

전국요리경연대회: 60명(본선)

한류스타 팬사인회: 5,000명,언론인 한식체험초청단 40명

ㅇ 주요행사구성

한,중 떡 만들기

중국인 전국 한식요리 콘테스트

중국 정부,언론인, 기업인 초청 한식 체험전,리셉션

한류스타 팬사인회,한식 세계회 서적,CD홍보

한국 고전무용 및 풍물놀이 기획공연전

한식 프렌차이즈관 홍보관 설치

한국 음식문화 전시 체험전

한.중 식문화 포럼

(2) 한중수교 경축 피아노연주회

(3) 칭다오시 무역촉진회, 칭다오아태경제촉진센터 주관, 한중수교
    15주년 클라리엣 독주 클래식음악회

(4) 한중국제미술전시회

(5) 곡부 원동학원 한국어학과 주최 제2회 한국문화의 날

(6) 재칭다오 대한체육회 육상연맹 주최 생활걷기 행사

(7) 총영사관관저 초청 음악회

(8) 제2회 산둥 성 대학생 한국어노래자랑대회

(9) 중국인들에게 한국의 아름다운 전통문화를 소개하고 칭다오현
    지에 거주하는 한국인들에게 고국의 문화를 새롭게 접할 수 있
    는 기회를 마련하여 한중문화교류의 장을 제공하기 위한 한국
    전통문화 예술 공연 행사

    공연내용: 한국고유의 문화를 소개한 전통무용, 전통음악 연주

(10) 칭다오한인상공회, 칭다오시 아동소년문화예술촉진회에서 주
    최하고 유치부와 초등부 한국, 중국 학생 각 500명이 참가한
    제4회 한, 중 어린이 寫像대회

(11) 한중대학생간의 문화교류와 체험을 위한 제1회 한중 대학생
    문화화합축제

    주최 : 한중대학생 총연합회

    후원 : 주칭다오 대한민국총영사관과 칭다오한인상공회 그리
           고 재중 대한체육회

    참가대상 : 칭다오대와 해양대를 초함한 한중대학생 2000여명

    주요내용 : 한중 전통악기 공연과 전통 복식전, 말하기대회와
               식전행사로 태권도시범, 중 (12) 칭다오시 경제무
               역위원회 및 청양구정부 공동 주관 청양구 한국
               요리 미식축제

    참가대상 : 청양구 200여 개 한국 식당

(13) 2007 칭다오 한국 관광저우간

    대상 : 칭다오 및 주요 인근 지역 관광 관계자 및 일반 소비자

행사 내용 : 한·중 우호기념행사, 소비자대상 로드 쇼, 국제관
광박람회

(14) 한. 중 우호기념행사

(15) 주중국대한민국대사관, 산둥 성인민정부 주최 한. 산둥 성 우
호週刊

(16) 대구시립극단 '춘심홍로줄 스토리' 공연

(17) 산둥 성 서예가협회학술위원회, 한국서예학술연구회, 칭다오시
서법가협회 한중 서법 예술교류전

(18) 주칭다오대한민국총영사관, 칭다오시인민정부가 공동 주최 2007
한중 우호노산등산대회

3.2 조선족의 사회 문화생활

조선족단체 및 활동

중한수교이후 관내지역에 진출한 조선족도 한국인과 마찬가지로 각종 단체를 설립하여 상호교류와 합작을 도모하고 있으며 조선족 사회의 네트워크를 형성하고 있다.

1) 톈진 조선족 연의회(聯誼會)

한국과의 교류가 본격적으로 이루어지기 전에 조선족이 집중되어 있는 지역에는 이미 조선족의 단체가 설립되어 있었는데 우선 조선족이 가장 일찍 진출한 베이징, 톈진지역에서 설립되었고 정부의 관심과 중시를 받았다. 중국 최초로 공식인가를 받은 조선족사회민간단체인 톈진 조선족 연의회(聯誼會)는 중한수교이전인 1988년에 출범하여 조선족사회 구성원들을 융합하는 역할을 하고 있으며 중국에서 유일하게 정부의 지원을 받고 있는 민간단체이다.

2) 베이징고려문화경제연구회

중한 양국이 수교한 1992년에 설립된 베이징고려문화경제연구회
가 사실상 조선족기업가협회의 역할을 수행하고 있다.

3) 조선족기업가 협회

조선족기업가 협회는 조선족 기업이 집중되어 있는 지역에 일부
설립되어 있는데 칭다오, 광둥 조선족기업가 협회가 대표적이다.
1997년 37개 회원사로 출범한 칭다오 조선족기업가협회는 현재 이
창구, 청양구, 황도에 분회를 두고 있다. 조선족기업가 협회는 대
내로 기업을 위해 봉사하고 대외로 조선족 사회를 위해 봉사하며
조선족사회와 정부를 연결시키는 가교역할도 충실히 수행하며 명
실 공히 조선족사회의 구심점이 되고 있다. 현재의 조선족기업가협
회 회장은 칭다오시 정협 위원으로도 활약하고 있으며 연간 수출
액 1000만 달러가 넘는 세영완구 등 170여개 기업을 회원으로 하
고 있다. 칭다오조선족기업협회는 칭다오 민속축제의 주최단위로
소속 각 지회와 사회 각계 지성인들을 동원해 수십만 위안의 행사
경비를 마련했고 또 조선족노인총협회, 아리랑 예술단, 벽산소학교
등 조선족 단체와 합작해 뜻 깊은 민속잔치를 치렀다. 조선족기업
가 협회는 재외동포재단에 행사 신청을 하여 모국의 도움을 받도
록 추진했으며 더욱이 칭다오시 조선족사회를 국내외에 알리는 역
할도 했다.[141]

최근 조선족기업가 협회가 설립되지 못한 옌타이, 웨이하이 등지에도 설립준비위원회가 조직되어 조선족 기업가협회의 설립을 위해 노력하고 있다. 우선 옌타이시 조선족기업인과 유지인사들의 발기로 옌타이시 조선족협회 설립 준비위원회가 발족되었고 공식적으로 인가신청을 하여 멀지 않아 설립될 전망이며 웨이하이에서도 웨이하이 시에 거주하고 있는 조선족들을 단합해 지역경제의 발전에 일조하고 한민족의 전통과 문화를 계승하며 민족기업의 진흥에 기여한다는데 취지를 둔 웨이하이조선족기업인협회 준비위원회가 발족되어 단시일 내에 설립될 전망이다.

쑤저우, 이우 등지에는 조선족연합회가 설립되고 있으며 활발한 활동을 하고 있지만 상하이나 화둥지역에는 아직 통합적인 조선족 단체가 없는 상황이다. 중국의 제일 남단인 광둥지역에는 조선족기업가연합회가 2004년 8월 8일 설립되어 민족의 구심점으로 되고 있다.

(4) 칭다오조선족과학 문화인협회

조선족경제인들의 진출과 더불어 중국 국내, 한국, 일본, 미국 등지에서 석, 박사학위를 취득한 고학력인재들의 진출도 활발해지면서 2007년 3월 24일 칭다오조선족과학문화인 협회 (주비) 회장단 제1기 제1차 회의가 열렸다. 여기에는 중국 해양대학(海洋大學), 칭다오대학(靑島大學), 칭다오농업대학(靑島農業大學), 칭다오과학기술대학, 칭다오이공대학(靑島理工大學) 및 옌타이, 웨이하이, 제남

---

141) 週刊 黑龍江新聞, 2006. 10. 22~10. 28

등 산둥 성내 대학의 조선족 석, 박사들이 참가하였고 산하에 ①사회과학, ②자연과학, ③체육, ④법률, ⑤의학, ⑥문예, ⑦기업, ⑧정부정보(政府信息), ⑨ 신문(新聞) 분회를 두었다.

협회는 주요하게 ①학술 연토회 (혹은 간담회), ②옌볜 TV 프로그램개설 ③청소년교육 ④야유회, ⑤희망공정(希望工程) 지원, 신문위원회(新聞委員會), ⑥예술전, 음악회, ⑦ 옌볜 축구 협찬, ⑧ 체육경기, ⑨ 세계한인무역협회활동 참가 등 활동을 진행하기로 하였고 현재 활발한 활동을 진행하고 있다.

칭다오조선족과학문화인협회는 재칭다오 한겨레 사회의 경제발전과 더불어 문화, 과학, 예술 등 영역도 신속한 발전을 가져오고 있는 상황에서 칭다오 한겨레 사회의 경제, 문화 발전을 촉진하고 중화민족의 공동번영 추진을 위해 세워진 단체이다. 이 단체는 향후 칭다오지역 조선족사회의 경제, 문화발전을 위한 디딤돌 역할을 하게 될 것이며 한겨레 사회의 지성인들이 뭉쳐 지역사회의 건설에 일조하면서 조선족의 위상을 높여 가게 될 것이다. 지금까지 조선족기업인 협회만 설립되어 경제인들만의 조직이 이루어져 있고 경제인과 문화인의 만남이 이루어지지 못한 상황에서 이는 조선족의 제2의 고향으로 일컬어지는 칭다오에서 조선족 경제인과 문화인의 단합과 교류를 위한 시도로 되며 앞으로 조선족사회단체 설립과 조선족사회 발전 방향을 제시하고 있다.

(5) 조선족 노인협회

조선족 단체 가운데서 거의 모든 지역들에서 가장 일찍 설립되고 가장 활약하고 있는 단체가 바로 노인협회이다. 무릇 조선족이 모여 살고 있는 곳에는 거의 노인협회가 있다고 해도 과언이 아니며 여타 조선족단체가 설립되지 못한 상황에서 노인협회는 조선족의 네트워크 형성에 있어서 없어서는 안 될 중요한 역할을 하고 있다. 물론 60~80년대에 이미 관내지역에 진출한 이들이 노인협회설립의 골간역량으로 되고 있지만 다수 구성원들은 한국의 대중국진출과 함께 관내에 진출한 조선족노인들이다.

조선족이 가장 집중되어 있는 산둥 성에서 노인협회의 규모는 상당하며 이들의 활동도 다른 지역보다 활발하게 이루어지고 있다. 1992년부터 조선족이 대거 진출한 칭다오 조선족노인협회는 2008년 현재 2,300명의 회원을 확보하고 26개의 분회를 둔 큰 단체로 성장하였고 최근에는 예술단, 악단 등 협회 내 단체들도 설립해 문화행사를 다채롭게 펼쳐왔다.[142]

옌타이와 웨이하이에서는 아직 조선족기업가 협회가 설립되지 못했지만 노인협회는 일찍 설립되었다. 옌타이 조선족 노인 협회는 1992년에 설립되었고 3개의 분회를 두고 있다. 현재 242명의 회원을 두고 있으며 2007년 옌타이시 조선족노인협회 설립 15주년 경축행사를 개최하였다.[143] 특히 옌타이시에 조선족기업가 협회 등 단체들이 없는 상황에서 조선족 노인협회는 6차례의 조선족운동대회를 주선하여 조선족사회의 구심점역할을 하고 있다. 웨이하이 조선족노인협회에도 3개의 분회가 있는데 환취구 노인협회만 해도 회원이 250명에 달해 옌타이보다 규모가 더 크다.

---

142) 칭다오시 노인협회에 대한 조사자료.
143) 옌타이시 노인협회에 대한 조사자료.

한국인사회에 노인협회라는 조직이 없지만 조선족사회에서는 노인협회가 가장 일찍 설립되고 활발한 활동을 할 수 있는 것은 우선 조선족사회의 형성에서 노년층이 중요한 구성부분으로 되고 있기 때문이다. 조선족청장년들이 대도시, 연해지역으로 진출하면서 노인부양문제도 대두되었는데 집거지역에 양로시설어 잘 갖추어져 있지 못하고 연해지역이 기후, 환경 등 여러 면에서 집거지역보다 우월한 등 요인들로 인해 많은 조선족경제, 문화인들이 부모들을 모셔 왔고 이로 인해 이들이 조선족사회의 주요한 구성원으로 될 수 있는 계기로 되었다.

연해지역에 진출한 청장년 층이 창업 혹은 직장생활로 시간적 여유가 없는 것과는 반대로 양로를 목적으로 연해지역에 진출한 노년층은 충분한 여가시간을 가지고 있으며 산재지역에서의 외로움을 달래기 위해 조직을 설립하려는 욕망이 젊은 층보다 더 강했고 자녀들의 적극적인 지지를 얻을 수 있었다. 때문에 각지의 노인협회는 젊은 층의 경제적 후원을 받으면서 활발한 활동을 할 수 있고 이들로 하여금 정서적인 교류를 통해 산재지역에서의 외로움을 달랠 수 있게 되었다.

또한 조선족기업가 협회 등 단체의 설립은 정부의 인가를 받아야 하는 것과 달리 노인협회는 번거로운 절차가 필요 없이 쉽게 설립할 수 있는 것도 노인협회의 설립 및 활동이 활발하게 이루어질 수 있는 주요 요인으로 되고 있다.

상술한 원인들로 인해 조선족이 진출한 지역에는 거의 노인협회가 설립되어 다양한 활동을 진행하고 있다. 특히 조선족 단체가 설립되지 못한 지역들에서는 노인협회가 조선족사회의 구심점이

되어 조선족운동대회 등 각종 모임을 주도하고 있으며 노인협회의
활동을 통해 젊은 층의 교류도 이루어지고 있어 조선족사회에서
홀시할 수 없는 단체로 되고 있다.

(6) 조선족대학생연합회

관내진출 조선족사회에서 대학생도 중요한 부분으로 되고 있다.
이들은 비록 아직 생산적인 기능을 가지고 있지는 않지만 장래 조
선족 사회의 주력으로 부상하게 될 역량이며 비교적 높은 차원의
지식수준을 구비하고 있다. 현재 동북 3성의 고등학교 졸업생들
중 다수가 수도권, 산둥, 동남연해지역 대학으로의 취학을 선호하
고 있는 상황에서 상술한 지역 조선족 대학생의 수는 날로 증가하
고 있으며 앞으로도 지속적으로 증가할 전망이다. 조사에 의하면
이들 중 동북 3성에 돌아가겠다는 학생은 거의 없고 절대다수의
학생들이 당지 혹은 다른 지역에 가서 직장을 찾으려 하고 있기
때문에 이들은 장래 관내지역 조선족사회의 중요한 후비군이라고
할 수 있다.

특히 2000년대에 들어서서 조선족대학생이 증가되면서 현재 우
선 칭다오, 베이징 등 조선족이 집중되어 있는 지역에 조선족 대
학생 연합회가 설립되어 활동을 진행하고 있지만 다수 지역에는
아직 공식적인 단체가 설립되어 있지 못하고 있다. 재칭다오 조선
족 대학생연합회는 2004년 5월 9일 발족되었는데 2003년부터 조
선족대학생간의 교류와 우의를 증진하고 칭다오시 조선족사회 발
전에 기여할 취지하에 준비사업을 해왔다.[144] 현재 칭다오시에 있

는 중국해양대학, 칭다오대학, 래양농학원 등 대학교들에서 200여 명의 조선족대학생들이 취학하고 있으며 칭다오조선족대학생 연합회는 4년간 칭다오조선족대학생의 단결과 이미지향상에 큰 노력을 기울여왔다.

하지만 칭다오 등 지역의 대학생연합회는 다수 대학생들을 포섭하지 못하고 있으며 많은 조선족 대학생들은 이런 조직이 있다는 것밖에 모르고 있다. 대학생 연합회가 설립되지 못한 지역들에서는 같은 지역에서 왔거나 같은 학교에서 온 조선족대학생들이 서로 연결망을 형성하여 신입생을 영접하고 졸업생을 보내며 서로 아르바이트를 주선하고 생활상 도움을 주고 있는 정도에 그치고 있어 대학생조직의 설립 및 네트워크의 형성이 과제로 되고 있다.

(7) 조선족 교회

조선족의 관내 진출과 함께 조선족교회도 각지에서 속속 설립되고 있다. 한국인 교회에 당지 진출 한국인의 다양한 계층이 모여 단순한 종교단체가 아닌 한국인 사회의 유대역할을 하고 있는 것과는 달리 조선족 교회는 기독교를 신앙하는 특정인들의 순수한 종교단체의 모임으로 되고 있다. 산동성 연대시에 있는 조선족종교인들은 초기에 한국인과 같이 종교 활동을 해왔으나 최근 몇 년 전부터 별도로 매주 일요일 오후 예배 등 종교 활동을 진행하고 있으며 매번 2~3백 명이 참가하고 있다. 조선족교회에 아직 조선족목사가 없는 상황에서 몇 명의 장로들이 활동을 주도하고 있으

---

144) 칭다오조선족대학생연합회 조사자료.

며 교회당도 없는 상황에서 한족교회의 교회당을 빌려 사용하고 있다. 조선족교회에는 여성층이 주류를 이루고 있고 그 가운데서도 노년층이 높은 비중을 차지하고 있으며 한국인들과는 달리 종교에 대한 인식도 아직 모호하다.

(8) 조선족여성협회

관내지역 진출 조선족사회에서 여성의 역할이 커지면서 여성 자체의 모임을 만들려는 움직임이 있게 되었으며 칭다오조선족 여성협회가 2002년 12월 28일 설립되었다. 우선 친구 모임으로부터 시작된 칭다오 조선족 여성동심회가 설립되었고 5년 사이에 각종 사회공익활동을 해왔으며 조선족 여성들 간의 교류에 힘써왔다. 2007년 7월 초에는 칭다오 조선족 여성협회로 개명하고 한마음, 한뜻을 가진 조선족여성들이 뭉쳐 사회공익행사, 환경보호활동 등을 전개해 나갔고 현재 회원이 80여명에 이른다. 이들은 연말연시 신년회, 3.8절 기념행사, 봄가을등산, 여름 해변활동, 칭다오조선족민속축제 등을 중심으로 1년에 7~8회 활동을 진행하고 있다. 2007 세계한민족 네트워크에 다녀온 여성협회 회장은 세계적인 한민족여성 네트워크 구축에 적극 호응하기로 하고 중국에 살고 있는 조선족으로서 이중문화의 인적 자원을 잘 살려 자아발전 실현, 지역사회 연결을 강화해 민족문화전통을 지키는 정체성을 확보할 것이라고 하였다. 2007 세계한민족 네트워크를 통해 칭다오조선족여성협회는 다른 지역의 여성단체와 연계를 가지게 되었고 산둥 성 내 조선족여성들의 네트워크형성에도 주력할 것이라고 밝혔다.[145]

현재 베이징, 상하이에도 조선족 여성모임이 만들어져 활동을 개시하고 있으며 앞으로 많은 여성들을 포섭하여 조선족사회의 발전을 위해 여성의 저력을 발휘하게 될 것으로 전망된다.

(9) 옌벤대학 동문회

옌벤대학은 50여년의 역사를 가지고 있으며 지금까지 조선족인재를 배양하는 요람으로 되고 있다. 때문에 관내 진출 다수 조선족 인재들은 옌벤대학 출신이며 이들은 조선족의 관내진출과 함께 각지에서 활발한 활동을 하고 있다. 때문에 현재 베이징, 상하이, 칭다오 등 대도시 및 조선족이 집주되어 있는 도시에는 옌벤대학 동문회가 설립되어 정기적으로 활동을 진행하고 있다.

칭다오는 조선족 인구가 20만에 달하면서 수많은 조선족 인재를 배출한 옌벤대학 졸업생들의 수도 날로 증가하고 있는 상황에서 2005년 8월 28일 옌벤대학 동문회를 발족하여 옌벤대학 졸업생들의 네트워크를 형성하고 있다. 이들은 상호 교류와 친목을 도모하면서 정보를 교환하고 조선족사회의 골간역할을 하고 있다. 현재 베이징, 상하이 옌벤대학 동문회와 상호 교류를 진행하고 있다.

(10) 베이징 조선족 애심(愛心)장학회

베이징조선족애심장학후원회는 2001년 11월 베이징의 조선족 지식계층 인사들의 마음을 모아 설립된 민간자선단체이다. 장학회

---

145) 週刊 黑龍江新聞, 2007.7.22∼28, 4면.

의 취지는 조선족 스스로의 힘을 모아 품행과 학업이 우수하나 가정형편이 어려운 조선족 대학생들을 돕는데 있으며 베이징지역의 대학에 입학한 학생들을 선정하여 1년간 장학급을 지급하고 있으며 주로 1, 2학년 학생들을 돕고 있어 조선민족 자선단체의 효시로 되고 있다.

(11) 기타단체

조선족인구의 증가폭도와는 달리 많은 지역에 조선족 기업가 협회 등 단체가 설립되지 못한 반면에 각종 동호회 및 단체가 설립되어 활약하고 있다. 조선족 동호회는 한국인 단체와 마찬가지로 주요하게 축구, 골프 등 체육활동을 중심으로 이루어진 것이 특징으로 되고 있다. 문화 단체 및 문화 관련 동호회는 베이징의 '삼지마을'[146) 베이징경제생활잡지사에서 운영하는 문화세터 영어동아리 등 몇 개가 있어 활동을 진행하고 있지만 문화 동호회의 활동은 아직 체육활동에 비해 활발하지 못하며 앞으로 문화인들의 적극적인 참여와 노력이 필요하다.

---

146) 2002년 11월 조선족문학인들의 모임터인 '삼지마을'문학 동호회가 해마다 큰 행사를 펼쳐가며 국내외 문학인들의 인기를 모으고 있다. 수도 베이징에서 조선족의 인구가 늘어남에 따라 다양한 조선족 협회, 동호회가 많이 생겨났지만 2002년 말까지 문학 분야의 민간적인 협회는 없었다. 2004년도에 소설, 시, 수필 세가지 문학 장르의 문학인들로 구성된 모임이라 하여 '삼지마을'이라는 이름을 갖게 되었다. (경제생활 통권 116호, 2006.12 p18)

조선족단체의 활동

1) 조선족운동회 및 민속축제

조선족 단체의 활동 중 가장 중요한 활동은 조선족 운동대회이다. 조선족이 몇 천 명 이상 거주하고 있는 지역에서는 거의 해마다 운동회를 거행하고 있는데 특히 몇 만 명 이상 집거해 있는 곳에서는 규모가 비교적 큰 운동회가 열리고 있다.

종합적인 운동대회 외에도 골프대회, 축구대회 등 항목별 운동회도 지역별 혹은 전국적으로 열리고 있는데 특히 축구대회가 가장 자주 열린다. 상술한 상황에서 중국 조선족 제9회 축구대회가 2006년 10월 29일부터 11월 2일까지 칭다오시에서 개최되기도 하였다.[147]

산둥지역에서는 조선족 민간조직이 개최하는 조선족 전통 체육운동회가 1998년부터 조선족기업가들의 협찬으로 칭다오, 옌타이, 웨이하이, 제남 등지에서 개최되었다. 2007년 말 현재 조선족인구가 20만 명에 달해 조선족이 가장 많이 집중되어 있는 칭다오시에서는 2년에 한번씩 "소수민족운동회"라는 명칭아래 재칭다오 조선족들이 함께 모일 수 있는 장소를 마련하였다. 산둥지역의 옌타이, 웨이하이, 수도권, 광둥성의 심천, 광저우 등지에서는 해마다 조선족운동회가 열리고 있다. 이런 운동회는 조선족의 만남의 장소로 되고 있으며 이를 통해 조선족은 상호 친목과 교류를 도모하고 본

---

147) 週刊 黑龍江新聞, 2006. 11. 5~11

민족의 정체성을 확인하고 있다.

지역, 혹은 구역별로도 운동회가 열리고 있는데 2007년 국경절을 계기로 열린 재칭다오 화남현 조선족들의 제1차 모임은 "단결, 호조, 문명, 발전"을 취지로 하였다. 모임은 청양구 조선족 노인협회의 문예공연, 남녀축구, 배구, 줄다리기, 씨름 등 항목으로 진행되었고 저녁에는 노래자랑 등 오락도 있었으며 청양구 조선족노인협회와 양로원에 의연금을 전달함으로써 민속축제와 비슷한 모습을 보였다.[148]

이외 연령별, 종목별 운동회가 열리는데 2007년 10월 19일에 옌타이시 조선족노인 체육대회가 270여명의 노인들이 참석한 가운데 진행되었다. 옌타이시의 지부구, 래산구, 개발구, 북산구의 노인들이 한복을 입고 4개 팀으로 나뉘어서 단체무(團體舞) 시합, 릴레이, 줄 당기기 등 경기종목들을 진행하였다.

종목별 운동회가 각 지역에서 이루어지면서 전국적인 대회도 진행되고 있는데 축구, 골프대회가 대표적이다. 조선족기업가 골프대회는 이미 제8회[149]로 2007년 11월 중국의 제일 남쪽인 광둥 심천에서 전국조선족 골프협회가 광둥조선족 기업가 골프협회, 광둥 조선족연합회의 주관으로 개최되었다. 광둥, 다롄, 베이징, 상하이, 심양, 시안, 옌타이, 옌볜, 장춘, 칭다오, 하얼빈, 항주 등 중국 전역에서 참가하였고 한국과 일본 상공회에서도 대표를 파견하여 참가하였다. 조선족기업가들은 골프시합을 통해 서로의 정을 나누고 기업의 정보를 공유하였고 조선족의 발전과 저력을 보여주었다.

---

148) 週刊 黑龍江新聞 연해소식, 2007. 10. 14~10. 20.
149) 週刊 黑龍江新聞 2007. 12. 9~15

2008년 제9회 골프대회는 산둥의 옌타이에서 개최하기로 하였다.

조선족 운동회가 10년간 지속적으로 열리면서 최근 몇 년 간 운동회를 더 높은 차원의 모임으로 발전시킨 민속축제도 이루어지고 있는데 칭다오에서 2006년 처음으로 기업협회와 노인협회가 주축이 되어 진행한 민속축제가 대표적이다. 이 민속축제로 인해 칭다오시 조선족은 칭다오시정부의 공식 비준을 받아 사상 처음으로 조선족이라고 명명한 자신의 명절을 가지게 되었다. 칭다오조선족은 단순한 운동회라는 개념에서 한걸음 발전하여 민속축제라는 큰 그릇에 자신의 문화를 담아 당지인들에게 선보였고 씨름, 그네, 널뛰기 등 전통 운동종목 외에도 결혼, 환갑, 윷놀이, 투호 등 민속 특색이 짙은 내용물들이 등장하고 농악무, 민속놀이 등 민속 문화가 짙은 공연행사가 가미되어 명실상부한 민속축제의 분위기를 엮었으며 칭다오조선족노래자랑 최종예선도 펼쳐졌다. 문화가 없는 민족은 미래가 없다는 말과 같이 재칭다오 조선족이 장기적으로 산둥에서 살아가려면 문화뿌리를 반드시 내려야 하는바 이번 민속축제는 재칭다오 조선족사회의 단합단체의 인적, 조직적 틀을 짜는 데도 큰 공헌을 한 것으로 평가된다.

2007년 제2차 칭다오 조선족민속축제는 10월 13일과 14일 칭다오농업대학에서 칭다오시 민족사무국, 칭다오조선족기업협회의 주최, 칭다오조선족노인협회, 칭다오과학문화인친목회, 칭다오조선족여성협회, 칭다오조선족축구협회, 칭다오서장원조선족학교, 헤에룽장 신문사 산둥지사, 칭다오 조선족 대학생 연합회, 칭다오 조선족골프협회, 칭다오 벽산조선족학교 등 10개 조선족단체, 기관, 학교의 공동참여로 이루어졌고 참가인수가 1만5000명을 기록하는 성회로 되었다. 1000명이 동원되는 대형개막식 공연, 프로가수들과 함께하는 정열의 밤무대, 옛 풍속을 그대로 살린 윷놀이 체험현장, 황소를 상으로 내건 칭다오 씨름 왕 쟁탈전, 널뛰기, 축구, 배구경기, 집신, 서예, 투호 등 다채로운 체험현장, 현지사회에 사랑을 선사하는 자선바자회, 어린이 지력경연, 산둥 성 기타 도시 조선족 기업인 간담회 등 행사를 진행하였다.[150]

칭다오조선족기업협회는 칭다오 민속축제의 주최단위로 소속 각 지회와 사회 각계 지성인들을 동원해 수십만 위안의 행사경비를 마련했고 조선족 노인총협회, 아리랑 예술단 등 단체와 합작해 민속잔치를 성공적으로 치렀다. 또 재외동포재단에 행사 신청을 하여 모국의 도움을 받도록 추진했으며 더욱이 칭다오 시 조선족사회를 국내외에 알리는 역할도 하여 명실상부한 조선족 사회의 구심점임을 보여주었다.

2) 기타활동

(1) 설맞이 모임

각지 조선족 기업가 협회, 옌볜대학 동문회, 동호회 등 단체에서는 연말이 되면 거의 설맞이 친목회를 조직하고 있으며 그 규모도 날로 커지고 있다. 특히 해마다 있는 베이징의 조선족 설맞이 친목회 모임은 규모가 가장 큰데 2007년 중국국제방송국 조선어부의

---

150) 週刊 黑龍江新聞, 2007.9.23～29.

주최로 펼쳐진 '베이징조선족 설맞이 친목회'에는 조선족의 유명 인사들을 비롯한 450여명이 참석하여 성황을 이루었다. 모임은 1, 2부로 나눠 문예공연이 펼쳐졌고 시 낭송, 노래 등 여러 가지 종목을 진행하여 다채로운 모습을 보였다.

(2) 노래자랑 및 문화이벤트

조선족 기업가 협회가 개최한 각종 형식의 콘서트가 여러 지역에서 진행되고 있는데 특히 1998년부터 조선족기업가 협회와 헤이룽장 신문사 조선어판 칭다오 지사가 매년마다 개최하고 있는 '대형 콘서트'가 대표적이다.

노래자랑 등 다양한 활동이 진행되는 가운데 칭다오 아랑스 인테리어회사가 주최하고 칭다오 세정 아리안이 후원한 '세정 아리안'컵 새봄맞이 조선족 노래자랑이 2007년 2월 4일 칭다오 청양구에서 펼쳐졌다. 41명 재칭다오 조선족 과외가수가 이날 무대에 올랐고 기업 및 서원장조선족학교, 월간(月刊)경제, 옌볜일보 칭다오 지사 등이 이번 모임을 위해 물심양면으로 지원을 했다.[151]

2008년 10월 18일에는 중국조선민족사학회와 칭다오과학문화인협회, 중앙민족대학 한국문화연구소가 공동으로 전국조선족학술세미나와 함께 전국조선족노래자랑을 개최하였고 조선족 매체가 전개하는 각종 문화 이벤트도 진행되고 있다.

---

151) 週刊 헤이룽장 신문 연해뉴스, 2007, 2, 11~2. 17. 3면

(3) 각종 포럼 및 교류회

조선족단체의 설립 및 조선족경제, 문화인들의 활약으로 체육대
회, 민속축제 및 각종 문화 활동 외에 최근에는 고차원의 포럼 및
교류회도 개최되어 조선족사회의 양적 확대와 함께 질적인 발전을
보여주고 있다.

우선 조선족 경제 문화인들에 의한 각종 포럼이 진행되고 있는
것이 특징적이다. 중국 '경제생활'잡지 창간 5주년 기념행사의 일환
인 2007년 경제생활 중국조선족 기업가 신년고위급 포럼이 '경제생
활'잡지사 주최, 경제생활, 중국조선족 기업가 신년 고위급포럼조직
위원회 주관으로 개최되었는데 이번 포럼에는 광둥, 상하이, 하얼
빈, 창춘, 옌지, 선양, 진황도, 란저우, 심천, 베이징 등 전국각지에
서 온 80여명 조선족기업인 대표를 비롯하여 각계 인사 100여명이
한자리에 모여 민족경제발전의 노정을 회고하고 성공경험을 교류하
였으며 우수기업을 표창하고 향후 네트워크구축, 협력 등을 토론하
였다. 이번 포럼의 중요한 내용의 하나로 조화로운 사회와 인맥경
제를 주제로 한 특강이 있었다. 중국 조선족 기업계의 학습형 교류
의 장을 마련해 전반적인 경쟁력을 한 차원 높이고 중국조선족 기
업가들의 비즈니스 네트워크를 구축하며 더불어 성공하는 기업문화
를 창출해 조화로운 사회구축에 기여하자는 주체로 열린 이번 포럼
은 시종 열렬한 분위기 속에서 성공적으로 폐막되었다.[152]

칭다오조선족과학문화인협회는 발족 후, 칭다오조선족의 대단합
과 친목을 취지로 대학교와 기업인의 연대를 이룩하고 조선족사회

---

152) 週刊 헤이룽장 신문 연해뉴스, 2007, 1, 28~2. 3. 7면

의 발전을 도모하기 위한 토대를 튼튼히 닦고 있으며 본 협회의 주최로 '칭다오조선족의 어제, 오늘과 미래'라는 주제로 학술세미나를 세 차례나 진행하였다. 또한 '칭다오차세대무역스쿨'을 2007년과 2008년에 두 차례에 걸쳐 진행하였다.

특히 중앙인민방송국과 헤이룽장 신문사가 공동 주최하고 중앙인민방송국 조선어부와 헤이룽장 신문사 베이징지사가 베이징에서 공동 주관하여 개최한 '2006년 전국조선족기업인 경험교류회'는 민족의 화합이라는 공감대를 가진 네트워크구축이 필요한 시대요구에 맞춰 국가급 언론매체를 통한 민족기업 홍보 및 조선족 기업인 간의 친목과 교류, 협력에 취지를 두었는데 이번 교류회에는 조선족 기업인 및 베이징 시 한국투자협회와 해외동포기업인 대표 100여명이 참석하여 성황을 이루었다.[153]

조선족사회에 대한 연구가 심화되면서 2008년 10월 18일에는 또 중국조선민족사학회, 칭다오과학문화인협회, 중앙민족대학 한국문화연구소가 공동으로 칭다오에서 전국조선족학술세미나를 개최하여 조선족사회 연구에 경제인 및 문화인들의 공동참여의 장을 열게 되었다.

---

153) 週刊 黑龍江新聞, 2006. 10. 29~11. 4.

3.3 한국학 연구 및 한겨레 관련 간행물

1) 한국학연구중심, 그리고 연구 상황

중·한 양국의 경제, 문화교류가 활발하게 이루어지면서 한국어 학과의 개설과 더불어 한국학연구기구도 중국 각 지역 대학들에 설치되고 있다.

실제 한국학 연구기구는 한국어 학과의 개설보다 먼저 시작되었는데 일부 대학들에서는 중·한 수교이전에 이미 한국학연구의 필요성을 절감하고 한국학연구기구를 설립하였고 다수 대학들에서는 중·한수교 이후 연구기구를 설립하기 시작하였다.

우선 1991년 베이징대학에 한국학연구중심(센터)이 설립되어 학과의 개설과는 별개로 한국학연구가 시작되었고 한국의 언어·문학·사회·문화 및 역사 그리고 중·한 양국의 교류에 대한 연구가 이루어져 상술한 연구 성과들을 실은 『한국학논문집(韓國學論文集)』이 매년 한 권씩 출간되기 시작하였다. 1992년에는 상하이의 푸단대학과 산둥대학에, 그 뒤를 이어 1993년에는 항저우대학

(현재의 저장대학)에 한국학 연구중심이 설립되었고, 1994년에는 랴우닝대학 등 지리적으로 한국과 가깝거나 한국과 인연이 있는 지역의 중심 대학들에서 한국어 교학과 한국학연구를 병행하여 유사한 한국학 연구 중심들이 속속 설립되어 각 지역의 특수성과 이점을 강조하면서 한국학 연구가 왕성하게 진행되었다. 최근 몇 년간, 이런 상황은 더 뚜렷하게 나타나고 있는데 2003년 8월 산둥대학에서는 한국학원(韓國學院)을 설립하여 원래 산둥대학 외국어학원의 한국어학과, 산둥대학 웨이하이분교의 한국어학과, 웨이하이분교의 국제교류학원 및 한국문화연구소, 한국경제연구소, 한국법연구소(韓國法硏究所) 등 한국과 관련된 학과와 연구소를 통합함으로써 한국어교육과 함께 한국학연구의 중심을 형성하였다. 2004년 옌타이대학교에도 동아연구소[154] 한국학연구센터가 설립되었고 현재 한국어학과가 개설되어 있는 대학들에서는 거의 한국학연구 중심을 설립하였거나 설립중에 있어 한국어학과의 발전과 병행하여 한국학연구가 이루어지고 있다.

한국학연구기구는 초기에 한국학연구와 더불어 한국과의 경제, 문화교류를 주선하는 역할도 하였다. 현재 한국어학과가 개설되어 있는 대학의 한국학 연구중심은 거의 한국어학과를 중심으로 활동을 진행하고 있으며 한국어교육연구와 사회, 언어, 문학, 문화, 경제 등 방면의 연구를 진행하고 있다.

동북 3성은 한국학연구의 역사가 가장 길고 가장 활발하게 이루어진 지역으로 사회과학원에 모두 한국 관련 연구기구가 설립되어

---

154) 옌타이대학교 동아연구소는 한국관련 연구와 한국과의 교류를 위해 설립된 기구로서 수교이전에 이미 설립되었다.

있는 것이 특징적이다. 지린성사회과학원에는 조선·한국연구소, 헤이룽장 성 사회과학원에는 동아연구소 일한연구실(日韓硏究室), 랴오닝성 사회과학원에는 한국학연구중심이 설립되어 있다. 이외 랴오닝대학, 옌볜대학, 다롄대학에도 한국학연구중심이 설립되어 있으며 하얼빈공대에는 중한연구소(中韓硏究所), 베이화(北華)대학에는 동아역사 문화 연구중심(東亞歷史與文化硏究中心), 랴우둥(遼東)대학에는 조선반도연구소가 개설되어 있어 조선족을 중심으로 이루어진 연구진들이 활발한 연구 활동을 하고 있다.

상술한 연구기구들은 한국의 정치, 경제, 사회, 문화 및 역사, 법률에 대해 연구하거나 중국과의 비교연구를 진행하며 상호 방문을 통해 교류를 증진하고 한국 국제교류재단 등의 지원을 받아 대규모 혹은 소규모의 학술토론회를 개최하여 중국 내 및 중·한·일 학자들 간의 학술교류를 진행하고 있다.

2008년 11월, 9회 째 한국국제교류재단의 지원을 받아 베이징대학, 옌볜대학, 저장대학 등 대학들에서 주최한 한국 전통문화 국제학술 연토회를 통해 중국, 한국, 일본 등 나라 한국학 연구자들의 대규모의 학술교류가 이루어지고 있는데 매회 100~150여 명의 학자들이 모여 역사와 문화, 정치와 외교, 언어와 예술, 철학과 사상, 경제와 사회 등 분과로 나누어 활발한 교류를 진행하고 있으며 논문집을 발간하고 있다.

각지의 한국학 연구기구들은 이론적인 연구를 진행함과 동시에 본 지역과 한국의 관계에 초점을 두고 역사유적지의 복원 및 본 지역과 한국의 관계를 중심으로 한 실질적인 응용연구도 진행하고 있어 양국의 문화교류를 촉진하고 있다.

다롄, 하얼빈은 안중근기념관의 설립 등을 통해 안중근 및 그 시기 해당 유물을 발굴, 정리하면서 연구를 진행하고 있다. 장수성의 양저우는 천여 년 전에 신라의 최치원이 5년간 당지에서 관직을 지냈던 역사사실에 기초하여 중한 양국의 협력으로 기념관 전시, 연구 그리고 관광을 일체화한 최치원 기념관을 2005년 기초공사를 시작하여 1년 후 건립하였으며 산둥 성 스도우쩐(石島鎭)에서는 한국과 합작하여 해상왕 장보고를 기리는 장보고 기념관을 설립하여 신라시기 장보고를 비롯한 상인들의 활동과 당과 신라의 경제교류 상황을 보여주는 유물들을 전시하고 있으며 상하이 등 지역은 임시정부 유적지 복구, 윤봉길기념관 설립을 완성하였고 저장 지역은 신라초(新羅礁) 등 신라관련 연구 및 유적지 발굴에 주력하고 있다.

특히 상하이는 임시정부를 중심으로 한 독립 운동가들이 활동하던 중심지역으로 상하이 및 쟈싱, 항저우 등지에서는 임시정부 및 독립 운동가들과 관련되는 사적(史蹟) 및 유적지에 대한 보수 및 전시가 이루어지고 있는데 상하이, 쟈싱, 항저우, 양저우 등지의 사적 및 유적지를 구체적으로 살펴보면 아래와 같다.[155]

(1) 상하이 임시정부청사

ㅇ 소재지 : 노만구 마당로(盧灣區馬當路) 306弄 4호
ㅇ 형태 및 규모 : 연립 주택형 3층, 건축면적 145㎡
ㅇ 임시정부 사용기간 : 1926~1932년

---

155) 상술한 지역 유적지 소개자료.

○ 1932년 임시정부가 상하이를 떠난 후 중국인이 인수, 거주해
오다 '88 서울 올림픽 후 한국인 방문객이 늘어나자, 상하이
시 정부는 '90년 2월 노만구 문물 보호중점 174호로 지정하
고, 93년 4월 한국과의 협력 하에 복원, 보존 관리하고 있음.
상하이 시는 2004년부터 임시정부 청사 주변지역 일대
(14,000여평)를 재개발

추진 중이나, 임정청사와 인근건물 등은 1930년대 예전 모습
대로 보존 예정

○ 독립기념관측이 56만 불을 투입하여 2002년 1～10월간 확
장 보수공사 실시

(현재 대지면적 244㎡, 건평 총 사용면적 483㎡)

(2) 노신공원(옛 홍구공원)

○ 소재지 : 홍구구 동강만로(虹口區 東江灣路) 146호

○ 중국 근대문학을 대표하는 작가 노신의 기념관 및 묘지 소재지

○ 1932년 4월 29일 일본침략군이 상하이사변 전승 축하식 겸 일
본 천황 생일축하 의식을 거행하던 현장에 윤봉길의사가 폭탄을
투척하여 '시라가와'사령관 등 일본의 주요 지휘관 및 외교관을
응징한 의거현장 (공원의 북서쪽에 소재)

94년 기념정자(梅亭) 건립, 94년 8월 18일「梅園」이라고 명
명한 안내판을 정자입구에서 약 50m지점에 설치

98년 4월 매원 내에 의거내용을 설명하는 기념비 건립

윤봉길 의사 기념정자 "梅亭" 전시관 개관

2003년 12월 4일 "梅亭" "윤봉길의사 사적전시관"(중국 측은 "윤봉길의사 生平事迹陳列室"로 표현)을 개관하였으며, 윤의사의 흉상도 제막

(3) 만국공원(萬國公園)

○ 소재지 : 장녕구 송원로 (長寧區 宋園路) 21호
○ 1920∼30년대 상하이시 외국인 공동묘지로 조성됨
○ 81년 6월 손문의 부인 송경령 여사의 유해를 안장(이후 '송경령 능원'으로 개칭)
○ 93년 8월 5일 동 묘지 내에 안장되어 있던 애국선열 5위의 유해를 본국으로 봉환
  박은식(임정 대통령), 신규식(외무, 법무총장), 노백린(군무, 법무총장),
  김인전(임시의정원 원장), 안태국(임정수립 참여)
  95년 6월 21일 애국선열 2위 본국 봉환

(4) 황포 외탄부두

○ 김익상(金益相)의사의 다나까(田中)대장 저격 장소
○ 사건 일시 : 1922년 3월 30일 오후 3시 반
○ 사건 장소 : 상하이 외탄부두(현재의 외탄 최북단의 황포공원 부근)
○ 내역
  의열단장 김원봉의 지시를 받은 의열단원 김익상, 오성륜, 이

종암의사가 황포강의 외탄부두에서 하선하는 일본육군대장 '
다나까'를 저격하였으나 미수에 그침
김익상의사는 일제에 의해 사형

(5) 쟈싱 김구선생피난처

○ 쟈싱시내 김구선생피난처(쟈싱 시 梅灣街 76호)
저보성의 수양아들 陳桐生의 집에서 1932~33년 피난
현재 쟈싱 시는 梅灣街 일대를 재개발중이나 김구선생 피난
처는 문화재로 지정하여 1930년대 예전 모습대로 복원, 보존
(2006년 5월 개관)

○ 栽靑別莊(저장성 쟈싱 시 海鹽縣)
1932년 4월 윤봉길의사의 상하이 홍구 공원 폭탄 투척 의거
로 일본 군경에 쫓기던 김구선생이 중국인 저보성의 며느리
주가예의 주선으로 그해 7월부터 12월까지 반년동안 피신하
였던 주(朱)씨의 별장
海鹽縣에서 주요 문물보호지로 지정하여 관리해 오고 있으며,
그 옆에 김구전시관을 신축 개관(2001년 5월 26일), 김구선생의 독
립운동 일대기, 재청별장, 피난생활 등 관련 유물, 사진 전시

(6) 항저우 임시정부청사

○ 1932년 4월 윤봉길의사의 상하이 홍구 공원 의거 이후, 임시
정부가 상하이를 떠나 항주에서 머물던 시기(1932.5~1933.12)
에 청사로 사용하던 곳

소재 : 杭州市 長生路 湖邊村 23호

ㅇ 복원 현황

항저우 시는 상하이, 충칭에 이어 세 번째로 중국 중앙정부
의 승인을 얻어 항저우 임시정부청사를 상하이임시정부청사
와 유사한 형태로 복원키로 하고 2005년 4월 공사를 시작하
여, 2007년 11월 개관

(7) 金家巷 성당

ㅇ 안드레아 김대건 신부가 사제서품 받은 곳
ㅇ 내력

안드레아 김대건신부가 1845년 8월 17일 상하이 포동지역의
金家巷이라는 교우촌의 성당에서, 조선교구 제3대 교구장인
페레올 주교로부터 한국인으로는 처음으로 사제 서품을 받음
그 후 귀국하여 선교활동에 힘쓰다가 체포되어 사제생활 1년
1개월 만에 새남터에서 순교 중·한 수교이후 한국천주교회
를 중심으로 성당 옆에 김대건 기념당을 축성함. 김수한 추
기경이 97년 8월 이곳을 방문포동신구의 도시개발계획에 의
하여 2001년 3월 25일 金盧賢 상하이 시 주교의 집전으로
미사를 마지막으로 성당 철거

(8) 최치원기념관

ㅇ 최치원선생의 귀국 1120주년(2004년)을 기념하여 장수성 양
저우 시는 최치원 선생이 당시 봉직하던 지역이었음을 기념

하는 최치원기념관을 건립하기로 결정하고 2006년 10월 공
사를 착공하여 2007년 10월 15일 개관식을 거행
ㅇ 양저우 시 당성의 오성 유적지 서남쪽으로 현 최치원 사료
진열관의 동북쪽에 위치하여, 기념관 면적은 10,400㎡(약
3,150평), 건축면적 3,298.1㎡ (약 1천평)

2) 한국인, 조선족에 대한 연구

중국에서의 한국인사회가 80만 명에 달하고 동북 조선족의 관내
및 한국, 일본 등 국가에로의 진출이 활발해 지면서 원래의 조선
족사회는 큰 변화를 가져오게 되었으며 이로 인해 재중국 한국인
및 조선족사회의 변화에 대한 연구가 활발하게 이루어지고 있다.

한국인사회에 대한 연구는 주요하게 한국의 대중국 경제 진출에
대한 연구가 중심을 이루고 있으며 한국인사회 전반에 대한 연구
는 아직 본격적으로 이루어지지 못한 상황이다. 헤이룽장 신문사에
서 주최한 "한겨레 사회는 어디까지 왔나?"라는 주제로 이루어진
조사는 한국인기업 및 사회 상황에 대한 전체적인 조사라고 할 수
있으며 금후 한국인사회전체에 대한 연구를 위한 기초자료를 마련
하였다.

상술한 상황과는 반대로 조선족사회의 변동 및 새로 형성된 관
내조선족사회에 대한 조사와 연구는 조선족지성인들에 의해 활발
하게 이루어지고 있다. 우선 베이징중앙민족대학 한국문화연구소는
1994년부터 중국 조선족 발전을 위한 학술심포지엄과 워크숍을 개

최하기 시작하였으며 현재는 세계 26개 국가에 거주하고 있는 230 여명의 현지 두뇌들이 주축으로 되어 있다. 1994년 12월에 베이징에서 제1회 학술심포지엄을 성공적으로 개최한 이래 2008년 현재까지 14년 간 13회에 달하는 대형 국제학술심포지엄과 38회에 달하는 지역별 세미나를 성공적으로 개최하여 왔다.

본 포럼은 매회 마다 <조선족 경제문화의 지속적인 발전>이란 공동주제를 둘러싸고 각 지역, 각 분야의 전문가들과 리더들이 한자리에 모여 조선족사회의 현실을 조명하고 그에 따른 발전적이며 실천적인 대안을 위해 연구를 해왔으며 훌륭한 성과를 이루어 왔다.

중국조선족발전을 위한 학술심포지엄과 워크숍 연혁

회 수	일 시	주 제	장 소	참가 자수
제1회	1994년12월	"도시 청소년들의 민족언어 상실 현황과 그 대책"	베이징.중국중앙민족대학 대회의장	120
제2회	1995년12월	"도시 청소년들의 민족언어 교육 해결책"	베이징.중국중앙민족대학 대회의장	130
제3회	1997년1월	"현 시기 조선족의 문제점과 그 출로"	베이징.중공중앙정치협상회의 호텔	140
제4회	1997년12월	"조선족사회의 문제점과 우리의 대책"	베이징.중국중앙민족대학 대회의장	130
제5회	1998년12월	"조선족 경제의 문제점과 우리의 대책"	베이징.중공중앙정치협상회의 호텔	120
제6회	2000년1월	"조선족의 지속적인 잘전을 위한 민족교육"	베이징.중국중앙민족대학 대회의장	110
제7회	2000년10월	"21세기 동북아시대와 벤처산업 인재육성"	베이징.중국중앙민족대학, 대회의장	120
제8회	2001년9월	"조선족문화의 21세기적 재 창출과 크레버즈 산업"	베이징, 호북호텔국제회의장	120
제9회	2003년1월	"21세기 중국조선족 녹색민족문화 경제기반구축과농촌경제 발전전략"	장춘.전력호텔국제회의센터	130

회 수	일 시	주 제	장 소	참가 자수
제10회	2005년12월	"도시화와 조선족 경제문화 발전 전략"	베이징,중국중앙민족대학, 대회의장	210
제11회	2006년10월	"글로벌 코리안의 경제문화 네트 워크의 발전전략"	베이징, Golden Holiday Hotel 국제센터	220
제12회	2007년11월	"경쟁력 강화를 위한 글로벌 코 리안 경제문화 네트워크의 활용"	한국부산, 그랜드호텔	150
제13회	2008년10월	개혁개방 30주년 조선족의 변화 와 발전	靑島 東方航空大廈	150

중국사회과학원 민족학연구소, 옌볜대학 민족연구중심 등 연구 기구들에서는 조선족의 역사뿐만 아니라 정치, 경제, 사회 문화 전반에 걸쳐 조선족의 현실문제에 대한 연구를 지속적으로 진행하고 있으며 많은 업적을 이룩하였다.

3) 한겨레 간행물, 방송

한국인 및 조선족의 관내진출로 인해 한겨레를 위한 신문, 정기 및 비정기 간행물, 공개간행물과 내부 간행물 등이 몇 십 종이나 속출하고 있는데 주요한 간행물은 아래와 같다.

(1) 『중국한인회보』

중국 한국인회의 간행물인 『중국한인회보』(비매품 내무간행물)는 격월간으로서 전 중국 한국인회 네트워크화의 일환으로 시대에 걸맞는 중국한인회보를 제작하고 있다. 더욱이 2만부를 제작하여 베이징을 비롯한 25개 지역 한국인 거주 지역에 배포함으로 광범위

한 광고효과를 발생하고 있다.156) 또한 재중 한국인의 홈페이지
(www.koreanc.net)도 2007년 5월 오픈되어 재중국 한국인관련 소식
과 정보를 교류할 수 있는 공간을 조성하고 있다.

(2) 『중국경제단신』

중국한국상회(대한상공회의소 베이징사무소)의 『중국경제단신』은
중국 한국 상회에서 경영(비매품 내부간행물)하는 간행물로서 내용
은 외국인 및 외국인투자에 관련되는 법규 정책, 업종별 동향, 경
제동향분석 등으로 나뉘어져 있고 한국의 대중국 투자를 위해 필
요한 정보를 제공하고 있으며 각 지역 한인상공회에도 정보지가
있어 해당지역의 정보를 제공하고 있다.

(3) 『한인상공회보』

산둥지역의 칭다오, 옌타이, 웨이하이 한인상공회에는 모두 『한인
상공회보』가 있는데 그 취지는 해당지역 한국인에 대한 유익한 정보
를 제공하고 한인상공회 및 각 지회의 활동을 공지하여 한인상공회와
각 지회에 대한 교민들의 참여와 관심을 조성함과 동시에 한국의 정
치, 경제, 문화 관련 정보를 제공하여 중국에 있으면서 한국의 상황을
파악하여 귀국 시에도 한국 생활의 불편함을 없애도록 하는 것이다.
또한 중국의 정치, 경제, 문화 정보를 제공하여 처음 해당지역에 온
한국인들에게 보다 빠른 현지 생활의 안정과 이익 창출에 힘이 되고

---

156) 중국한인회보, 제14호, 2007. 5.15, 16면.

자 하기 위한 것이다. 일부 지역 상공회의 소식지는 한국 업체들의 광고 및 에세이, 한국인들의 중국 생활에서 필요한 지식, 및 상식, 한인상회업무활동 등에 대해 게재하는 것으로 대체하기도 하고 있다.[157]

(4) 『한상타임즈』

한국인과 조선족이 가장 집중되어 있는 칭다오의 『한상타임즈』는 칭다오지역 한국기업과 한국인사회에 필요한 최신뉴스, 중국 관련 경제, 사회, 국제 투자 최신정보, 중국법률 해설, 영사관 제공 정보, 중국진출 한국기업 성공사례, 창업정보 취재, 일기예보, 항공 배편 등 생활정보를 싣고 있다.

(5) 『주간경제(週刊經濟)』

칭다오에서 매주 한번 발간되는『주간경제』는 종합 면에 정치, 경제, 법률 등에 대해 소개하고 칭다오지역 소개 면에는 한국기업체 상황, 중·한 교류, 투자기업, 정책, 법률, 중국과 한국의 부동산, 사회 이슈, 스포츠, 광고, 구인, 구직, 지역 종합, 기획연재, 중국과 한국의 현재, 교육, 연예 방송, 건강 의학 등 다양한 내용을 싣고 있다.

(6) 『한중무역』

한국무역협회 베이징지부의 『한중무역』은 칼럼, 주요 이슈분석,

---

157) 웨이하이 世愛 한인소식.

중국비즈니스 현장탐방, 중국시장 비즈니스 정보 분석, 비즈니스 정보실, 자료 등으로 구성되어 있는 비매품 내부간행물로 중한무역을 위한 필요한 정보 등을 제공하고 있다.

(7) 『경제생활』

중국에서 유일한 국가급 한문판 경제류잡지인 『경제생활』은 국가민족사무위원회에서 주관하고 민족출판사에 의해 출판되며 조선족 및 재중국 한국인을 주요독자로 하는 간행물이다. 『경제생활』은 베이징, 텐진지역을 중심으로 중국 전역의 한겨레 뉴스 및 중국 관련 정보, 광고 등을 게재하며 매기마다 포럼의 형식으로 한겨레사회에 존재하는 문제점에 대해 논의하고 전망하는 장을 마련하여 실용 및 학술적인 가치를 겸비한 간행물이다.

경제생활잡지사에서는 문화공동체로서의 문화센터도 운영하고 있는데 2003년 2월 왕징의 작은 교실을 빌려 조선족직장인 무료영어교육을 개시하였고 첫 수업 20명으로 시작한 것이 2005년 12월까지 등록회원 1000여명의 규모를 형성하여 영어 학습과 더불어 봉사활동, 동아리활동으로 조선족직장청년들에게 새로운 비전과 활력소를 제공하고 있다. 즉 영어동아리 기능에서 지역사회를 섬기는 사회문화교육원의 기능으로 20대 문화커뮤니티에서 30~40대의 기성세대까지 아우르는 지역문화센터로 다시 태어나고 있다. 문화센터는 일요명사당에서 매주 2시간 정도 1회의 명사특강으로 문화센터의 핵심콘텐트를 만들어 가고 있는데 대학교수, 경영인, 재중국 한국지사 대표 등 기업, 학계, 정계 등 사회 각 분야 명인들의 특강과 만남을 통해 조선족 차세대 리더를 육성함을 그 목적으로 하고 있다. 베이징조선족 인구의 증가와 더불어 여성의 활약도 두드러지면서 문화센터에는 여성분과가 개설되어 여성경제인포럼을 개최하기도 하고 있다.[158]

(8) 헤이룽장 주간신문 및 옌볜일보 판사처(辦事處)의 개설

한국의 대중국 진출과 조선족의 관내진출이 활발히 이루어지면서 동북3성의 조선족신문들은 관내지역 한국인 및 조선족에 대해 중시를 돌리게 되었는데 특히 헤이룽장 주간신문은 한국인의 대중국 진출, 조선족의 관내진출로 인해 베이징, 상하이 등 대도시 및 산둥, 화둥, 광둥 등 지역에 한겨레 사회가 이루어진 상황에서 칭다오에 지사를 두고 옌타이 등 지역에는 기자들을 두어 상술한 지역 한겨레 사회에 대한 소식 및 한겨레사회에 유익한 정보들을 취재하여 실음으로서 한겨레 사회의 사회 문화생활에서 중요한 역할을 하고 있다. 또한 조선족을 대변하는 기관지인 옌볜일보는 산둥 등 지역에 판사처를 개설하여 해당지역관련 정보를 수집하여 신문에 게재하고 있다.

(9) 기타 간행물

상술한 간행물 외에 광고를 중심으로 만든 간행물들이 속속 만들어져 한국 관련 기업들의 광고를 실어 한국인과 조선족들의 경제생활에 편의를 도모하고 이들의 교류를 촉진하고 있는데 산둥지

---

158) 『경제생활』, 2006. 8, 48~49쪽.『경제생활』, 2006. 9, 57쪽,

역에서는『산둥비즈니스』, 『금교(金橋)』등이 대표적이다. 이러한 정기, 비정기 간행물들은 한겨레 사회에 유익한 정보를 제공하고 이들의 경제, 문화교류를 추진하는 역할을 하고 있다.

이와 함께 여러 신문에도 한국어판을 개설하고 있는데 웨이하이일보, 재경일보, 옌타이일보는 이미 개설했으며 칭다오의 반도도시보는 개설준비 중이다.

(10) 한국어방송

한국기업체의 대중국 진출 및 한국인사회규모의 확대로 인해 현지 거주 한국인들에게 보다 좋은 문화 환경을 조성하고자 산둥지역 방송국에서는 한국어프로그램을 개설하고 있는데 우선 칭다오, 웨이하이, 영성시가 한국어TV방송을 개통하였고 2003년 6월 16일부터 옌타이인민방송국 主頻率 "新聞綜合頻道"에서 '한국어뉴스' 한국어방송을 프로그램을 시작한 것이 대표적이다.

역사적으로 옌타이는 한반도와의 경제무역 왕래에서 중요한 역할을 해 왔고 개혁개방이후 특히 중한수교이후, 한국과의 경제무역 내왕이 날로 밀접해져 정치, 문화, 교육면에서의 교류가 끊임없이 늘고 있다. 이로 인해 선후로 한국의 부산시, 군산, 원주, 울산시와 자매도시 혹은 자매합작도시관계를 맺었으며 옌타이에 대한 한국의 투자가 날로 증가되었다. 옌타이시 정부는 옌타이와 한국의 교류가 날로 활발해지고 옌타이 거주 한국인이 늘고 있는 상황에서 '한국어뉴스' 프로그램을 개설하여 진일보 옌타이와 한국의 경제무역합작과 교류를 강화하고 옌타이 시 대외무역의 발걸음을 다그치는 역할을 하고 있다.

방송은 주로 옌타이 및 국내외에서 발생한 대사(大事), 옌타이시의 외자유치정책 및 투자환경, 옌타이에서 창업하고 공부하고 생활하는 한국인의 생활상황, 옌타이에 있는 한국기업 및 기업인의 성공 경험, 옌타이의 관광지, 오락장소, 기후, 교통상황 소개 등 내용을 방송하여 현지 한국인들에게 편의를 도모하고 있다.

(11) 광둥조선족쉼터

간행물, 방송 외에 재중국 한국인 및 조선족관련 인터넷 사이트가 속속 개설되고 있는데 2008년 7월 20일 오픈식이 열린 심천시 麥合利科技有限公司 광둥조선족쉼터(http://www.gd.shimto.com/)가 대표적이다. 심천시 광둥조선족쉼터는 몇 년 동안 재일교포들이 애용하고 있는 성공적인 포털사이트를 창구로 삼아 광둥성에 진출한 10여만 명 조선족 동포들에게 광둥뉴스, 정보광장, 구인구직, 법률생활정보, 홈페이지 제작, 홈쇼핑 등 50여 가지 서비스를 제공해주고 광둥성 더 나아가서는 조선족 사회발전에 일익을 담당할 수 있도록 기여하자는데 기본취지를 두었다.[159] 오픈식에는 심수시 한인상공회, 일본조선족 상공회, 일본쉼터, 광둥성 조선족연합회 등이 참석하여 광둥지역 조선족사회의 영향력을 보여주었다.

---

159) 週刊 黑龍江新聞 연해뉴스, 2008.8.2.17면.

4

한겨레의 백년대계—교육

❝ 4.1 한국인 교육기구 ❞

　1992년 중한수교이후, 한국의 대중국 진출이 이루어지면서 많은 한국인이 중국에 와서 창업하거나 무역업에 종사하게 되었다. 1990년대 말에 이르러 한국의 대중국 진출이 본격적으로 이루어지게 되면서 제조업, 무역 및 기타 업종에 종사하는 한국인들이 늘게 되었고 부모를 따라 중국에 오는 한국인 가족 자녀들도 늘게 되었다. 중국에 장기 거주하는 초·중·고등학교 적령기 한국인 학생 수가 증가되면서 이들 한국인 자녀의 교육문제가 중요한 사안으로 대두되었다. 특히 역사적으로 교육을 중시하는 한국인에게 있어서 자녀의 교육문제를 해결하는 것은 대중국 경제 진출에 직접적인 영향을 미치는 중요한 문제로 되고 있다. 한국인 자녀의 교육은 현지 진출 한국인 및 한국의 미래에 관심을 가지고 있는 이들의 중시를 불러일으키고 있으며 한국인 관련 교육기구를 개설하거나 현지 교육기구를 적극적으로 활용하는 방법을 통해 하고 이루어지고 있다.

　한국인자녀의 교육상황은 크게 초·중·고등학교와 대학교육으로 나누어 살펴볼 수 있으며 초·중 및 고등학교는 한국국제학교, 외국인 전문 국제학교 및 국제부가 설립된 중국의 초·중 및 고등학교, 일반 초·중 및 고등학교, 한글학교 등을 통해 이루어지고 있다.

한국(국제)학교

한국의 대중국 진출이 날로 활발해 지면서 부모를 따라 중국에 온 한국인 적령기 학생 수가 날로 늘었고 한국인 자녀 대부분은 평균연령이 낮은데다 환경적응능력이 떨어져 언어와 문화차이가 상당히 큰 중국 현지학교 교육에 적응하는데 곤란을 겪게 되는 상황이 나타났다. 이들이 현지 교육과정에 쉽게 적응하고 귀국 후 한국 내 학생들과 교육수준을 맞출 수 있도록 하기 위해 중국 내에서의 한국 동일 교육과정 이수에 대한 필요성이 점점 커지게 되었다. 조사에 따르면 한국인의 70%가 자녀의 한국 학교 수학을 희망하고 있어 다수가 한국 학교를 선호하고 있음을 알 수 있다.[160] 한국학생의 수가 대략 한국인 총수의 6%[161]에 달한다 해도 재중국 한겨레 사회의 한국인 자녀는 4만 명 정도에 달하며 이들 중 적어도 3만 명에 달하는 한국인 학생들이 한국 학교에 취학하려 한다고 볼 수

---

160) 현재 한국인이 가장 많이 집중되어 있는 한국인 중 70%가 한국 학교 수학을 희망하고 있다고 통계가 되었다.(週刊 黑龍江新聞 연해소식, 2007. 10. 14~10. 20). 옌타이시 등 지역에 대한 조사에 따르면 절반이상의 학부모들이 한국학교의 취학을 원하고 있고 실제 거의 절반의 한국 학생이 한국 학교에서 수학하고 있다.

161) 칭다오시 한국인 10만 명 중 학생은 6000명에 달하는 것으로 통계되었다.

있다. 한국(국제)학교는 바로 상술한 수요를 바탕으로 중국에 거주하는 한국인을 교육 대상으로 설립한 전일제학교로서 대한민국 교육인적자원부와 중국 교육부 등 양국의 교육당국으로부터 설립 인가를 받은 정규적인 교육기구이다. 현재 산둥 성에서는 옌타이한국학교가 유일한 한국국제학교이고 중국 전역에 베이징, 톈진, 지린성 연길, 상하이, 랴오닝 성 다롄 등지에 한국학교가 설립되어 있다. 현재 한국기업체가 집중되어 있는 산둥의 칭다오, 웨이하이 등 지역에서도 한국학교의 설립이 추진 중에 있다.[162]

한국 학교의 설립은 한국의 대중국 진출이 본격적으로 개시된 1990년대 말부터 시작되었다. 베이징과 옌볜의 한국국제학교가 가장 일찍 설립되었는데 이는 조선족집거구역이라는 옌볜의 특수성 및 한국인이 최초로 진출한 지역이라는 특성과 중국 정치, 문화중심지로서의 베이징의 특수성이 주요 원인으로 되었다. 이어 상하이 및 톈진한국학교가 설립되었고 한국인의 진출이 가장 활발한 산둥지역의 옌타이에 설립되었는데 중국내 6개의 한국 학교를 구체적으로 살펴보면 아래와 같다.

(1) 옌볜국제한국학교

옌볜한국국제학교는 1998년 2월 옌볜외국인학교 초등부라는 이름으로 교육부의 설립인가를 받았고 같은 해 6월 1일 개교하였다. 1999년 12월 30일 옌볜한국학교 중학교 과정이 인가를 받았고 2000년 3월 1일 12명의 학생으로 중학교 입학식을 하였다. 2003

---

162) 한국정부는 중국을 포함한 해외거주 한국학생들의 교육문제를 해결하기 위해 15개 국가에 28개의 한국학 교를 설립하였다.

년 1월 28일 옌벤한국학교 고등학교 과정이 인가를 받았고 2003년 3월 3일 15명의 학생으로 고등학교 입학식을 거행하였으며 2004년 3월 29일 옌벤한국국제학교로 명칭을 바꾸었다.

(2) 베이징한국국제학교

베이징국제한국학교는 1998년 9월 1일 한국 교육부와 중국 정부의 학교 설립 인가를 받아 개교하였다. 베이징한국학교는 설립 후 비약적인 발전을 가져왔는데 특히 2006년 3월 6일 신축교사를 완공하여 현재의 교사로 이전한 후, 교실 32실, 영어와 한어시간을 위한 분반 교실 11실, 유치원 6실, 그리고 학생들의 편의 및 시설 관리를 위한 특별실 10실, 도서관과 실내체육관, 운동장이 구비되어 있는 초현대식 건물을 가진 비교적 큰 규모의 학교로 되었고 베이징에서 한국인들이 많이 모여 사는 왕징 지역에 위치하고 있어 학생들의 통학에 매우 편리하다. 학교규모의 확대와 더불어 학생과 교직원 수도 급속히 늘었는데 2007년 베이징한국학교의 학생현황은 아래와 같다.

베이징한국학교학생현황 (2007. 3. 5)[163]

학 년	1	2	3	4	5	6	7	8	9	10	11	12	계
학 급	4	3	3	3	3	3	3	3	3	3	3	3	37
인 원	120	90	90	90	90	86	80	74	79	76	52	43	970

---

163) 베이징한국학교 홈페이지 참조.

　표를 살펴보면 베이징한국국제학교는 초등부 566명, 중등부 233명, 고등부 171명으로 970명의 학생이 취학하고 있는데 여기에 유치원 86명, 한글학교 507명까지 합치면 도합 1,563명의 학생들이 가진 명실상부한 국제학교로 성장하였다.

베이징한국학교 교사현황 (2007. 3. 5. 현재)

구　분	교장	초등	중등	중국어	영어	특과	계
전　임	1	19	22	7	17	3	69
강　사		1		13	16		30
원어민				(17)	(18)		(35)
계	1	20	22	20	33	3	99

　교사현황을 표에서 살펴보면 교사는 전임교원 69명을 포함하여 총 99명이며, 18명의 원어민 영어교사와 17명의 원어민 한어교사가 학생들을 가르치고 있다.

(3) 상하이한국학교

　상하이한국학교는 1999년 4월 2일 설립 추진위원회가 구성되었고 7월 6일 한국 교육부로부터 학교설립 인가를 받았으며 9월 1일 초등 3학급 43명으로 개학식을 하였다. 10월 27일에는 중국 국가교육위원회로부터 설립인가를 받아 11월 6일 개교식을 하였다. 2000학년도 입학식을 할 때에는 초등 7학급 103명으로 9월 1에는 초등 8학급 117명으로 증가되었다. 2001년 1월 29일 교육인적자원부로부터 중·고등학교 과정 학력 인정받아 3월부터 중학교 3년 과정을 개설하였다. 2003학년도 입학식 때에는 초등 15학급, 중등

3학급, 고등 2학급에 학생 수가 총400명으로 늘었다.

 2007학년도 입학식 때에는 초등 28학급, 중등 9학급, 고등 10학급으로 늘었고 학생 수는 아래와 같다.

2007년 현재 학생 현황[164]

학년	초 등						중 등			고 등			합계
	1	2	3	4	5	6	1	2	3	1	2	3	
인원	111	134	114	103	91	87	57	64	55	70	65	105	1056

즉 초등 640명, 중등 176명, 고등부 240명으로 계 1,056명으로 비록 베이징보다는 규모가 작지만 다른 지역에 비해 큰 규모를 자랑하고 있다. 교사는 국어, 사회, 수학, 과학, 체육, 음악 컴퓨터, 영어, 중국어 등 교과목 한국인 교사 82명에 35명의 중국어 등 원어민 전임 혹은 시간 강사가 있다.

(4) 톈진한국국제학교

 톈진한국학교는 2000년 5월 톈진시 교육위원회와 중화인민공화국의 인가를 받았으며 2001년 3월 5일 대한민국 교육인적자원부 인가를 받고 초등 6학급, 중등 3학급, 유치원 2학급으로 편성하여 3월 7일 개교하였다. 2005년부터 고등부 학생을 모집하기 시작하였고 2007년 현재 유치원 5학급, 초등 13학급, 중등 6학급, 고등 4학급으로 합계 28학급을 편성하였는데 학생 수는 아래와 같다.

---

164) 상하이한국국제학교 홈페이지 참조.

2007년 현재 학생 현황165)

학년	초 등						중 등			고 등			유치원	합계
	1	2	3	4	5	6	1	2	3	1	2	3		
학생수	78	68	68	68	66	68	65	65	67	57	33	33	96	832

즉 초등부 416명, 중등부 197명, 고등부 123명, 유치원 96명, 계 832명의 규모이다. 교사는 한국인교사 43명, 영어와 중국어 원어민 교사 각 10명과 9명 19명이다.

(5) 옌타이한국학교

한국기업체의 진출이 가장 활발한 산둥지역의 유일한 한국 학교 인 옌타이한국학교는 2001년 3월에 수업을 개시하였고 2001년 12 월 중국정부로부터 인가를 획득하였으며 2002년 7월 대한민국정부 로부터 인가를 받았다. 2002년 12월 대한민국정부로부터 중학교 과정 인가를 받아 2003년 3월부터 중학교 교육과정을 시작하였고 2004년 3월부터 고등학교 교육과정을 시작하였다. 2007년 현재 학 생 현황은 아래와 같다.

2007년 현재 학생 현황

학년	초 등						중 등			고 등			합계
	1	2	3	4	5	6	1	2	3	1	2	3	
학생수	54	73	46	48	52	73	37	46	62	58	35	28	612

---

165) 톈진한국국제학교 홈페이지 참조.

　　표를 살펴보면 초등부에 346명, 중등에 145명, 고등에 121명의 학생이 재학하고 있고 교사는 초등, 중등, 고등 전체에 28명의 초빙교사와 3명의 파견교사가 재직하고 있으며 여기에는 영어와 중국어 원어민 교사들도 포함되어 있다.

(6) 다롄 한국학교

　　다롄한국국제학교는 21세기 정치, 경제, 문화 등의 선진국을 향해 질주하는 중국에 대한 관심 증대와 중·한 양국의 교류 확대로 급증하는 다롄 주변지역 한국인 자녀들의 교육 문제를 해결하기 위해 한국교육인적자원부의 해외학교 설립규정에 따라 베이징, 상하이, 톈진, 옌타이, 연길에 이어 설립되었다. 2003년 12월 2일 한국 교육부의 인가를 받았고 2004년 3월 10일, 초등부 28명의 학생들이 입학식을 가졌으며 2004년 10월 29일 정식 개교식을 가지고 개교하였다. 2004년 9월에는 중화인민공화국의 인가를 받았다. 2005년 2월 2일에는 교육인적자원부로부터 중등과정 증설을 인가받았고 2007년 2월 14일에 고등과정 증설을 인가받았다. 다롄한국학교는 초등부에 4개 학급, 중, 고등부에 4개 학급을 두고 있으며 한국인 교사 초등부 6명, 중등부 10명을 두고 있으며 영어교사 6명, 중국어교사 11명을 두고 있다.

　　요컨대 상술한 학교들은 모두 초등, 중등, 고등부로 나뉘어 있고 어떤 학교에는 유치부와 한글교실이 함께 개설되어 있다. 보통 설립 시 초등부로부터 시작되었고 이어 중등, 고등부가 개설되었으며 학생 수는 초등부에 가장 많고 중등, 고등부에 올라갈수록 학생

수가 줄어드는 것이 특징으로 되고 있다.

한국학교의 교사는 한국인, 원어민 영어교사, 원어민 중국어교사로 이루어져 있는데 주요 수업은 한국에서 온 교사들이 담당하고 있고 외국국적 교사들은 외국어 교육을 담당하고 있는데 외국인 교사들이 차지하는 비율이 거의 30%를 초과하고 있다.[166] 한국인 교사들은 한국에서 전문지식을 가지고 있고 경험이 풍부한 교사들을 초빙하며 원주민도 상당한 지식수준과 교학경험을 가지고 있다. 때문에 학생들은 동시에 한국어와 중국어, 영어 등 3개 국어로 수업을 받고 있어 외국어 방면에서 비교적 경쟁력을 갖추고 있는 것이 우세라고 할 수 있다.

상술한 한국 학교들의 교육과정은 한국 교육과정을 기본으로 영어, 중국어교육을 진행하며 예체능 특기적성교육도 실시하고 있고 이수과정은 한국교육부의 인정을 받고 있다. 즉 한국어와 한국의 지리, 사회, 역사, 음악 교육 등 기본 교육과정을 철저히 운영하여 한국인이라는 국적 있는 교육을 실시하고 있다. 방과 후에는 특기적성교육활동(초등), 보충심화학습(중등) 및 야간심화학습(고등)을 운영하여 학생들의 재능을 키우고 학력을 증진하고 있다. 즉 모국어, 중국어, 영어는 물론 한국의 교육과정을 바탕으로 운영을 하고 있다.

한국 학교는 외국에서의 교민자녀교육이라는 특징으로 인해 각종 계기교육을 통하여 민족정체성 교육과 국제이해교육을 강화하는 것이 특징으로 되고 있다. 한국인의 정체성 교육과 기본 소양

---

166) 베이징한국학교의 경우 교사는 전임교원 67명을 포함하여 총 99명이며 18명의 원어민 영어교사와 17명의 원어민 중국어교사가 있어 한국인 교사 64.65%, 외국인 교사 35.35%를 차지하고 있다 .

교육을 바탕으로 국어, 영어, 중국어 3개 언어를 유창하게 구사할 줄 아는 "가장 국제적인 한국인, 가장 세계적인 한국인"을 배양하고 21세기가 요구하는 국제적 감각과 주체성을 지닌 인재 양성을 위해 노력하고 있다. 즉 바른 인성교육에 의한 가치관 확립과 정체성교육에 중시를 돌리고 있음을 보여주고 있다.

베이징한국국제학교는 "21세기 지식기반사회주역의 자주적, 창조적 한국인 육성"을 교육목표로 삼고, 민족정체성 교육과 국제이해교육, 자기 주도적 학습능력 신장을 학교운영중점으로 삼고 있다. 때문에 교육과정에서 중점사업은 민족정체성 확립이며 1학년부터 10학년까지 국어와 국사를 중심으로 국민 공통 기본 교육과정을 완성하며 인성교육을 강화한다. 옌타이한국학교는 바른 인성교육에 의한 가치관 확립과 자랑스러운 한국인 양성에 교육목표를 두고 있다.

다롄 한국학교의 교육목표는 국제 사회에서 더불어 살아가는 공동체의식을 함양하고, 봉사활동과 자연학습, 문화학습을 통하여 인성교육을 실시하는 것이다. 교육방침은 스스로 행동하고 더불어 사는 삶의 자세(자율교육, 봉사교육), 열린 세계에 대한 폭넓은 이해와 어울림(외국어교육), 정보세대를 주도해나가는 능력과 기능 (컴퓨터교육), 인간과 자연에 대한 사랑과 조화 (자연과 환경교육), 한국 문화와 다른 문화에 대한 이해와 창조력 (문화교육, 특기교육)을 키우는 것이다.

한국인자녀 교육기구로서의 한국학교 설립의 의미는 한국교민 자녀들의 교육문제 해결에만 그치지 않고 교민들의 뒷근심을 덜고 우수한 투자환경의 밑거름으로 작용하여 한국 경제인들의 중국 투자와 무역이 안정되며 확대되게 하는 역할을 하고 있다. 또한 한국 학교에서 취학하는 학생들은 단지 한국내의 필수 교육과정을 모두 이수하는데 그치는 것이 아니라 풍부한 중국지식과 유창한 중국어 및 영어실력을 동시에 갖추게 되어 앞으로 중한 양국 간의 경제 문화교류에 없어서는 안 될 인재로 성장되고 있다.

상술한 한국 학교들은 설립이래, 거의 교직원, 재단이사회, 학부모, 한인(상)회, 현지 법인과 개인 사업체 그리고 개인 독지가들의 성원으로 짧은 기간 동안 토대와 기초를 착실하게 닦아왔다. 하지만 다수 학교들이 학교운영에서 경제적인 어려움을 호소하고 있으며 교민사회와 정부의 지지를 기대하고 있다.

위의 6개 한국학교 외에 현재 설립되었거나 설립 중에 있는 사립과 공립의 성격을 동시에 가지고 있는 세종한국학교와 웨이하이한국학교, 우시한국학교 등도 있다.

(1) 세종 한국 학교[167] : 취학대상 학생 수가 가장 많은 칭다오시 교민의 필요와 요구에 의해 2006년 3월 3일 개교하였고 5월 30일 한국교육인적자원부로부터 재외한국학교로 인가를 받았으며 칭다오시 교육국의 인가를 받고 중국교육부의 인가를 기다리고 있다.

본 학교는 재단이사회의 구성을 기부자만이 아니라, 총영사관과 상공회인사, 교육계 인사를 포함하여 구성하였고 불특정 다수의 교민들로부터 기금을 모금하여 설립되었는데 경제적인 문제로 외국계 국제학교나 한국계 사립학교에 자녀를 취학시킬 수 없어 중국공립학교에 취학시키는 가정의 학생을 위하여 비교적 저렴한 학비

---

167) 세종한국학교 유관자료 참조.

를 받는 점(학교 운영을 할 수 있는 최소한의 경비만을 받도록 수
업료를 책정하였으며, 초등학생의 경우, 1년 수업료 12,000RMB는
중국 전 지역의 한국 학교 학비 중 최저 수준이며, 칭다오 시내
한국계 사립학교의 75% 수준), 학교의 교장 및 교사 약간 명이 교
육인적자원부로부터 파견되었다는 점(한국 측 설립인가 이후), 학
교 운영비의 일부를 한국 교육인적자원부로부터 지원받는다는 점
등으로부터 미루어보아 공립의 성격을 가지고 있다. 하지만 위의
한국 학교와 다른 점은 학력의 인증 면에서는 칭다오 시내의 여타
한국계 사립학교와 같다는 것이다.

교과 과정은 한국 표준교육과정을 따르고 있어 민족정체성 확립,
한국에서의 수업과의 연속성 유지 등이 가능하며 수학 도중 한국
으로 돌아가서도 수업의 연속성을 유지할 수 있다.

2007년 현재 학생 수를 살펴보면 유치원 135명, 초등학교 186
명, 중학교 31명으로 앞으로 급속히 증가할 전망이다. 교직원은 유
치원 24명, 초등학교 7명, 중학교 4명이고 외국어교사 10명, 행정
직원 12명으로 일정한 규모를 갖추었다. 현재 우수한 교사를 확보
하기 위하여 우선 한국에서 교사를 확보하고 있는 중인데 초등교
사자격증 소지자를 선발하며, 이차적으로 칭다오 현지에 있는 교사
들에게도 문호를 개방하고 있다. 영어, 중국어, 특활 교사 등도 수
준 높은 교사를 모집하고 있다.

(2) **우시(無錫)한국인학교** : 2006년 9월 4일, 상하이 다음으로
화둥지역에서 두 번째로 개교한 한국학교인 우시 한국인 학교는
우시 한국 상회를 중심으로 한국 교민들의 한국인학교 설립 건의
를 우시 시정부가 수용하여 시정부에서 부지와 건축비용 일체를

부담하여 2005년 10월 기공식을 가지고 2006년 8월 학교 건물과 시설이 완공되었다. 기공식 이후 학교재단이사회가 구성되어 학교 설립 운영을 위한 모금, 학생 모집, 교직원 확보, 교육과정 편성 등에 관한 기본계획을 수립하고 개교를 준비하여 왔다.

건물과 시설은 5년간 무상임대 사용키로 약정하였으며, 한국인 교민자녀를 대상으로 한국 교육과정을 기본으로 영어, 중국어, 예체능 특기적성교육을 실시하고 있다. 현재는 초등부만 운영하고 있고 2007년부터 중학부도 운영하며 중국 교육부의 인가는 이미 받았고 한국 교육부의 인가를 받을 준비를 하고 있다.

(3) 웨이하이 한국 학교 : 웨이하이 한국 학교는 웨이하이 한인 상공회에서 설립추진 중에 있다. 2004년 11월 한중문화관 설립과 함께 웨이하이 한국 학교 설립안이 구상되었고 2005년 4월 웨이하이 한국 학교(가칭) 설립에 대한 산둥성정부와 시정부의 협조 약속을 통한 설립사업을 추진 계획하였다. 같은 해 7월 한국 교육인적자원부에 각종 절차를 자문하고 웨이하이시 정부로부터 한국 학교 설립 토지를 제공받았다. 2006년 3월 주칭다오 총영사관에서 웨이하이시 교육국을 방문하여 웨이하이 한국 학교 설립에 대한 지지와 협조 요청하였고 학교설립 기금을 마련하고 있으며 영사관 및 웨이하이시 정부와 적극적으로 교섭하여 학교의 설립을 추진하고 있다.

국제학교 (국제부)

한국학교 외의 교육기구 중 한국인 자녀들이 비교적 많이 취학하는 기구가 국제학교이며 상술한 한국(국제)학교와는 다른 양상을 보이고 있다. 우선 산둥 성의 국제학교 상황을 살펴보면 아래와 같다.

(1) **칭다오한양국제학교** : 2007년 9월 개교한 칭다오한양국제학교는 한국인이 가장 집중되어 있는 칭다오에 설립되어 있으며 산둥 성 최고 명문사립학교인 '칭다오 초은중/고등학교'가 운영하는 4개 캠퍼스 중 하나로 한국의 교육이념 및 제도에 따라 독립적으로 운영되는 국제학교이다. 그 동안 재중국 대한체육회가 한국정부의 인정을 받고 칭다오 거주 교민이 꾸준히 늘어나는 등 한인사회에 많은 발전이 있었던 반면 교육 분야 발전은 정체되어 있어 학부모들의 걱정과 불만이 여전히 높은 상황에서 교육문제에 지속적으로 관심을 가졌던 것이 결실을 맺어 학교 설립을 준비하여 학교를 설립하게 된 것이다.

한양국제학교는 차별화된 교육프로그램을 운영하며 입학과 동시에 JW202학생비자가 즉시 발급되어 유학생신분으로 인정되고 졸업할 때에는 산둥 성 교육청에서 발행하는 졸업장을 받게 된다. 한양국제학교는 고등학교 1학년 과정까지는 전인교육에 중점을 두고 고등학교 2학년부터는 한국과 중국 입시반으로 나누어 학생들의 대학진학을 위한 입시지도에 만전을 기할 계획이다. 2008년 3월에는 초등부와 대학부도 개설할 예정이며 대학부는 골프, 태권도, 경호과가 신설되는데 정규 4년제 과정으로 운영된다.[168]

(2) 옌타이개발구 고급중학교 국제부 : 칭다오와 함께 산둥지역 한국 투자 중심지역으로 부상한 옌타이에서는 옌타이비전한국국제학교(중앙교육부 승인대기 중)와 중국공립 옌타이개발구 고급중학교가 합작하여 국제부를 설립함으로써 중국공립학교와 합작하여 꾸리는 국제학교의 전범으로 되고 있다.

2002년 약 2억 위안을 투자하여 설립한 개발구 고급중학교는 현재 약 3,500여명의 중, 고등학생이 재학 중이며 산둥 성 내 최상위권 학교로 자리 잡고 있고 재중국 한국 학생들에게 최상의 교육환경을 마련해 주기 위해 비전한국국제학교와 합작하여 국제부를 설립한 것이다. 국제부는 개발구교육국에 합작관계를 정식 등록했고 별도의 실무진을 통해 운영이 되고 있다.

기존의 개발구고급중학교는 외국(한국)학생에게 입학제한(기업투자규모, 중국어수준)이 있었지만 국제부가 개설됨으로써 입학제한이 없어지고 모든 학생이 희망에 따라 입학이 가능하게 되었다. 국제부는 일반학교에서 수여하는 수료증이 아닌 산둥 성에서 발급하는 정식 졸업증을 수여함으로서 졸업증으로 인해 나타나는 문제를 근본적으로 해소할 수 있게 되었다.

국제부는 학생들의 실력향상과 목표지정 대학진학을 위해 맞춤식 교육을 한다고 밝혔는데 맞춤식교육이란 유학시기와 학년편차로 인한 실력차이에 대해 수준별 학습과 강화반을 통해 끌어올려주며 목표로 하는 대학진학의 입시형태에 따라 최상의 입시전문가의 지도가 이루어지는 것이다. 또한 전담 영어원어민교사의 영어교육으로 실생활 회화에 비중을 두었고 중국인 영어교사, 한국인영어

---

168) 週刊 黑龍江新聞 연해뉴스, 2007, 8, 12~18.

교사의 참여로 양질의 교육과 효과적인 교육 분배를 하였다. 공교육이 많이 무너진 현실이지만 공교육이 책임져야 할 부분과 사교육을 필요로 하는 부분을 고급중학교 국제부를 통해 만들어 가려하고 있다. 국제부는 중학교 (1∼4년), 고등학교(1∼3년) 총 7개 학년을 운영하게 되며 각 학년 당 1개 반을 학급당 30명을 정원으로 양질의 교육을 계획하고 있다.[169]

(3) **중국남산국제골프학교** : 중국교육청에서 인정받은 중국 최대의 국제골프학교이며 세계 최대의 골프장을 보유하고 있는 남산골프그룹의 직속학교로서 중국 최고의 시설을 갖추었다. 한국청소년골프협회 중국남산지회가 유학생들의 모든 교육 프로그램과 인성교육, 안전 등을 책임지고 관리하며 인재를 배양하고 있다.

이외 칭다오에 이화한국국제학교, 한양국제골프학교, 칭다오백산학교 국제부, 칭다오 2중 등이 있고 옌타이에는 배영학교, 옌타이 제4중학교가 있으며 웨이하이에는 중세외국어학교, 중세한국학교, 대광국제학교 등이 있다. 초, 중, 고등학생을 대상으로 하는 학교는 칭다오에 칭다오남양학교, 육재중학, 제2중학, 제17중학, 제19중학, 제58중학, 칭다오한교언어학교, 칭다오국기외국어학교, 칭다오5중, 칭다오해산학교, 제26중학, 청양 제9중학교, 칭다오해산학교, 교주1중 등이 있고 옌타이에는 청천외국어학교국제부, 고급중학교 한국교육부, 실험중학교, 래산(萊山) 제1중학, 제2중학, 제10중학, 청천학교, 제2실험소학교, 양정소학교, 행복하소학교 등이 있으며 웨이하이에는 중세외국어학교, 대광국제학교가 있다.

정치, 문화중심지인 베이징에도 한국학생들이 취학할 수 있는

---

169) 週刊 黑龍江新聞 연해뉴스, 2007, 9, 2∼8.

국제학교들이 많은데 대표적인 것으로는 중앙민족대학부속소학교, 베이징국제학교, 제15중학교 국제부, 제25중학교 국제부, 제39중학교 국제부, 제65중학교 국제부, 제80중학교 국제부, 양광정초중고, 중관촌 국제학교, 拔翠雙語학교, 베이징지청 중학교, 베이징이공대학 부속중학교, 베이징 육재학교, 베이징회문 중학교, 베이징 제19중학교, 베이징시 사립화가학교, 베이징 중화상과학교 등이다.

상술한 국제학교들은 비록 한국(국제)학교처럼 중국과 한국교육부의 인가를 받은 학교는 아니지만 해당 지역 혹은 특정 기관의 허가를 받고 설립된 학교로서 한국인 자녀들이 취학할 수 있는 여건을 구비한 교육기구이며 많은 한국인 자녀들이 이용하고 있다. 한국과 중국정부의 허가를 받은 정규적인 한국(국제)학교가 6개밖에 없는 상황에서 상술한 국제학교 혹은 국제부는 앞으로도 더 많이 개설될 전망이다.

현재 중국학교의 취학을 희망하는 한국 학생들의 수가 날로 늘고 있는 상황에서 중국의 많은 공립 혹은 사립학교들에서 국제부를 설립하거나 한국인 학생을 모집할 수 있는 제도들을 만들고 있다.

하지만 상술한 제도나 여건이 만들어 지지 않은 상황에서 한국 학생을 받아들이고 있는 학교들도 있기에 졸업증 등 여러 가지 문제들을 야기하고 있다.

이외 한국인 자녀들이 취학하고 있는 교육기구로는 외국인 자녀들을 대상으로 하는 국제학교가 있는데 내국인이 아닌 외국인을 대상으로 하는 전문 교육기구로서 칭다오시에 있는 학교로는 아이비국제학교, 국제학교, QCI국제학교, 아메리칸국제학교, 요중국제학교, MIT외국인학교, 화교학교중학부 등이다.

한글학교, 한글교실

한글학교는 한국 학교와는 달리 전일제학교가 아니며 한국과 중국교육당국의 인가를 거치지 않는다.[170] 때문에 한국인이 집중되어 있는 지역에는 거의 한글학교가 있으며 주말시간을 이용하여 한국학교를 제외한 국제학교 및 중국인 학교에 취학하는 학생들이 모국어와 문화를 배우는 교육기구이다. 특히 한국학교가 없는 지역에서는 한글학교가 유일한 한국어, 한국문화 교육기구로서 중요한 역할을 하고 있다. 산둥, 화둥, 광둥 지역 한글학교의 2006년 상황을 각 지역 영사관의 조사 자료에 근거하여 표로 다시 정리하면 아래와 같다.[171]

산둥지역 한글학교

학교명	학 생 수				
	합계	유치부	초등부	중등부	고등부
칭다오한글학교	310	23	246	41	
웨이하이한글학교	190	45	145		
지난한글학교	30	8	11	2	9
루산한글학교	25	5	15	4	1
죠우난한글학교	29	10	14	5	
교주한글학교	60		60		
황도우한글학교	67		54	11	2
핑도우한글학교	34	11	23		
원덩한글학교	52	15	26	11	

---

170) 다만 윈난성 곤명의 한글학교는 기타 지역의 한국 학교와 비슷하다.
171) 자료출처 : 대한민국 각 지역 총영사관 자료 등.

화동지역 한글학교

학교명	학생수				
	합계	유치부	초등부	중등부	고등부
상하이한글학교	355	15	280	60	
난징한글학교	161	47	78	10	26
이우한글학교	68	16	45	7	
쑤저우한글학교	178	43	126	9	
우시한글학교	114	29	82	3	
상하이포동한글학교	140	16	113	11	
항저우한글학교	42	9	25	8	

광둥지역 한글학교

학교명	학생수				
	합계	유치부	초등부	중등부	고등부
광저우한글학교	299	29	220	42	8
심천한국학교	511	60	351	100	
퉁관토요한글학교	90	50	40		
주하이한글사랑학교	23		23		
후이저우시주말한글학교	35	8	16	7	4
중산한글학교	20		20		
후이저우한글주말학교	42	12	30		
샤먼한글학교	53	17	35	1	

위의 표들을 살펴보면 우선 한국 학교와는 달리 한글학교는 산둥, 화둥, 광둥을 포함한 중국 전역에 골고루 분포되어 있어 한국인들이 가장 많이 보편적으로 이용하는 모국어와 모국문화 교육기구임을 알 수 있다. 학생수가 300명에 가깝거나 300명 이상인 학교는 칭다오, 상하이, 광저우, 심천한글학교이다.

산둥지역의 한글학교 중 칭다오 한글학교의 규모가 가장 크며 그 다음으로 웨이하이한글학교이고 나머지 한글학교는 100명이내의 규모이다. 주중국 한국대사관의 자료에는 옌타이한글학교의 이름이 포함되어 있지만 다른 산둥지역의 통계자료에는 옌타이한글학교에 대한 자료가 제시되지 않고 있는데 이는 산둥지역의 유일한 한국학교인 옌타이한국학교가 한글학교의 역할까지 하고 있기 때문인 것으로 추측된다.

화둥지역의 상황은 산둥지역과 달라 비록 한글학교의 수는 비록 산둥지역보다 적지만 상하이의 한글학교 학생수가 355명이고 상하이 푸둥, 쑤저우, 난징, 우시 등 한글학교 모두 100명이상의 비교적 큰 규모를 가지고 있다.

광둥 지역에서는 심천과 광저우의 한글학교 규모가 가장 큰데 특히 심천의 한글학교는 511명으로 규모가 가장 큰 베이징한글학교와 비슷하다.

상술한 지역 외의 한글학교를 주중국 한국대사관의 통계자료를 통해 관할공관별로 정리하면 아래와 같다.

중국 각 지역 한글학교 현황[172]

관할공관	학교명	소재지
주中國대사관	北京한글학교	北京市
	北京해전한글학교	北京市
	北京주원한글학교	北京市
	天津한글학교	天津市
	西安한글학교	陝西省西安市
	烏魯木齊MK한글학교	新疆維吾爾自治區烏魯木齊市
	武漢한국주말학교	湖北省 武漢市
주沈陽총영사관	沈陽한글학교	遼寧省 沈陽市
	大連한글학교	遼寧省 大連市
	丹東한글학교	遼寧省 丹東市
	長春한글학교	吉林省 長春市
	哈爾濱한글학교	黑龍江省 哈爾濱
	한국기업인재배훈중심	黑龍江省 哈爾濱
주成都총영사관	成都주말한글학교	四川省 成都市
	重慶지구촌한글학교	重慶市
	昆明한글학교	云南省 昆明市

즉 수도권에는 베이징한글학교, 베이징해전한글학교, 베이징주원
한글학교, 톈진한글학교가 있고 서북지역에는 시안한글학교, 청뚜
및 충칭한글학교, 신장의 우루무치 한글학교가 있으며 이외에 우한
한글학교, 윈난성 쿤밍한글학교가 있다. 그 가운데서 베이징한글학
교를 살펴보면 아래와 같다.

베이징한글학교 학생현황

구 분	초 등							중 등				계
	1	2	3	4	5	6	소계	1	2	3	소계	
학생수	78	80	77	84	55	76	450	30	30	9	69	519

---

172) 한국 주중국대사관 홈페이지 참조.

다음으로 표에서 제시한 지역 한글학교의 초·중·고등부의 개설상황을 살펴보면 거의 초등부에 학생들이 집중되어 있음을 알 수 있다. 학생수가 519명인 베이징한글학교도 초등부에 450명으로 초등부를 중심으로 이루어져 있다. 그 다음으로 중등부, 유치부, 고등부의 순서로 고등부가 개설된 한글학교는 3개 지역에서 제시된 24개 학교 중 6개 밖에 없다.

상술한 한글학교에서 봉사하는 교사들은 한국 학교와는 달리 전적으로 자비량이고 전문성을 갖고 있는 사람들로 구성되어 있으며 헌신과 사랑의 자세로 학생들을 지도하고 있다. 즉 한글학교는 전체적으로 비영리로 뜻있는 한국인들의 정성어린 후원의 손길에 의해 운영이 되어 오고 있다.

한글학교는 주로 정서적으로 불안하기 쉽고 정체성이 흔들리기 쉬운 영어권의 국제학교 또는 중국 학교에서 공부하는 한국인 자녀들에게 정서적 안정과 한국인으로서의 정체성을 심어주는 역할을 한다.

교과목은 일반적으로 국어, 영어, 음악, 미술 등이며 태권도, 야외학습, 독서반, 동요대회, 외국어 발표회, 민속예절 및 민속놀이 배우기, 바자회, 영상물 시청, 파티, 교사 자체 세미나 등으로 활발한 활동을 하고 있다. 그 외에도 각종 특별행사(현장체험, 어린이날, 스승의 날, 한국노래방, 한국영화감상, 아름다운 글 잔치 등)와 시청각 교육을 통해서 한글 뿐 아니라 한국적 정서와 한국 고유의 문화를 전달하기 위해 노력하고 있다. 영어는 원어민이 수업하며 국어, 미술, 태권도 등 교과목은 전문성을 가진 교사들이 가르친다. 주요교육 목적은 교육과정 운영을 통한 국어 능력의 배양이며 한국문화와 역사교육을 통해 한국문화와 정서를 체험적으로 느끼게 함으로써 민족정체성교육에 힘쓰고 한민족의 자부심을 고취하고 있다.

상술한 한글학교들은 다수가 한국 교육부에 정식 등록되어 있고 정규적인 교육시스템을 가지고 있으며 해당지역 및 인근에 거주하는 한국국적 소유자인 학생 또는 부모가 한국인인 학생의 한글 교육을 목적으로 하고 있으며 재외국민 교육 지원지침에 의거하여 교재 및 교육에 필요한 사항을 주중지역 한국공관 및 대한민국 정부 등 관계기관의 지원을 받아서 운영하고 있다. 학사 일정은 보통 대한민국 학기에 맞추어 매년 3 월 1 일에서 8 월 말까지를 1 학기로 함을 원칙으로 하나 , 현지사정을 고려하여 3 월 1 일에서 9 월 말까지를 1 학기로 하고 , 10 월 1 일에서 이듬해 2 월말까지를 2 학기로 운영하며 학기 중에 하계, 동계 방학기간을 두며 수업시간은 보통 매주 토요일 혹은 일요일 오전 혹은 오후에 2~3 시간으로 한다. 일부 학교는 1학기를 3월부터 6월까지, 2학기는 9월부터 12월까지 하기도 한다.

학교 운영을 위해 학교운영 전반에 관한 의사결정 기구로서 한글학교 운영위원회를 두며 보통 한국 상공회 회장이 책임진다. 교장은 보통 한국인 중 덕망이 높고 교육에 관심이 많은 사람을 추천받아 운영위원회에서 선임하는데 무보수로 근무하며 학교사정이 허락되면 보수를 지급하는 경우도 있다.

교사는 보통 당지에 체류하는 한국인 중 대한민국 교육부의 교사 자격증을 소지한 자 중에서 초빙함을 원칙으로 하며 교사 자원 부족 시에는 교육에 자질이 있는 사람을 초빙하기도 한다. 교사의 처우에 관해서는 학교예산 , 물가수준 등을 고려하여 별도의 운영 세칙에 규정하고 매년 갱신한다. 학교의 상황에 의해 2000원 정도의 월급을 주는 학교도 있고 무료로 봉사하는 학교도 있다.[173]

입학하는 학생은 입학 시에 소정의 입학금을 납부해야 한다. 입학금은 학교마다 다른데 광저우 한글학교는 2004년부터 학생 1인 학기당 1000 원으로 정하고 한 가정에 3인 이상의 학생이 재학 중이면 2명을 초과한 인원에 한해서는 각 500 원을 납부하게 하였고 곤명한글학교에서는 학기당 300원을 납부하도록 되어 있다.

한글학교 중 일부는 교회가 주체가 되어 설립하였는데 청뚜 한글학교가 바로 그러하다. 한국인의 서부진출이 이루어지면서 설립된 청뚜 한글학교는 청뚜 한인연합교회가 주체가 되어 한글교육과 한국문화 교육에 뜻이 있는 한국인들이 2002년 10월 설립, 개교한 학교이다. 1999년 3월에 설립된 쿤밍한글학교도 기독정신을 바탕으로 쿤밍에 거주하는 한국 어린이들에게 한국인으로서 정체성을 갖게 하고자 한글을 중점적으로 교육하는 공식적인 교육기관이다.

한글학교들이 속속 설립되면서 상호 연합을 도모하고 고차원의 교육을 추구하는 움직임도 보이고 있는데 베이징한글학교가 바로 그 보기이다. 가장 일찍 설립되고 가장 큰 규모를 가지고 있는 베이징한글학교는 현재 자체적인 교학과 연구 외에도 베이징, 톈진지역의 한글학교들과 연합하여 교사연수프로그램을 진행함으로써 교사들의 자기개발에도 힘쓰고 있어 비교적 높은 차원의 교육수준에 이르고 있음을 보여주고 있다.

---

173) 충칭한글학교의 교사들은 전적으로 무료 봉사를 하고 있다.

학원

한국인의 사교육 열은 중국에 와서도 식지 않고 있다. 1990년대 말까지 중국에 거주하는 한국인자녀의 교육은 당지 중국인들과 마찬가지로 거의 공교육을 통해 이루어졌다. 하지만 2000년 이후 한국학교의 설립 및 국제학교 및 국제부의 개설이 이루어지면서 사교육이 활발하게 이루어지게 되었으며 이로 인해 사교육을 위한 교육기구인 학원이 우후죽순처럼 설립되고 있다. 중국의 중, 고등학교들이 5시 30분~6시(冬期에는 4시 30분~5시)에 귀가함으로 평일에는 사교육이 이루어질 수 있는 시간적 여유가 없는데 반해 한국 학교 및 국제학교들은 거의 3시 반에 귀가함으로 사교육이 이루어질 수 있는 시간적 여유가 있는 것도 그 원인의 하나이다.

현재 한국인 자녀의 사교육을 위한 산동지역 학원은 칭다오에 CIL칭다오중한어학원, 국기학교, 동방국제언어학원, 명인국제어학원, JTL외국어학원, 고려학원, 칭다오청담학원, 류팅외국어학원, 칭다오국제언어학원 등이 있으며 옌타이에는 두란노중국어학원, 대교눈높이교육, 박학천논술교실, 배영학교(국제부), 서울아카데미, 선인태권도체육관, 영재유치원, 영재학원, 옌타이아카데미, 에바다학원, 청포도교육센터, 청솔, 이화어학원, 한얼학원, 한국학원 등이 대표적이다.

웨이하이에는 눈높이 교육, 신성외국어학원, 수진외국어학교, 주말한국학교, 중세외국어학교, 한중유학원, 호서대학교, 웨이하이종로학원 등이 있다.

상술한 학원들은 영어, 중국어 등 언어교육을 중심으로 음악, 미술 등 특기교육까지 포함하고 있으며 입시전문을 위한 학원도 속속 설립되고 있는데 칭다오에는 한뜻학원, 칭다오세한학원, 스파르타식, 그린성미술교육원, 연규승특례입시학원, 바른교육아카데미, 영어전문과외, 한국문화센터, 대한특대입시학원 등이 있고 옌타이에는 옌타이자녀교육기관(특례전문)한국학원, 영수전문과외, 신대일입시학원, 아이맥스특례입시학원 등이 있으며 웨이하이에는 웨이하이국제요트해상운동클럽, 조은미니홈스테이, 드림아카데미유학원 등이 있다. 산둥 성 외의 지역에도 입시전문을 위한 학원들이 있는데 베이징에는 문유학원이 있고 다롄에는 효원아카데미입시학원이 있다. 현재 한국인자녀 다수가 2~3개 학원이 다니고 있으며 이로 인해 각종 형식의 학원은 앞으로 더 증가될 전망이다.

대학교

1992년 중한수교 이후, 한국유학생의 중국 유학 붐이 일기 시작하였다. 초기에는 주로 대학, 혹은 대학원에 진학하거나 대학교에 편입되어 어학연수를 하는 학생이 다수였고 현재 지속적인 증가세를 보이고 있다. 재중국 한국유학생에 대한 통계수치는 자료출처에 따라 현저한 차이를 보이고 있지만 외국인 유학생 중 한국인 유학생 수가 가장 많다는 사실은 의심할 바 없는 사실이다.

우선 유학생 수를 한국 측 2005년의 통계자료를 통해 살펴보면 2004년 중국에 유학중인 대학생은 사상 최대 규모인 178개국, 11만 8백여 명으로 늘어난 것으로 나타났는데 이중에서 한국 유학생은 39.3%인 4만 3천 600여 명으로 집계되었다. 2003년과 비교해보면 한국인 유학생 수가 전체 유학생 가운데서 차지하는 비율은 45.5%에서 6% 포인트 낮아졌지만 한해 사이에 8천 200여 명이 늘어난 것으로 나타났다. 이중 한국인 유학생의 33%인 1만 4천여 명은 학위 과정에 있고, 67%인 2만 9천여 명은 어학 등의 연수 과정인 것으로 조사되어 가장 높은 비율을 차지하였다. 유학생이 한국 다음으로 많은 나라는 일본으로 전체의 17%인 만 9천여 명, 3위는 미국으로 8%인 8천 5백 명이고 그 다음은 베트남, 인도네시아, 태국, 러시아 순으로 제2위인 일본의 유학생 수도 한국에 비해 현저한 차이를 나타냈고 기타 국가는 한국과 비교할 수 없을 정도로 비율이 낮다.

다음으로 유학생의 분포지역을 살펴보면 베이징과 상하이의 유학생이 전체의 절반 이상을 차지했고 그 다음으로 톈진, 장수성, 랴오닝성, 광둥성 순으로 나타나 대도시와 동남연해 및 남부지역에 집중되어 있는 것으로 나타났다.[174]

주중 한국대사관의 통계자료는 이와 차이를 보이고 있는데 2006년 4월 1일 주중 대사관에서 중국 대학에 6개월 이상 장기유학중인 한국 유학생 현황[175]을 파악한 결과, 한국유학생은 중국의 4개 직할시(直轄市), 21개 성(省), 5개 자치구(自治區)에 소재하는 268개 대학에 분포되어 있으며 재학 중인 학생이 무려 30,150명에 달했고 2005년(29,288명)과 대비하여 2.9% 증가된 것으로 나타났다.[176]

성, 시별로 살펴보면 ①베이징시 9,520명, ②상하이시 5,187명, ③톈진시 2,558명, ④랴오닝 성 2,457명, ⑤산둥 성 2,107명, ⑥지린 성 1,983명, ⑦장수 성 1,477명, ⑧헤이룽장 성 1,114명 순이고, 학교별로는 ①복단대 1,232명, ②남개대 1,179명, ③베이징어언대 1,066명,

---

174) YTN 2005. 6. 28.

175) 주중대사관 파악자료.

176) (2003)19,675명 → (2004)24,766명 → (2005)29,288명 → (2006)30,150명.

④상하이외국어대 1,061명, ⑤베이징사범대 965명, ⑥청화대 963명, ⑦대외경제무역대 923명, ⑧베이징중의대 904명, ⑨중국인민대 842명, ⑩베이징대 840명 순이다. 즉 베이징과 상하이, 톈진 등 대도시에 집중되어 있고, 또 복단대학, 남개대학, 청화대학교 등 명문대학과 외국어 대학들에 집중되어 있다.

한국기업이 산둥 지역에서 차지하는 비율에 비교하면 산둥 성 한국유학생의 비율은 아주 낮은 것으로 나타났는데 산둥 성내 각 대학의 한국유학생 현황을 살펴보면 아래와 같다.

산둥 성내 대학교 한국유학생 현황(2006년 4월)[177]

省.市	大 學 名	本科	碩士	博士	語學硏修	進修生	合 計
山東省	山東大學	117	11	17	127	104	376
	山東師范大學	58	1		36		95
	山東中醫藥大學	64	18	11			93
	靑島職業技術學院					72	72
	山東財政學院	1			19		20
	烟臺大學	40			110		150
	魯東大學	67	1		178		246
	曲阜師范大學				36	22	58
	靑島科技大學	2			41		43
	泰山醫學院				1		1
	靑島大學	168	8		241		417
	中國海洋大學	144	2	3	328		477
	山東科技大學(靑島)				3		3
	靑島理工大學	2			6	37	45
	유방學院				11		11
	計 (15 校)	663	41	31	1,137	235	2,107

표에서 살펴보면 산둥 성내 대학 중 유학생이 가장 많은 대학은

177) 주칭다오 한국총영사관 자료 참조.

중국 해양대학이며 그 다음으로 칭다오대학, 산둥대학, 노둥(魯東)대학, 옌타이대학, 산둥사범대학 순이다. 지역적으로 칭다오와 옌타이 및 웨이하이 등 대학교에 집중되어 있으며 그 중에서 명문대학인 중국해양대학에 가장 많다.

하지만 모든 대학에 어학 연수생이 더 많은데 이는 해양대학도 마찬가지이며 칭다오대학보다 해양대학이 어학 연수생이 차지하는 비율이 더 높다. 어학연수생은 거의 본과생의 2배로 상하이와는 현저한 차이를 보이고 있다. 석사와 박사연구생은 41명과 31명으로 아주 낮은 비율을 차지하고 있다.

2006년 이후에도 산둥지역 대학들의 한국유학생 수는 여전히 증가하고 있으며 산둥 성내 많은 대학들에서 한국 등 국가의 외국학생을 유치하고 있는데 현재 외국인 유학이 가능한 산둥지역 대학은 산둥대학, 산둥사범대학, 중국해양대학, 산둥중의약대학, 산둥경제학원, 산둥재정학원, 산둥예술학원, 산둥건축공정학원, 산둥체육학원, 산둥경공업학원, 산둥교육학원, 제남대학, 칭다오대학, 칭다오이공대학, 칭다오과기대학, 옌타이대학, 노둥(魯東)대학, 곡부사범대학, 산둥농업대학, 태산의학원, 태산대학, 산둥과기대학(제남분교), 산둥이공대학, 석유대학, 유방의학원, 요성대학, 임기사범학원, 칭다오빈해직업학교, 유방학원, 산둥방직직업학원, 산둥직업기술학원, 산둥공상학원, 산둥공계미술학원, 덕주학원, 래양농학원, 유방과기직업학원, 빈주의학원, 산둥과기대학(칭다오분교) 등 38개에 달한다.

동남연해지역의 상하이시, 장수성, 저장성, 안후이 성의 상황을 살펴보면 아래와 같다.

1) 상하이시(上海市)

동남연해지역 대학별 한국인 유학생 현황(2006년 4월)[178]

大學名	專科	本科	碩士	博士	語學硏修	進修生	合計	비고
上海大學		23	1		113	4	141	
復旦大學		865	54	42	191	80	1232	
上海中醫藥大學		298	9	6	22	32	367	
上海音樂學院		5	2	2	5		14	
上海外國語大學		373	1	1	686		1061	
上海戲劇學院					7		7	
上海第2醫科大學		18	1		1		20	
上海師範大學		34	6	4	223	1	268	
華東理工大學		1			12		13	
東華大學	1	32	3	1	143	1	181	
華東師範大學		87	19	8	247	8	369	
上海交通大學		262	30		342		634	
上海財經大學		375	14		217	2	608	
上海工程技術大學		1			8		9	
上海體育學院		32	1	4	21		58	
上海金融學院		2				27	29	
上海海事大學					24		24	
華東政法學院		2	10	5		8	25	
同濟大學		68	10	3	46		127	
合計	1	2,410	151	73	2,262	163	5,060	

　상하이에서는 푸단대학교가 1,232명으로 가장 많았고 그 다음으로 상하이외국어대학교, 화둥사범대학교, 재경(財經) 대학교 등 순으로 나타나 유학생의 다수가 상하이의 명문대학교 및 외국어대학교에 집중되어 있음을 알 수 있다.

　유학생의 내역별로 살펴보면 5,187명 중 본과가 2,478명으로 가장 많았고 그 다음으로 어학연수가 2,308명이었는데 이는 중국 다

178) 주상하이총영사관 (2006.4.1 현재, 단위:명)

수 지역과는 다른 양상을 보여주고 있다. 즉 전체적으로 한국유학생 중 어학연수가 가장 높은 비율을 차지하는데 반해 상하이는 본과가 차지하는 비중이 가장 높았다.

장수, 저장, 안휘성의 경우도 비슷하여 주로 쑤저우, 난징, 난징사범대학교 및 저장대학교 등 명문대학교에 집중되어 있으며 내역별로 살펴보면 본과와 어학연수에 집중되어 있는데 특히 어학연수가 본과보다 더 높은 비중을 차지하여 상하이보다는 다른 양상을 보이고 있다.

2) 장수 성(江蘇省)

大學名	專科	本科	碩士	博士	語學研修	進修生	合計	비고
南京師範大學		33	2	2	227		264	
南京工業大學		1					1	
中國藥科大學		8					8	
揚州大學		36			33	4	73	
江南大學		4			71		75	
蘇州大學		47	2	1	165	137	352	
江蘇大學							~	
東南大學			1	3	5		9	
中國礦業大學							~	
南京理工大學		16			6	6	28	
南京中醫藥大學		181	10	14	4	6	215	
南京大學		163	29	24	117		333	
南京信息工程大學				2			2	
南京醫科大學		2					2	
南京農業大學							~	
南京曉莊學院		9			82		91	
尙州工學院					12		12	
淮海工學院		2					2	
連雲港職業技術學院					10		10	
合計		502	44	46	732	153	1,477	

3) 저장 성(浙江省)

大學名	專科	本科	碩士	博士	語學研修	進修生	合計	비고
浙江中醫學院		13	7	3	1		24	
浙江工商大學					5		5	
浙江旅遊職業學院		1			20		21	
浙江大學		212	17	5	232	6	472	
浙江理工大學					3		3	
杭州師範學院					34		34	
浙江師範大學		6			31		37	
中國美術學院		10	3	8	6	9	36	
寧波大學		5	1		42		48	
浙江工業大學		20			75		95	
浙江萬里學院						1	1	
台州學院					10		10	
嘉興學院		15				7	22	
溫州醫學院							~	
合計		282	28	16	459	23	808	

4) 안후이 성(安徽省)

大學名	專科	本科	碩士	博士	語學研修	進修生	合計	비고
安徽農業大學		2				1	3	
安徽工業大學						3	3	
安徽大學		1			18	7	26	
安徽中醫學院		6					6	
安徽師範大學		1				25	26	
合肥學院					19		19	
合計	~	10	~	~	37	36	83	

　　최근 한국 유학생의 증가에 힘입어 새로운 유학형식이 나타나고 있는데 그 중 하나가 바로 베이징대학교 안에 설립되게 될 이화여

자대학교 거점 캠퍼스이다. 이 거점이 설립되면 2008년 2학기부터 보다 이화여대 학생들이 베이징대학교에 와서 수업을 듣고 학점을 딸 수 있게 된다. 이화여대는 베이징대학교가 이미 5월 17일을 '이화여대의 날'로 선포하면서 이화여대의 해외 거점 캠퍼스인 '이화인 베이징'을 구축하는데 합의했으며 2008년 2학기부터 '이화인 베이징'캠퍼스가 구축되면 매년 30~100명의 이화여대 학생들이 베이징대학교에 파견되며 이들은 국내에서와 마찬가지로 1학기 동안 18학점까지 베이징대학교에 개설된 과목들을 수강할 수 있다. 해외 거점 캠퍼스 관리를 위해 이화여대는 베이징대학교 안에 거점 사무실을 마련하고 지도교수를 직접 파견할 계획이며 파견학생은 학점, 외국어 능력, 면접 등을 통해 선발된다.[179) 앞으로는 이와 같은 교류가 더 활발하게 이루어져 더 많은 한국 학생이 중국의 대학에 편입하여 수업을 받을 수 있을 것이다.

이외 중국 각 대학들에서는 단기 연수 프로그램을 실행하고 있는데 주로 여름 방학에 이루어지고 있으며 한국 학생들은 방학을 이용하여 한 달 정도 중국 현지에서 단기 언어연수를 할 수 있다. 2007년 상하이 주요대학 여름 중국어 단기 연수 프로그램을 살펴보면 푸단대학교, 교통대학교, 화둥사범대학, 상하이사범대학, 상하이외국어대학, 재경대학, 상하이대학 등 대학들에서 여름 중국어 단기 연수를 진행하며 등록금은 매주 600~660정도로 하고 있다.[180)

또한 중국어 교사 한국 취업과 관련해 중국 명문, 중, 고등학교들의 해외 분교설립도 싹트기 시작했다. 신화통신 207년 2월 21일

179) 상하이 저널, 2007. 5. 19.
180) 상하이 저널, 2007. 5. 19.

의 보도에 따르면 베이징 소재 9개 중, 고등학교가 이미 정부 관
련부문으로부터 해외 진출 허락을 받은 상태이다. 아울러 중국에
진출하고 있는 유학생과 상공인수가 대폭 늘어나면서 저장대학, 저
장사범대학, 칭다오해양대학, 칭다오대학, 랴오닝대학 등 대학들에
서는 이미 전문적인 대외 중국어학과를 개설하고 있다. 이러한 학
과를 졸업한 학생들은 향후, 유학생, 외국상공인을 대상으로 중국
어를 전문적으로 가르치는 업종에 종사하게 된다.[181]

　현재 중국의 대학 캠퍼스에는 한국 학생들이 없는 곳이 없다고
할 정도로 한국유학생은 중국 전역에 분포되어 있다. 하지만 이들
이 기회를 중국에서 잡기는 쉽지 않다. 예컨대 많은 한국회사들이
중국에 지사를 가지고 있지만 이들은 아직 중국에서 유학한 한국
학생들을 고용할 준비가 되어 있지 않다. 한국의 대표적인 기업인
삼성은 톈진과 쑤저우 등에 약 5만 명의 직원을 고용하고 있지만
이들은 대부분 임금이 싼 중국인들이다. 베이징 같은 대도시에서
대학 졸업생의 한 달 평균 월급은 2천 위안인 반면 한국 유학생은
최소한 8천 위안은 받아야 한다고 생각하고 있다. 그러나 중국에
진출한 한국 기업들은 그만한 임금을 지급할 준비가 되어 있지 않
고 한국 유학생들도 기대수준을 낮출 생각이 전혀 없다. 게다가
중국에 진출한 많은 한국기업들은 중국 유학생들이 한국에서 공부
한 학생들보다 수준이 떨어진다고 보고 있으며 중국에서 교육받은
한국 학생들의 중국어능력은 종종 의심의 대상이 된다. 또한 이들
에게는 200만 명 조선족이라는 강력한 경쟁상대가 있다. 중국에서
유학한 한국 학생들이 한국에 가서 취직할 경우 장기간 중국에서

---

181) 週刊 黑龍江新聞, 연해소식, 2005. 3. 6~3. 12.

공부하면서 한국과 오랫동안 문화적으로 단절되어 있던 이들은 나이와 직급에 따라 상하 위계질서가 뚜렷한 한국의 복잡한 사회질서에 기반을 둔 인간관계를 원만하게 이루어나가는데 미숙하여 한국의 생활에 적응하는데도 어려움을 겪게 될 우려가 있다.[182]

때문에 중·한 두 나라는 서로 보다 더 많은 유학생을 받아들이는 데만 관심을 가질 것이 아니라 이들에게 경제와 문화교류의 친선대사로 활약할 기회를 창조해주어야 할 것이다. 또한 한걸음 더 나아가서 공동으로 명문대학을 꾸리거나 국제학원 및 분교를 설립하는 것도 바람직하다.

초, 중, 고등학교

최근 미국이나 캐나다에 비해 상대적으로 학비도 저렴하고 가까운 곳인 중국으로 유학을 오는 한국의 초, 중, 고등학교학생들이 많아지고 있다. 영어와 중국어 두 마리 토끼를 한 번에 잡고 싶은 사람들에게 중국이 유망지로 떠오른 것이다. 한 번의 유학으로 영어와 중국어까지 학습하는 일석이조의 효과를 노리는 Royai Queens Academy 인 항주에 위치한 호텔형 기숙학교도 만들어 지고 있는데 다양한 편의시설을 갖추고 있으며 미국현지에서 배우는 것과 동일한 커리큘럼으로 정규수업과정을 학습하며 다양한 기관과 연계하여 상급학교 진학에 필요한 봉사활동 및 기타과외 프로

---

182)　週刊 黑龍江新聞 ,연해뉴스, 2006, 8, 20~26일.

그램을 진행하고 있다.

현재 초, 중, 고등학생의 유학은 재중국 한국유학생 중에서 아주 높은 비율을 차지하고 있다. 한국 인력자원부가 발표한 최신통계에 따르면 중국은 한국 초, 중학생이 가장 선호하는 유학목적지 중의 하나로 되고 있다. 이미 2005년(2005년 3월~2006년 2월) 6천 340명의 한국 초, 중등학교 학생이 중국에 와서 유학한 것으로 집계되었는데 이는 2000년의 1천 180명에 비해 약 5배 성장한 수치이다.[183]

우선 산둥 지역의 초, 중등과정유학생 상황을 대학이상 및 어학연수를 위한 대학유학생과 비교하여 살펴보면 아래와 같다.

산둥 성내 주요도시 유학생 상황(2005년 4월)[184]

구 분	초, 중등과정	대학이상			
		대학(2년제 포함)	대학원	어학연수	합계
칭다오	2,286	325	7	619	951
제남	35	268	67	416	751
옌타이	761	65	~	274	339
웨이하이	607	120	1	103	224
합계	3,689	778	75	1,412	2,287

위의 표를 정리하면 산둥지역의 주요도시 유학생 중 초, 중등과정의 유학생이 3,689명이고 대학이상의 유학생이 어학연수까지 포함하여 합계 2,287명으로 초, 중등과정의 유학생이 전체 유학생 중 61.7%, 나머지 38.3%가 대학이상의 유학생으로 초, 중등과정의 유

---

183) 週刊 黑龍江新聞 연해뉴스, 2007, 1, 28~2. 3. 15면.
184) 주칭다오 한국총영사관 자료 참조.

학생이 절대대적인 우위를 차지하고 있다.

다음으로 주상하이 총영사관에서 2006년 4월 1일에 파악한 동남연해지역 한국유학생 상황을 살펴보면 동남연해지역 상하이 시, 장수 성, 저장 성, 안후이 성의 한국유학생 가운데서 대학이상 과정으로 추정되는 학생 수가 유학생가운데서 차지하는 비율이 가장 높다.

동남연해지역 초·중등학교 한국유학생 현황185)

구분	초, 중등과정	대학이상						
		專科(2년)	本科	碩士	博士	語學研修	進修生	合計
상하이시	3,500	1	2,478	161	76	2,308	163	5,187
장수성	360	~	502	44	46	732	153	1,477
저장성	180	~	282	28	16	459	23	808
안휘성	30	~	10	~	~	37	36	83
합계	4,040	1	3,262	233	138	3,499	339	7,472

즉 이 지역 유학생 중 4,070명이 초, 중등과정이며 대학이상이 합계 7,555명으로 초, 중등과정의 유학생이 전체 유학생 중 35%, 나머지 65%가 대학이상의 유학생으로 대학이상의 유학생이 절대대적인 우위를 차지하고 있다. 이는 산둥지역과 현저한 대비를 이루어 산둥지역의 한국유학생은 상하이 등 동남연해지역과는 달리 초, 중등유학생을 중심으로 한 조기유학이 우세를 차지함을 나타내고 있다.

현재 산둥지역의 많은 초, 중학교에서 한국 등 국가의 외국인 학생을 유치하고 있는데 외국인 입학가능 학교는 칭다오 57개, 옌

---

185) 주상하이총영사관 (2006.4.1 현재, 단위:명)

타이 59개, 웨이하이 44개, 지난 19개, 즈버(치박) 14개, 타이안 10
개, 유방(濰坊) 6개, 임기(臨沂) 3개, 더저우(德州) 2개, 일조(日照)
2개, 료성(聊城) 1개, 합계 217개에 달한다.[186]

2006 말과 2007년 초에 이르러 대학, 초, 중등학교 한국유학생
모두 급속히 증가하는 추세를 보였고 최근 통계에 따르면 2007년
현재 중국에서 공부하는 11만 명 외국 유학생 중 한국 유학생이
38%인 5.4만 명으로 집계되었다.[187]

상술한 한국인자녀의 교육상황은 아래와 같은 문제점들을 가지
고 있다.

1) 주요 대, 중도시를 제외한 지역에는 거의 한국학교가 개설되
지 못해 한국인자녀들의 취학요구에 만족을 주지 못하고 있고 한
국학교가 개설된 지역이라 해도 현재의 수용능력으로는 수요에 만
족을 줄 수 없다. 베이징 한국 학교에 학생이 가장 많아 1.060명이
고 옌타이한국학교가 620명인데 실제 한국학교의 취학을 희망하는
숫자에 비하면 너무 적다.

한국 학교가 비록 정부의 지지와 당지 한국인사회의 적극적인
후원을 받고 있지만 현재 여전히 자금, 경영난 등 난항에 부딪치
고 있는 상황이어서 학교규모의 확대는 여전히 어려운 상황이다.
때문에 현재의 상황으로는 교육문제가 한국경제인 중국 진출의 주
요한 애로 사항의 하나로 되고 있다.

중국 내 국제학교 및 중국 학교에 취학하는 경우, 비록 주말학

---

186) 주칭다오 한국총영사관 자료 참조.

187) 朴幸雨, 「"韓中交流年"是"全面合作伙伴關係"鞏固化的一年」,『是當代韓國』, 2007. 3. 3
　　~4쪽.

교를 이용하여 모국어를 배우기는 하지만 본 민족의 언어와 문화를 익히기에는 역부족이다. 특히 중국은 공교육을 중심으로 하기에 중학교 고급학년에 진입한 후에는 과외교육을 받을 수 있는 시간적 여유가 없기에 더욱 어렵다.

2) 한국 학교와 한글학교는 모두 초등교육을 중심으로 진행되고 있다. 이는 다수 한국 학교에서 초등교육을 받은 후 중등, 고등교육은 중국 학교 등 다른 학교에 가서 받는다는 것을 의미한다. 만약 이런 식의 교육이 지속된다면 한국인 학생들이 모국어 및 모국문화 교육은 여전히 문제가 되며 성인이 된 후 국제적인 미아로 될 수 있을 가능성도 있다.

3) 한국교육부는 중국소재 어느 학교이든 중국의 교육관련 법령에 따라 관할 교육당국으로부터 설립인가를 받은 정규학교에서 소정의 과정을 이수하고 성적으로 취득(졸업)했다면 귀국 후 국내 한국 내 학교 편입학시 그 학력이 인정된다고 밝혔다. 다만 중국 교육당국으로부터 외국인 학생 입학 자격을 갖춘 학교로 인가를 받은 학교에서는 졸업증서를 받는데 문제없겠지만 졸업증서를 교부하지 못할 수도 있는 경우가 있어서 소정교과목을 이수하고서도 졸업증을 받지 못하는 경우가 비일비재로 나타나고 있다.[188]

이외 언어, 문화의 차이 등으로 인해 중국학교의 교육시스템에 적응하지 못하는 경우도 많다.

상술한 문제들을 해결하려면 우선 재중국 한국인사회의 교육문제에 대한 정부의 관심과 중시를 촉구하여 한국 학교의 수를 늘리고 규모를 확대하여 더 많은 학생들을 수용하도록 해야 한다. 한

---

188) 상하이 저널, 2007. 5. 19

국정부는 한국의 대중국 경제 진출과 동등한 차원에서 관심을 가지고 중국정부에서는 외자유치사업에서 중요한 사안으로 중시를 돌리게 해야 하며 한국인 초·중·고등학교 학생의 조기유학은 신중을 기하여야 한다.

1) 조선족 교육현황

조선족의 대도시, 및 연해지역 진출로 인해 많은 조선족들이 민족 집거지역을 떠나 산재지역에 거주하게 되면서 조선족 자녀의 교육문제도 중요한 사안으로 제기되고 있다. 관내지역의 절대다수 조선족 자녀들은 한족 학교에 취학하고 있는데 집거구역에서 조선족학교에 다니다가 산재지역에 와서 한족학교에 편입하는 경우는 자녀들이 초, 중등학교에 다니다가 이주해온 경우이다. 조선족 중학교 고급학년이나 고등학교를 다니다가 연해도시 및 대도시에 와서 한족 중학교나 고등학교에 편입하는 경우는 거의 없고 다수가 초등학교를 졸업했거나 재학 중 한족학교에 편입한 경우가 많다. 이런 경우에 조선족학생들은 1~2년간 중국어 강의를 듣는데 적응해야 하는 어려움을 겪기는 하지만 조선어를 구사할 수 있는 능력은 가지고 있다.

다음으로 취학연령에 도달하기 전에 부모를 따라 이주한 경우에는 언어 등에서 아무런 어려움 없이 한족학교에 들어가게 된다. 하지만 본 민족의 언어는 전혀 모르게 되며 이런 경우가 대부분이다. 산둥지역 조선족 자녀의 절대다수가 한족학교에 다니고 있으며 조선어를 전혀 모르는 경우가 다수이고 말은 어느 정도 할 수 있어도 글자는 모르는 경우가 다수여서 민족 언어의 상실이 큰 문제로 대두되고 있다. 때문에 산재지역 조선족자녀의 교육문제는 조선족의 교육문제에 관심을 가지고 있는 모든 사람들의 최대의 관심 대상이 되고 있다.

현재 관내지역 조선족자녀의 민족교육은 공식적인 조선족소학교, 조선어학교 및 비공식적인 조선족 유치원, 탁아소를 통해 이루어지고 있으며 우선 베이징, 톈진 및 산둥지역을 중심으로 시작되었다.

현재 베이징, 톈진 및 산둥의 칭다오, 옌타이, 웨이하이 등 지역은 조선족이 집거해 있으며 조선족학교가 설립되지 못할 경우 조선족자녀는 민족교육을 접할 수 있는 기회가 없게 되는 것이다. 칭다오진출 조선족을 20만 명으로 추산하고 한집식구를 세 명으로 계산해도 산둥, 베이징 등 지역 조선족학생은 몇 개의 학교를 설립해도 수용할 수 있는 수이다.

2) 베이징, 톈진

조선족자녀의 교육문제는 주로 민족교육을 진행하여 민족의 정체성을 확보하고 장래 진로를 더 넓히는 문제인데 한국인의 모국어 교육에 비해 조선족의 민족교육은 훨씬 뒤떨어져 있다. 때문에 조선족의 민족위기에서 교육의 위기가 가장 중요한 문제로 제기되고 있고 특히 산재지역 이민 2세의 민족교육문제는 민족의 운명에 대해 관심을 가지고 있는 모든 이들의 관심을 끌고 있다. 조선족 자녀의 교육문제를 해결하기 위한 대안으로 조선족이 상대적으로 집거해 있는 지역에 사립 혹은 공립 조선족 학교, 주말학교를 세우는 것이 대안으로 제기되었으며 베이징, 톈진, 칭다오 등 지역에서 이미 실천에 옮겼는데 우선 1990년대에 베이징, 톈진에서 이루어졌다. 톈진시 새별조선족소학교 설립으로 시작된 대도시 및 연해 도시의 조선족 초, 중등 교육은 민족교육에 뜻을 둔 지성인들에 의해 베이징, 톈진, 칭다오 등 3개 도시에서 이루어졌다. 이외 주말 한국학교도 설립되어 민족 언어를 장악하지 못한 청소년들에게 조선어교육을 진행하고 있다.

(1) 톈진시 새별조선족소학교(초등학교)

톈진시 새별조선족소학교는 1993년 톈진시에 세운 사립학교로서 가장 일찍 설립된 조선족사립학교이다. 유치원부터 초등 3학년까지 개설하고 4학년부터는 베이징시의 장백학교에 취학하도록 했고 1999년부터는 4학년을 설치하여 2004년까지 3기의 졸업생이 배출되었다. 학생수가 130명으로 늘어난 무렵 학교 건축시 진 빚 때문에 궁지에 빠졌고 결국은 해산되고 2005년 대명학교와 합병되었다.[189]

---

189) 새별조선족학교 구술자료 참조.

(2) 베이징시 장백학교

베이징시 장백(長白)학교는 1994년 8월 톈진 새별조선족소학교 설립자에 의해 세워졌는데 설립초기 학생이 1학년 10명, 유치원 2명으로 도합 12명이었다. 1997년에는 학생 230명에 교원 18명의 규모로 발전하였다.[190] 2001년 학생이 170명이었고 유치원부터 중학교 2학년까지 두었다. 학교건물의 1년 임대료는 40만원으로 학비는 중학생 8천원, 초등학교 고급학년 7천원, 저급학년 6천원이었다. 2003년 장백학교는 교사를 옮겼다가 다시 원래의 자리로 옮겨오는 과정에서 학생이 대폭 줄어 경영위기에 직면하여 2003년 8월 경송 제2소학교와 합병되었다.

(3) 삼강학원(三江培訓學校)

삼강학원은 베이징시의 지성인들에 의해 발기된 것으로 중앙민족대학 부속소학교와 합의를 거쳐 이사회 형식으로 1999년 9월 43명의 학생을 모집하였다. 본 학교에 다니는 한족학교 학생에 비해 3배에 해당하는 학비 1000원을 내야 교육을 받을 수 있었다. 2005년 7월 중앙민족대학교 부속소학교가 문을 닫게 되자 120명의 조선족학생이 해전구 실험소학교로 옮겨갔는데 지금은 60여명의 조선족학생이 재학하고 있고 학생이 감소되는 주요원인은 비용에 있었다.

상술한 학교들은 우선 조선족학생을 한족 학생들의 반급에 분산

---

190) 박룡옥, 「연해도시 조선족사립학교에 대한 고찰」, 『글로벌 코리안 경제 문화 네트워크』, 민족출판사, 2008, 314~324쪽 재인용.

시켜 공부하게 하는 모식으로 한족학생과 같은 수준의 지식을 배우게 할 수 있고 방과 후 과외보도를 통해 민족 언어를 배우게 하고 있다. 하지만 과외교육이기에 지속성이 없고 한족학교에 소속되어 있기에 수동적인 위치에 있다는 것이 문제점으로 되고 있다.

다음으로 교재, 교수용어의 조한 병용 기숙학교 모식으로 전일제 기숙학교로서 어문(漢語), 수학, 영어 등 교과목은 당지의 통용교재를 사용하고 조선어문, 사상품성, 음악, 미술 등 교과목은 민족교재를 사용하면서 이중 언어교육을 진행하는 조선족 중소학교 교육이다. 이 모식은 베이징 삼강학원에서 9년, 톈진시 새별조선족 소학교에서 11년 반 실시하였다.

(4) 베이징 한국어학교

베이징 한국어학교는 주말학교 형식의 한국어학교로 1989년 4월 23일 베이징에 세워진 베이징시 교육위원회의 정식인가를 받고 창립된 최초의 조선족사립학교이다. 한국어학교는 조선족청소년들에게 본 민족의 언어와 민족의식교육을 진행하는 교육기관으로 되고 있으며 학생은 소학생, 중학생, 대학생 및 재직청년들로 구성되었고 강의는 매주 주말에만 진행하고 있다. 1990년부터 2000년까지 석가장, 목단강, 단둥시 조선어학교 선양 세종조선어학교, 하얼빈시 중급한국어학교, 창춘시 백학한국어학교, 웨이하이 한국어진수학교, 네멍구 사범대학 외국어학원 한국어분교, 지린시 진흥한국어 배훈부, 해구 Korea 언어예술학교 등 분교를 설립하였고 1,000여명의 학생을 배양하였다.[191]

(5) 톈진 조선글 주말학교

2007년 헤이룽장 신문 톈진지사에서는 톈진에서 한족학교에 다니고 있는 조선족 학생들에게 조선족 언어를 가르치기 위한 장소를 마련하기 위해 톈진 조선 글 주말학교를 개교하였다. 교육 대상은 톈진 인근 거주 조선족 학생으로 유치원부터 중, 고등학생까지이며 수업기간은 매주 토요일 오전 8시부터 12까지이며 교사는 한국인 혹은 조선족이고 수업료는 한 학기에 1,000위안이다.[192]

3) 산둥

1990년대 말부터 산둥저역으로의 조선족의 본격적인 진출이 이루어지면서 조선족자녀의 민족교육문제가 제기되었다. 특히 2008년 현재 조선족 인구 20만 명에 육박하고 있는 칭다오에는 이미 2개의 조선족학교가 설립되어 있고 웨이하이에서도 조선족학교의 설립을 준비하고 있다. 또한 칭다오에는 몇 십 개소의 비공식적인 조선족 유치원, 탁아소 있어 조선족자녀들을 받아들이고 있다.

(1) 벽산조선족소학교

칭다오에 거주하는 조선족자녀의 교육을 위해 설립된 최초의 조선족학교인 칭다오벽산조선족소학교는 2000년 8월 이창구조선소학교라는 이름으로 설립되었는데 초창기에는 학생이 12명뿐이었다.

---

191) 황유복,『중국조선족사회와 문화의 재조명』, 랴오닝민족출판사, 2002, 155～158쪽 참조.
192) 週刊 黑龍江新聞, 2007, 9, 9～15, 19면.

설립 후, 교직원의 노력과 칭다오시조선족들의 후원, 지지를 받아 2004년 3월에 새 교사로 이전하여 부지면적 1만 2800평방미터 되는 3층 교수청사와 6000평방미터의 기숙사를 갖춘 상당한 규모를 갖춘 학교로 되었고 2008년 현재 칭다오벽산조선족소학교에는 학생이 500여명에 달한다. 2007년 3월부터 한족학교에 다니는 조선족학생들을 위하여 한글주말학교를 개강하였는데 40여명 학생들이 주말이면 이 학교를 찾아 본 민족의 언어와 글을 배우고 있다. "존중의 교육, 관리의 교육, 특색의 교육"을 학교운영의 이념으로 삼고 있는 칭다오벽산조선족소학교는 칭다오시 조선족들의 인정을 받고 있으며 칭다오 진출 조선족 후대들이 본 민족의 언어를 배우는 배움의 전당으로 되고 있다. 하지만 학생 중 유치원학생이 다수를 차지하고 있어 초등학교 학생은 상대적으로 적은 수이다.

(2) 서원장 조선족소학교

2006년 서원장에 아파트단지가 들어서고 조선족이 6,000여 호로 전체 입주호수의 80%를 차지하여 조선족 집거구역으로 되면서 조선족소학교가 설립되었다. 2008년 현재 학생이 400여명에 달하는데 초등학생이 120명이고 나머지는 유치원학생이다. 벽산과 서원장 두 개 학교에는 도합 1,000명에 달하는 조선족학생이 취학하고 있으며 이 두 학교는 유치원까지 겸하여 운영하고 있기에 학생내원을 보장할 수 있고 중국어와 조선어 이중 언어를 동시에 배울 수 있는 우세를 가지고 있다.

두 학교 교육의 특징은 한, 중, 영 3중 언어교육으로 현재 수학,

중국어, 영어는 칭다오시 통일교재(중문), 기타 교과목은 조선어교재(옌벤)를 사용하고 있다. 교과목은 수학, 중국어, 한국어, 영어, 음악, 미술, 체육, 태권도, 무용, 컴퓨터, 도덕 등 11개로 다양한 프로그램을 병행하고 있다. 1인1특기적성 교육으로 기숙사제도가 완비해 있으며 칭다오 전 지역 통학버스가 매일 운행하고 있어 칭다오 지역 내 조선족 학생들이 취학할 수 있도록 편의를 도모하고 있다. 또 주말학교와 방학 간 특강을 조직하여 한족 학교에 다니고 있는 조선족 학생들에게 조선어를 가르치고 있다.[193]

칭다오에 조선족학교가 설립 된 후, 한국의 재외동포재단은 학교의 발전에 상당한 관심과 지지를 표시하였으며 2007년 1월 27일 주칭다오 한국총영사관에 위탁하여 교육기금 7만 달러를 지원하였다. 벽산조선족학교는 7년간 꾸준히 발전을 거듭하던 중 사회 각계 성원과 학생 수 증가로 2007년 9월 새 학기를 맞으면서 중학부를 설치하여 9명의 학생을 중학부 1학년에 진학시켰다. 벽산 조선족학교 중학부의 설치는 앞으로 재칭다오 조선족 자녀들이 정규적인 9년제 의무교육을 받을 수 있다는 점에서 획기적인 의의를 가진다.[194]

2007년 3월 법조계, 독지가, 기업가 등 유명 인사들이 참석한 가운데 산둥 성 웨이하이시에서도 조선족 학교의 설립을 위한 설립 준비위원회 발족되었다.[195] 현재 웨이하이시에는 5만 명의 조선족들이 거주하고 있는 것으로 집계되고 있으며 수백 명을 헤아리

---

193) 김장웅, 「칭다오 조선족교육의 현황과 발전 전망」, 『제13회 조선족발전을 위한 학술 심포지엄과 워크숍논문집』, 2008,10, 105~108쪽 참조.

194) 週刊 黑龍江新聞, 2008. 1. 13~19.

195) 週刊 黑龍江新聞, 2007, 4, 15~21, 6면.

는 조선족학생들이 있어 조선족학교의 설립은 이 지역 조선족의 발전에 있어서 중요한 의의를 가지게 될 것이다.

4) 문제점 및 대안

관내지역 조선족 지성인과 경제인들의 조선족자녀의 민족교육을 위한 노력으로 정규 및 주말학교가 설립되어 본 민족의 언어 및 문화교육이 이루어지고 있기는 하지만 여러 가지 문제점이 있다.

우선 조선족학교의 설립이 중시를 받지 못하고 있어 조선족 학생 수에 비해 학교 수는 너무 적다. 90년대에 설립된 베이징, 톈진의 조선족 중소학교는 2000년대에 들어선 후 결국 한족학교에 합병되는 운명을 면하지 못했고 2000년과 2006년에 설립된 칭다오의 조선족학교는 취학하고 있는 학생이 현지 조선족 취학연령 학생의 극소수에 불과하며 나머지 다수 조선족자녀들은 본 민족 언어를 배울 기회가 없다.

조선족 민족교육의 중요성이 부각되면서도 비약적인 발전을 이룩할 수 없는 것은 우선 민족교육에 대한 인식 및 운영자금문제 등이 원인으로 되고 있다. 우선 조선족학교의 운영자금, 교수진 등 문제들로 인해 현재 설립된 초창기의 조선족학교가 학부모들의 기대치에 미치지 못한다는 이유로 중국 학교에 취학시키는 경우가 많다. 즉 교수설비, 교수진 등이 한족학교보다 못한 상황에서 굳이 민족교육을 선택하려 하지 않는데 이는 민족교육의 중요성에 대한 인식문제라고 할 수 있다.

다음으로 현재 조선족학교는 지방정부의 지원을 받을 수 없는 사립학교로서 베이징, 톈진, 칭다오 등지의 사립조선족학교는 모두 재정상의 어려움이 가장 큰 애로사항으로 되고 있다. 칭다오의 벽산과 서원장조선족학교의 임대료는 1년에 50만원으로 두 개 학교의 임대료가 도합 100만원에 달한다. 이로 인한 교사진영의 확보도 문제로 되고 있으며 직접적으로 교수 질에 영향을 주고 있다.

사립학교인 조선족학교는 의무교육의 권리를 향유할 수 없고 학교의 거의 모든 비용을 학부모가 부담해야 하기 때문에 학부모의 경제적 부담이 공립학교에 비해 과중하며 이는 조선족들이 자녀를 공립 중국 학교에 취학시키는 중요한 원인의 하나로 되고 있다. 비록 관내 조선족의 다수가 경제적인 부를 창조하기 위해 진출하였지만 다수가 소기의 목적을 이룬 것이 아니다. 즉 칭다오시 조선족의 상황을 살펴보면 경제적으로 상위층에 속하는 계층이 10%에 불과하고 중상위에 20%인 것으로 나타나 절반이상이 하위권에 들어 있으며 이들 다수가 공립학교보다 과중한 사립조선족학교의 학비부담을 감수하면서 자녀를 조선족학교에 보내려 하지 않는다.

이로 인해 공립학교의 설립이 상술한 문제를 해결하는 대안으로 제시되고 있는데 현재 관내지역 조선족의 다수가 당지 호적을 가지지 못하고 있기에 현지에서 거주민으로서의 권익을 보호받지 못하고 있다는 것이 문제로 되고 있다. 때문에 지방정부와의 교섭을 통해 비록 당지 호적을 가지고 있지 못했지만 유동인구에 대한 중앙의 정책에 의해 당지 정부와 다방면의 협상을 통해 실제 거주자로서의 권익을 요청하여 조선족 공립학교설립을 추진하는 것이 대안으로 제기되고 있음과 동시에 더 많은 수의 조선족이 당지 호적을 취득하여 해당지역주민의 자격으로 의무교육의 권리를 요청하는 것도 중요하다고 인식되고 있다.

비록 상술한 문제점들이 존재하고 있지만 조선족의 민족교육은 민족의 문화와 전통을 계승하고 민족의 정체성을 확보하고 본 민족의 생존과 발전에 직접적인 영향을 주고 있는 중요한 문제로 인식되고 있으며 앞으로 지속적인 노력을 통해 발전시켜야 한다.

또한 민족 교육에 대한 조선족의 열망은 여전히 높으며 베이징, 칭다오 등 관내지역에서의 조선족인구의 증대 및 베이징의 왕징, 칭다오의 청양구, 개발구 등 집거지역이 여전히 형성되고 있는 상황에서 조선족 학교를 설립할 수 있는 여건이 마련되고 있으며 민족교육이 더 활발하게 이루어질 전망이다.

때문에 의무교육의 대상범위에 속하는 조선족학생들이 호적소재지가 아닌 지역에서 실제 거주자로서 의무교육의 혜택을 받도록 하여 조선족공립학교의 설립을 적극 추진하고 조선족사립학교를 발전시키며 주말학교, 조선어 速成班 등을 개설하여 민족 언어 교육을 진행하는 것이 앞으로 조선족사회가 해결해야 할 가장 큰 과제라고 연구자들은 제기하고 있다.

4.4 한국어교육, 그리고 조선족, 한국인

1) 중국의 한국어교육

중한수교이후 양국의 정치, 경제, 문화교류가 증진되면서 중·한 이중 언어 인재에 대한 수요가 급증하게 되었고 2중 언어 인재를 배양하는 문제가 우선적으로 해결해야 할 과제로 되었다. 이로 인해 한국의 경제 진출이 대폭 이루어진 중국의 대도시와 연해지역에서 한국어 교육 붐이 일기 시작하였고 현재 점차 내륙지역에까지 파급되고 있다. 각지의 대학들에서는 사회·경제·문화발전으로 인한 인재시장의 수요에 부응하기 위해 분분히 한국어학과를 설립하여 한국어인재를 배양하고 있다.

특히 21세기에 들어선 후, 객관적으로 중국 개혁개방의 발전 및 세계무역조직 가입 등 일련의 유리한 환경이 조성되었고 이에 따라 중국에 대한 한국기업의 투자와 무역활동은 끊임없이 발전, 확대되었으며 중국은 "한류"로 불리는 문화산업수출의 주요 시장으로 되었다. 양국 문화교류의 전파와 합작의 순리로운 진행을 위해 중국

은 이중 언어 인재에 대한 수요가 고조되는 시기를 맞이하게 되었
고 한국어학과는 현재 대학의 학과 중 인기 학과로 부상되었다.

중국에서 한국어학과가 개설되기 시작한 시기는 1992년 중한수
교이후부터인데 이 시기는 중국에서 개혁개방이 본격적으로 이루
어진 시기이기도 하다. 중국의 조선족학과의 설립은 중화인민공화
국 설립이후 시작되었는데 1949년 첫 조선어학과가 베이징대학에
설립된 이래 옌볜대학, 중앙민족대학, 낙양외국어대학에도 조선어
학과가 속속 설립되었다. 이로 인해 민족교육으로서의 조선어교육
이 시작되었고 조선족을 주요 대상으로 한 소수민족언어교육이 이
루어졌으며 배출된 졸업생은 주로 조선문 신문, 잡지의 출판 및
중, 고등학교에서의 조선어교육에 종사하였다.

1992년 중·한 수교이후, 양국의 정치·경제·문화교류가 활발
하게 이루어지면서 상술한 조선어교육은 점차 동북을 제외한 지역
에서 외국어로 자리 잡게 되었다. 외국어로서의 한국어 교육대상은
더는 조선족이 아닌 한족(漢族)으로 바뀌었고 인재 양성 목표도 중·
한 양국의 경제, 문화교류를 촉진하는데 두었다. 때문에 현재 중국의
조선어학과는 여전히 중국의 조선족을 교육 대상으로 민족 언어로서
의 조선어를 가르치는 학과이며 한국어학과는 한족을 교육 대상으
로 한국어와 한국의 사회 문화를 가르치는 학과로 나뉘어져 있다.
하지만 중국과 조선민주주의 인민공화국 및 한국과의 미묘한 정치
적 관계로 인해 중국 내 한국어학과는 모두 공식적으로 조선어학
과로 불리고 있다. 1992년, 상하이 복단대학과 산둥대학에 한국어
학과가 설립되었고 그 이후 한국과 교류가 활발하게 이루어지고
있던 지역의 중심 대학교들에 한국어학과가 설립되면서 2007년 현

재 50여개 대학교에 한국어학과가 개설되어 있다. 현재 동남연해 및 광둥, 서북 지역에서도 한국어교육을 적극 추진하고 있어 한국어교육은 전성기를 맞이하고 있다.

2007년 현재 중국 대도시에서 한국어학과를 개설한 대학은 베이징에 베이징대학, 베이징대외경제무역대학, 베이징외국어대학, 베이징 제2외국어대학, 베이징어언문화대학, 중국전매대학(中國傳媒大學), 중앙민족대학(외국어학원 한국어전업), 베이징연합대학, 베이징공업대학; 톈진에 톈진외국어학원, 톈진사범대학(외국어학원 한국어교연실), 난카이대학; 상하이에 상하이복단대학, 상하이외국어대학, 상하이 수산(水産)대학, 상하이 공상(工商)외국어학원 등이 있다. 동북지역에는 랴오닝대학, 다롄외국어학원, 랴오둥(遼東)대학, 지린대학, 옌볜대학 조선어학과(朝語系), 옌볜 과학기술대학, 장춘대학 광화학원(光華學院), 지린사범대학, 창춘 이공(理工)대학, 헤이룽장대학 동어(東語)학원, 치치할대학(외국어학원 한국어학과), 헤이룽장대학, 치치할 사범대학 등이 있다. 이 외 낙양(洛陽)외국어대학 동어(東語)학과 한국어전업), 허난 쩡저우(鄭州)경공업학원 외국어학과, 시안외국어학원(동방언어문화학원 한국어전업), 광둥 외어외모대학(外語外貿大學), 양저우대학, 난징사범대학, 난징효장학원중한IT학원, 우시남양(南洋)직업기술학원, 장수 성 연운항(連運港)직업기술학원, 남경대학, 쓰촨외국어학원 등 대학에도 한국어학과가 개설되어 중국 전역의 각 대학에 한국어학과가 개설되었고 현재 광둥지역의 여러 대학들에서도 한국어학과 개설을 준비하고 있다. 상술한 국립대학 외에 저장성 소흥(紹興)의 월수(越秀)외국어학원 등 사립대학들에도 비교적 큰 규모의 한국어학과가 개설되어 있다.

상술한 대학가운데서 상하이푸단대학, 상하이 외국어대학, 베이징대외경제무역대학, 베이징어언문화대학, 광둥 외어외모(外語外貿)대학, 양저우대학, 산둥대학, 옌타이대학 등 대학들에 석사과정이 개설되어 한국어교육은 한층 높은 수준으로의 비약을 가져오게 되었으며 규모도 해마다 커지고 있는 추세이다.

상술한 한국어학과는 베이징, 지린성, 산둥 성 등 지역에 집중되어 있는데 베이징에 10개, 지린 성에 7개, 산둥 성에 20여개 대학에 한국어학과가 개설되어 있다. 장수성에는 이미 7개 대학에 한국어학과가 개설되었는데 이는 최근 장수성과 한국과의 경제교류가 활발하게 이루어지고 있는 것과 갈라놓을 수 없다. 최근 들어 산시 성의 시안외국어학원과 쓰촨성의 쓰촨외국어학원에도 한국어학과가 설립되었는데 이는 중국의 서부개발전략의 영향으로 한국과 서부지역과의 교류가 날로 활발해 지고 있기 때문이다. 하지만 아직도 지역적으로 베이징과 지린성 및 산둥, 장수 등 연해지역에 집중되어 있다. 2008년 현재 중국 전역의 대학 중 한국어학과를 개설하고 본과 교육을 진행하고 있는 국립대학, 비교적 규모가 큰 사립대학 및 직업기술대학은 80여 개에 달하는 것으로 집계되고 있다. 비록 이 가운데 비정규본과대학도 포함되어 있지만 한국어교육의 발전 속도를 보여주고 있으며 소규모의 학과들까지 합치면 이 수치를 훨씬 초과하고 있다.

2) 산둥 성의 한국어교육

산둥 성은 한국과 바다를 사이 두고 가장 가까운 거리에 있으며 전국 2위의 인구(9,125만 명, 1위는 허난성)와 전국 3위의 GDP(약 1,515억불, 1, 2위는 광둥성, 장수성)를 가지고 있는 중요한 지역이다. 한국 대중국 투자의 1/3이 산둥 성에 집중되어 있으며 2004년 한국과의 교역액은 이미 96.4억불에 이르러 광둥 성 다음으로 제2위를 차지하였다. 진출업체 수도 9,900여개로 집계되어 중국 내에서 한국 업체가 가장 많이 밀집되어 있으며, 한국인 체류자 수도 2005년에 58,000명에 이르는 것으로 추산되었다.[196]

초기 한국어교육은 수교이후 한국어인재에 대한 사회의 절박한 수요로부터 시작되었다. 각 대학교들에서는 인재시장의 수요를 만족시키기 위해 급급히 한국어 학과를 설립하기 시작하였고 정규적인 학생모집을 시작하기 전에는 언어교육을 중심으로 한국어인재가 필요한 정부 기관의 재직 간부들에 대한 한국어교육을 담당하였다. 그 이후, 한국어학과는 점차 2년제, 3년제 전과(專科)[197]로 발전하였으며 학생도 대학입시를 통해 대학에 입학한 본과생이 주요 내원으로 되었다. 이런 상황은 1999년까지 지속되었고 본격적인 본과교육이 시작된 것은 1999년부터였다.[198] 때문에 산둥 지역 대학교 본과교육으로서의 한국어교육은 사실상 1999년부터 시작되었으며 이제 겨우 9년의 역사를 가지고 있다.

산둥 성의 한국어교육은 1992년 산둥대학과 중국해양대학에서 한국어학과를 설립하면서 시작되었고 1994년과 1995년에 칭다오대학, 옌타이대학, 산둥사범대학에서 속속 한국어학과를 설립하였다.

---

196) 주칭다오 대한민국 총영사관 홈페이지, 2005년 자료 참조.
197) 한국의 전문대에 해당함
198) 옌타이대학교, 산둥대학교 웨이하이 분교는 1999년부터 본과로 바뀌었다.

본과 외에도 독립학원[199], 2, 3년제 전과(專科), 자습반(自考班)[200] 등이 있어 학생 수는 실제 통계 숫자를 훨씬 웃돌고 있다. 1990년대 말부터 한국어 학과가 급속히 늘고 학생 수도 급속한 증가세를 보이고 있는데 특히 2~3년제 전문대학의 학생 수는 600명 이상으로 통계되고 있다. 한국어교육의 급속한 발전과 함께 최근 산둥대학, 중국 해양대학, 옌타이대학 등 대학의 한국어학과에서 대학원생을 모집할 수 있는 자격을 가지게 되어 고차원의 인재양성이 가능하게 되었으며 한국어교육은 새로운 단계에 진입하였다.

산둥 성 소재 대학교 한국어학과 현황[201]

학교	한국어과	설립년도	학생수				교직원수		
			전과	본과	석사	합계	강사	교수	합계
산둥대학	제남분교	2003.7		180	15	195	3	5	8
산둥대웨이하이분교	한국학원	2003.7		380	12	392	20	8	28
산둥사범대	한국어과	1994.9		150		150	7	3	10
제남대학	한국어과	2004.9	80	200		280	9		
중국해양대학	한국어과	1992	40	230	23	293	8	4	12
칭다오대학	외국어학원	1995.9		360	3	363	24	2	26
	국제학원	2003	150	300		450	10	4	14
칭다오이공대학	한국어과	2006		50		50	3		
칭다오과기대학	한국어과	2005		52		52	2	2	4
칭다오농업대학	한국어과	2005		150		150	4	1	5

199) 옌타이대학교에서는 2003년에 독립학원을 설립하였는데 2003년에는 35명, 2004년에는 32명의 한국어전공 학생들을 모집하였다.
200) 대학교에 편입되어 교육을 받지만 졸업여부는 해마다 전국적으로 보는 통일시험을 통해 결정된다.
201) 2007년 10월 25일 통계자료.

학 교	한국어과	설립년도	학생수				교직원수		
			전과	본과	석사	합계	강사	교수	합계
칭다오빈해학원	동양어과	2005	800	200		1000	53	20	73
	국제교류학원	2005	600	270		870			0
칭다오비양직업학원	한국어과	2005.9	1200			1200	40	5	45
옌타이대학	외국어학원 한국어과	1994.6	150	320	1	471	9	3	12
	문경학원 한국어과	2003.7		200		200	0	1	1
로동대학(옌타이사범)	국제교류학원 한국어과	1999.9	114	483		597	21	1	22
노동대학	국제교류학원	1999	150	467		617	21	3	24
웨이하이직업학원	한국어과	1999	930			930	11	2	13
웨이하이외국어학원	한국어과	2004	600			600	25	1	26
료성대학	한국어과	2002.4	65	400		465	3	1	4
곡부원동직업학교	한국어과	1998	130			130	4	1	
산둥외국어 직업학교	한국어과	2007	200			200	15		15
곡부사범대	한국어과	2004.9	100			100			0
산둥방직직업학교	한국어과	1997.9	700			700	18		18
위방과기대학	한국어과	2003	700			700	7	3	
위방학원	한국어과	2004		150		150	7		7
할빈공업대학 웨이하이분교	외국어학원 한국어과	2007		20					
합 계	26		6,709	4,562	54	11,325	324	70	352

상술한 중국 대학의 한국어학과는 한족을 교육 대상으로 하는 외국어학과지만 다른 외국어학과와는 다른 특징을 보이고 있다. 우선 1992년부터 개설되기 시작되어 시작은 다른 외국어학과에 비해 늦었지만 발전 속도는 가장 빠르다는 것이다. 이는 중·한 수교

및 양국의 정치, 경제, 문화교류의 증진, 한국의 대중국 경제, 문화 진출과 직접적인 관계를 가지고 있으며 또 역으로 양국의 교류를 추진하는 역할을 하고 있다. 특히 1990년대 말부터 중·한 경제교류의 급속한 성장과 더불어 한국어 인재에 대한 수요가 급증하게 하게 되었으며 한국어학과의 취업률이 100%에 이를 정도로 전망이 좋아지면서 한국어학과는 인기학과로 떠오르게 되었다. 한국어학과 학생들의 취업률이 높은 이유는 중국에 진출하는 한국 기업이 늘어남에 따라 한국말을 구사하는 중국인에 대한 인력 수요가 크게 증가했기 때문이다. 또 한국과 중국 간 교역이 활발해져 중국 기업에서도 한국어가 가능한 직원을 선호하고 있다.

다음으로 교육대상은 해당 지역 및 중국전역의 한족학생들이며 교사는 조선족을 중심으로 이루어졌다는 점이다. 영어, 일본어 등 외국어는 국내에 해당 민족이 거주하고 있지 않지만 한국어는 모국을 한국에 두고 있는 조선족이 중국 내 55개 소수민족 중의 하나로 중국에 거주하고 있어 이들이 한국어교육의 주역으로 된 것이다.

3) 한국어교육과 조선족, 한국인

1992년 중·한수교가 이루어지고 한국어학과가 개설되기 시작할 때 한국어(조선어)를 알고 있는 한족은 옌볜대학, 중앙민족대학, 낙양군사학원 등 대학의 조선어학과에서 조선어를 배운 극소수에 불과하였고 이들은 주로 대사관, 안전국 등 기구에 분포되어 있었다.

한국어인재에 대한 수요는 급증하고 중국어와 한국어를 알고 있는 인재는 부족한 상황에서 한국어교육에 종사할 수 있는 사람은 조선족 집거지역에서 모국어로 조선어를 배운 조선족뿐이었다. 이들은 중·한 수교를 대비하여 한국어 인재를 미리 준비하지 못했고 한국어교사에 대한 수요가 시급한 상황에서 조선족거주자가 거의 없는 관내지역 한국어교사 채용에서 유일한 선택으로 되었다. 때문에 90년대 초 및 중반의 한국어학과 설립자는 절대다수가 조선족이며 이들은 중국 한국어교육의 선구자로 되었다.

2007년 현재 중국 50여개 대학 한국어학과 중 30개 대학의 학과장은 여전히 조선족으로 지금까지도 한국어교육은 조선족에 의해 주도되고 있다고 해도 과언이 아니다. 또한 현재 한국어학과에 재직 중인 다수 한족교사는 절대다수가 조선족교사에 의해 배양되었다. 중국어와 한국어 이중 언어를 자유자재로 구사할 수 있는 조선족은 주로 정독(精讀), 읽기, 듣기 등 기초교육에 종사하고 있으며 한국의 문화, 사회 등 교과목 교수도 담당하고 있다.

한국어교육의 발전에서 한국인교사들의 역할도 홀시할 수 없다. 회화 등 교과목의 한국 원어민교사에 대한 수요와 한국어학과의 급속한 증가로 인한 교사부족문제 등으로 인해 한국인교사들이 한국어교육에 투입되었으며 보통 한 개 학과에 한명 정도가 한국의 현직 교수이고 나머지는 거의 당지에 있는 한국인 또는 한국의 대학생, 대학원생, 한국에서 박사학위를 취득하였지만 취직이 되지 않은 한국인들을 기용하고 있다. 이들은 보통 초빙교수 혹은 임시 계약직인 외국 교사(外敎)의 신분으로 한국어학과에 초빙되는데 다수 한국어학과의 한국인교사는 한국어학과 교사 총수의 30~40%로 조선족 교사의 수와 거의 비슷하다.[202] 이들은 주로 회화, 한국

---

202) 옌타이대학교, 魯東대학, 칭다오대학, 산둥대학 웨이하이분교 등의 한국어학과 상황

개황, 한국의 민속, 문화 등에 대한 교육을 담당지고 한국의 문화와 정서를 전달하는 역할을 하고 있으며 중국의 한국어교육에서 없어서는 안 될 역량으로 되었다.

한국어교육은 상술한 대학들에 개설된 한국어학과 뿐만 아니라 각 지역에 개설된 한국어 학교(학원)를 통해서도 이루어지고 있다. 현재 한국어학원에 대한 구체적인 통계수치는 없지만 산둥 성만 해도 한국어학원에서 한국어를 가르치고 있는 교사가 거의 300여 명에 달하고 있는 것으로 추산되고 있다.

산둥 성 옌타이에 있는 감사(旰颯) 한국어 학교는 옌타이 시 교육위원회의 심사와 허가를 거쳐 1992년에 설립된 언어연구, 번역을 일체로 한 한국어전문학원인데 산둥 성내에서 가장 일찍 설립되었고 사회에 9000명의 인재를 배출해 주었다. 전공교과목은 국제무역 한국어, 섭외문비(涉外文秘)한국어, 계산기 응용 한국어, 회계전산화(會計電算化)한국어, 기계(機械)한국어 등으로 실용성을 중요시하고 있다. 현재 재학생이 1000명 정도이며 전직 교사가 76명이고 그 가운데에서 조선족과 한국인 전문교사가 50여명으로 교사 총수의 40%정도에 달한다.[203) 기타 한국어학교(학원)의 경우도 비슷한데 한국어학교의 교육도 조선족이 주도하고 있으며 최근에는 각 대학교 한국어학과 졸업생들이 한국어학교의 한국어교육에 동참하고 있다.

요컨대 중국의 한국어교육은 기타 외국어와는 달리 한국어를 모국어로 장악하고 있는 조선족으로 인해 초기부터 비교적 탄탄한

참조.
203) 감사한국어학원 홍보자료.

교수진이 형성될 수 있었고 또한 발전 속도가 빠를 수 있었다. 현재까지도 중국의 한국어교육은 조선족을 떠나 논할 수 없을 정도로 조선족의 역할은 크다고 할 수 있다. 또한 한국의 대중국 진출과 함께 중국과 한국의 교육, 문화교류가 다른 국가에 비해 더 활발하게 이루어지면서 한국인 교사까지 가세하여 한국어교육은 기타 외국어 교육에 비해 우세를 보이고 있다.

우영란

▌약 력

  중국 吉林省 延邊大學 사학과 졸업
  延邊大學 민족연구소 석사과정 졸업
  한국 경북대학교 인문대학 사학과 박사과정 졸업(문학박사)
  중국 山東省 烟台大學 한국어학과 부교수 재직 중

▌저 서

  『중·한 변계무역사 연구』
  『중·한, 중·조 관계사』

중국의 한겨레—한국인, 조선족

초판인쇄 | 2008년 10월 31일
초판발행 | 2008년 10월 31일

지은이 | 우영란
펴낸이 | 채종준
펴낸곳 | 한국학술정보㈜
주　소 | 경기도 파주시 교하읍 문발리 파주출판문화정보산업단지 513-5
전　화 | 031) 908-3181(대표)
팩　스 | 031) 908-3189
홈페이지 | http://www.kstudy.com
E-mail | 출판사업부　publish@kstudy.com

등　록 | 제일산-115호(2000. 6. 19)
가　격 | 17,500원

ISBN 978-89-268-0051-5　93810 (Paper Book)
　　　　978-89-268-0052-2　98810 (e-Book)